Annie em minha Mente

a descoberta do amor

NANCY GARDEN

Annie em minha mente

a descoberta do amor

São Paulo
2022

hoo EDITORA

Annie on My Mind
Copyright © 1982 by Nancy Garden
Copyright © 2007 Entrevista com Nancy Garden
Copyright © 2007 Entrevista feita por Kathleen T. Horning

© 2022 by Universo dos Livros

Todos os direitos reservados e protegidos pela Lei 9.610 de 19/02/1998.
Nenhuma parte deste livro, sem autorização prévia por escrito da editora, poderá ser reproduzida ou transmitida, sejam quais forem os meios empregados: eletrônicos, mecânicos, fotográficos, gravação ou quaisquer outros.

Diretor editorial
Luis Matos

Gerente editorial
Marcia Batista

Assistentes editoriais
**Letícia Nakamura e
Raquel F. Abranches**

Tradução
Michelle Gimenes

Preparação
Monique D'Orazio

Revisão
**Alessandra Miranda de Sá
Aline Graça**

Capa
Renato Klisman

Diagramação
Saavedra Edições

Dados Internacionais de Catalogação na Publicação (CIP)
Angélica Ilacqua CRB-8/7057

G213a	
	Garden, Nancy
	Annie em minha mente : a descoberta do amor / Nancy Garden ; tradução de Michelle Gimenes — São Paulo : Hoo, 2022.
	208 p.
	ISBN 978-85-93911-34-7
	Título original: *Annie on my mind*
	1. Ficção norte-americana 2. Homossexualidade I. Título II. Gimenes, Michelle
22-4413	CDD 813

Universo dos Livros Editora Ltda. — selo Hoo
Avenida Ordem e Progresso, 157 — 8º andar — Conj. 803
CEP 01141-030 — Barra Funda — São Paulo/SP
Telefone: (11) 3392-3336
www.universodoslivros.com.br
e-mail: editor@universodoslivros.com.br

Esta não é uma história verídica. Os personagens são ficcionais e não existe uma Foster Academy na vida real. A casa que a srta. Stevenson e a srta. Widmer partilhavam é bem parecida com uma casa em que morei e a qual eu adorava; entretanto, até onde sei, nenhum incidente como o descrito neste livro aconteceu lá.
Nancy Garden

A todas nós

Está chovendo, Annie.

Liza — Eliza Winthrop — olhou surpresa para as palavras que acabara de escrever; era como se tivessem aparecido por livre e espontânea vontade na página à sua frente. Pretendia ter escrito: "A casa de Frank Lloyd Wright em Bear Run, Pensilvânia, é um dos primeiros e melhores exemplos do uso de materiais naturais por um arquiteto e da integração da construção com o entorno...".

Mas a chuva daquele novembro cinzento batia insistentemente na janela de seu pequeno quarto no dormitório, com gotas enormes açoitando a vidraça quando o vento soprava.

Liza virou a página de seu caderno e escreveu em uma folha nova:

Querida Annie,
Está chovendo. Chovendo como quando a conheci em novembro passado, gotas tão grandes que se unem umas às outras e escorrem em tiras, lembra?
Annie, está tudo bem?
Você está feliz, encontrou o que buscava na Califórnia? Está cantando? Deve estar, embora não tenha dito nada nas suas cartas. Por acaso as pessoas se arrepiam quando você canta, assim como eu me arrepiava?
Annie, outro dia vi uma mulher parecida com sua avó, e pensei em você, e no seu quarto, e nos gatos, e no seu pai contando histórias no táxi dele quando saímos para passear naquele Dia de Ação de Graças. E então recebi sua última carta, dizendo que não me escreveria mais até que eu lhe desse notícias.
Reconheço que não escrevo desde a segunda semana da sua partida para o acampamento musical de verão. O problema é que fico pensando no que aconteceu — em tudo relacionado ao que aconteceu, na verdade — e não consigo escrever para você. Desculpe. Sei que não é justo. Não é justo principalmente porque suas cartas têm sido maravilhosas, e sei que sentirei falta delas, mas não a culpo por deixar de me escrever, não mesmo.

Annie, acho que ainda não consigo escrever, pois já sei que não vou colocar esta carta no correio.

Liza fechou os olhos, passando a mão, distraída, por seus cabelos castanhos curtos e já despenteados. Seus ombros estavam curvados e tensos, fazendo com que parecesse ter menos que seu um metro e sessenta, mesmo de pé. Jogou os ombros para a frente e para trás, em uma tentativa inconsciente de aliviar a dor causada por ter passado tempo demais sentada, primeiro diante da prancheta e, depois, da escrivaninha. A garota do dormitório em frente ao seu a provocava dizendo que ela era perfeccionista, mas, assim como muitos dos outros calouros de arquitetura que haviam chegado ao MIT — o Instituto de Tecnologia de Massachusetts — depois de um estágio de verão em grandes empresas, Liza passara suas primeiras semanas tentando obstinadamente alcançá-los.

Mesmo assim, ainda tinha uma planta não terminada na prancheta, na escrivaninha, e o trabalho sobre Frank Lloyd Wright para finalizar.

Liza soltou a caneta, mas pegou-a de novo segundos depois.

Acho que o que preciso fazer antes de mandar uma carta para você é entender o que aconteceu. Preciso analisar tudo de novo — tudo mesmo —, as partes ruins e as partes boas também — nós e a casa, e a srta. Stevenson e a srta. Widmer, e Sally e Walt, e a srta. Baxter e a sra. Poindexter e os membros da diretoria, e meus pais e o coitado do Chad... totalmente perdido. Annie, terei que me esforçar muito para me lembrar de algumas coisas.

Mas quero me lembrar, Liza pensou, indo até a janela. *E quero me lembrar agora.*

A chuva ocultava o rio Charles e a maior parte do campus; mal conseguia ver o edifício em frente ao seu. Mesmo assim, olhou para ele, querendo que se transformasse em... em quê? Em sua rua em Brooklyn Heights, Nova York, onde passara a vida toda até então? Em sua antiga escola, a Foster Academy, que ficava a alguns quarteirões do apartamento de seus pais? Na rua de Annie em Manhattan; na escola de Annie? Na própria Annie, com a aparência que tinha naquele dia de novembro, quando se conheceram...

1.

A srta. Widmer, que lecionava inglês na Foster Academy, sempre dizia que a melhor forma de começar uma história é pelo primeiro evento mais importante ou mais empolgante, e então ir desenvolvendo o resto.

Assim, vou começar por aquele domingo chuvoso de novembro passado, quando conheci Annie Kenyon. Decidi que queria ser arquiteta bem antes de conseguir pronunciar tal palavra, por isso sempre passei muito tempo em museus. Naquele dia, para me ajudar a focar as ideias no projeto de arquitetura solar que estava desenvolvendo para o meu trabalho de conclusão de curso do ensino médio, fui ao Metropolitan Museum of Art, para visitar o Templo de Dendur e a Ala Americana.

O museu estava tão cheio que decidi começar pela Ala Americana, por ser menos lotada, às vezes, sobretudo no terceiro andar, que é para onde eu pretendia ir. E, no início, parecia estar mesmo mais vazia. Quando subi os últimos degraus, estava tudo tão silencioso que achei não haver ninguém ali — mas, quando comecei a me dirigir para as salas coloniais, ouvi alguém cantando. Lembro que parei e fiquei escutando um instante antes de seguir na direção do som, principalmente por curiosidade, mas também porque, fosse quem fosse, tinha uma voz linda.

Havia uma garota mais ou menos da minha idade — dezessete anos — sentada perto da janela em uma das salas coloniais mais antigas, cantando e olhando para fora. Embora eu soubesse que a única coisa do outro lado daquela janela fosse um painel pintado, havia algo naquela garota, a capa cinza que ela usava e a música que cantava, que permitia imaginar com facilidade o assentamento de "Plimoth" ou a Colônia da Baía de Massachusetts do lado de fora da vidraça. A menina parecia uma jovem mulher da época colonial, e a canção era triste, ou pelo menos a melodia passava essa sensação; não prestei muita atenção às palavras.

Depois de um ou dois minutos, a garota parou de cantar, embora continuasse olhando pela janela.

— Não pare. — Eu me peguei dizendo. — Por favor.

A garota se sobressaltou como se minha voz a tivesse assustado, e depois se virou para mim. Tinha cabelos negros muito longos, um rosto redondo com um narizinho de criança e uma boca que parecia triste, mas foram seus olhos que mais me chamaram a atenção. Eram tão negros quanto seus cabelos e pareciam guardar segredos que nenhuma outra pessoa jamais conheceria.

— Ah! — ela exclamou, levando a mão ao pescoço. Era uma mão surpreendentemente comprida e fina, em contraste com seu rosto arredondado. — Você me assustou! Não sabia que tinha mais alguém aqui. — Ela fechou mais a capa em volta do corpo.

— Era linda, a música — eu disse depressa, antes que ficasse com vergonha. Sorri para ela, que retribuiu com um sorriso tímido, como se ainda estivesse se recuperando do susto. — Não sei que música era, mas parecia algo que alguém cantaria numa sala como esta.

O sorriso da garota se alargou e seus olhos brilharam por um segundo.

— Ah, acha mesmo? — ela perguntou. — Não era uma canção de verdade. Estava inventando na hora. Fingi que era uma garota da época colonial que sentia saudade da Inglaterra; da melhor amiga, essas coisas. E de seu cão; ela havia conseguido trazer o gato, mas não o cão. — Ela riu. — O nome do cachorro devia ser algo superoriginal como Spot.

Ri também, mas não consegui pensar em mais nada para dizer.

A garota se dirigiu para a porta como se fosse ir embora, então perguntei depressa:

— Você vem sempre aqui? — Imediatamente me encolhi de vergonha ao perceber como aquela pergunta soava tola.

Ela não pareceu achar que era. Balançou a cabeça como se achasse que era uma pergunta séria e respondeu:

— Não. Passo muito tempo praticando, mas às vezes fico entediada. — Ela jogou os cabelos para trás por cima da capa. A capa abriu um pouco e pude ver que, por baixo, usava uma calça de veludo cotelê verde nada colonial e um suéter marrom.

— Praticando? — perguntei. — Cantando, você quer dizer?

Ela assentiu e disse casualmente:

— Faço parte de um grupo especial da escola. Estamos sempre apresentando recitais. Você vem sempre aqui? — Agora ela estava parada mais ou menos perto de mim, encostada no batente da porta, a cabeça inclinada um pouco para o lado.

Respondi que sim, expliquei que queria ser arquiteta e falei sobre meu projeto de arquitetura solar. Quando disse que estava indo visitar o Templo de Dendur, ela contou que nunca o tinha visto, só de fora do museu, e perguntou:

— Você se importa se eu a acompanhar?

Fiquei surpresa por não me importar; em geral, prefiro ficar sozinha nos museus, principalmente quando estou fazendo um trabalho ou algo assim.

— Não — respondi. — Quer dizer, tudo bem, não me importo.

Descemos juntas, eu me sentindo desconfortável, até que por fim me ocorreu perguntar:

— Qual é o seu nome?

— Annie Kenyon — ela disse. — O que... o que é aquilo?

— Liza Winthrop — respondi, antes de me dar conta de que não tinha sido essa a sua pergunta. Havíamos acabado de entrar na área de arte medieval, um grande salão aberto com uma magnífica grade de coro — uma enorme grade de ferro forjado pintada de dourado — que ocupava todo o fundo da sala. Annie parou diante da grade com os olhos brilhando.

— É de uma catedral espanhola — eu disse, exibida. — De 1668...

— É linda — interrompeu Annie.

Ela ficou lá parada, em silêncio, como que fascinada pela grade, e depois baixou a cabeça. Duas ou três pessoas que entravam naquele instante olharam-na com curiosidade, e tentei convencer a mim mesma de que era ridículo me envergonhar dela. *Você poderia se afastar*, lembro de ter pensado; *afinal, você nem conhece essa pessoa. Talvez ela seja maluca. Talvez seja uma fanática religiosa.*

Mas não me afastei e, alguns segundos depois, ela se virou para mim sorrindo e disse enquanto saíamos da sala:

— Desculpe se a envergonhei.

— Tudo bem — respondi.

Mesmo assim, conduzi Annie bem depressa para a Sala de Armas e Armaduras, que eu costumava visitar quando passava a caminho do templo. A sala era uma das minhas áreas favoritas do museu — os visitantes eram recebidos na entrada por um grupo de cavaleiros em tamanho natural em suas armaduras completas, montados em cavalos. O primeiro cavaleiro segurava a lança apontada para a frente, isto é, na direção de quem entrava no recinto.

Annie pareceu adorar aquilo. Acho que foi uma das primeiras coisas que me fizeram decidir que gostava dela, apesar de parecer meio estranha.

— Ah! *Veja!* — ela exclamou, contornando o grupo de cavaleiros. — Ah! Eles são maravilhosos! — Começou a andar mais rápido, brandindo uma lança imaginária e movendo-se como se ela mesma estivesse montada em um cavalo.

Parte de mim queria me juntar a ela; como eu disse, sempre adorei aqueles cavaleiros e fui louca pelo rei Arthur quando pequena, mas a outra parte me deixava rígida e embaraçada.

— Annie — comecei a falar com o tom de voz que minha mãe costumava usar comigo e com meu irmão quando éramos pequenos e extrapolávamos na bagunça; mas, àquela altura, Annie fingia ter caído do cavalo, largando a lança. Ela desembainhou uma espada imaginária de forma tão convincente, que me causou admiração, apesar do meu tom de aviso. Quando ela disse *"En guarde!* Prepare-se para lutar, ou acabarei com você!", sabia que não conseguiria conter o riso por muito tempo.

— Se não lutar comigo, cavaleiro — ela disse —, vai se arrepender do dia em que me derrubou do cavalo aqui nesta floresta!

Tive que rir; seu senso de humor era contagiante. Além disso, notei, naquela hora, que as únicas outras pessoas por perto eram dois garotinhos, do outro lado da sala. No instante seguinte, me rendi completamente. Imaginei um cavalo, do qual apeei e, no meu melhor estilo rei Arthur, falei:

— Não lutaria com um cavaleiro desmontado estando eu em cima de um cavalo, mas agora que estou em terra, você não sobreviverá para contar a história deste duelo! — Também fingi jogar minha lança no chão e desembainhar minha espada.

— Nem você! — exclamou Annie, com uma falta de lógica tão absurda que nos fez rir mais tarde. — Então, toma! — ela gritou enquanto me atacava com sua espada.

No minuto seguinte, pulávamos para a frente e para trás do grupo de cavaleiros, atacando uma à outra com nossas espadas imaginárias e gritando insultos cavalheirescos uma para a outra. Depois de uns três insultos, os garotinhos que estavam do outro lado da sala vieram nos assistir.

— Estou torcendo pela garota de capa cinza! — um deles gritou. — Vai, Capa Cinza!

— Eu não — disse seu amigo. — Vai, Capa de Chuva!

Annie e eu nos olhamos fixamente, e percebi que fazíamos um pacto silencioso de lutar até a morte pelo bem do público. O único problema era que eu não sabia ao certo como sinalizaríamos uma para a outra quem morreria e quando.

— Ei, o que está havendo aqui? Parem com isso, vocês duas, agora mesmo. Já são bem grandinhas para saber que não deveriam estar agindo desse jeito, não? — Senti uma mão forte no meu ombro e, ao me virar, vi o uniforme de um guarda do museu e seu rosto vermelho, zangadíssimo.

— Sentimos muito, senhor — disse Annie, com tamanha cara de inocente que não dava para imaginar como alguém poderia ficar bravo com ela. — Os cavaleiros são tão magníficos! Nunca os tinha visto antes e me deixei levar pela empolgação.

— Humpf! — o guarda exclamou, soltando meu ombro e repetindo: — Já são bem grandinhas para saber que não deveriam estar agindo desse jeito, vocês duas. — Ele olhou para as duas crianças que, àquela altura, estavam paradas juntinhas, boquiabertas. — Não sigam o exemplo delas — rosnou para os meninos enquanto eles saíam apressados da sala feito dois camundongos assustados.

Depois que os garotinhos saíram, o guarda lançou mais uma vez um olhar de censura para nós — isto é, ele nos censurou, mas seus olhos não mostravam desaprovação.

— Foi uma boa luta — ele grunhiu. — Deviam fazer uma montagem de Shakespeare no parque, vocês duas, mas já chega! — continuou, balançando o indicador. — Chega disso aqui, entendido?

— Ah, sim, senhor — Annie disse, parecendo arrependida, e eu fiz que sim com a cabeça, e ficamos lá paradas praticamente sem respirar enquanto ele se afastava. Assim que desapareceu, caímos na risada.

— Ah, Liza! — disse Annie. — Nem lembro mais quando foi a última vez que me diverti tanto assim.

— Nem eu — falei. — E, ei, sabe de uma coisa? Nem fiquei com vergonha; só no começo.

Então algo estranho aconteceu. Olhamos uma para a outra, quer dizer, olhamos de verdade, pela primeira vez, e por um ou dois segundos acho que eu não teria conseguido dizer qual era o meu nome se alguém me perguntasse. Uma coisa daquelas nunca havia acontecido comigo antes e acho — tenho certeza — que aquilo me assustou.

Levou um tempo até eu conseguir falar e, mesmo assim, tudo que pude dizer foi:

— Vamos. O templo fica logo ali.

Passamos em silêncio pela seção egípcia, e observei o rosto de Annie quando entramos na Ala Sackler e ela viu o Templo de Dendur, com o espelho d'água e aquele espaço aberto à frente. É uma visão que deixa atordoada a maioria das pessoas, e que ainda tem esse efeito em mim, embora eu já tenha visitado a sala várias vezes. É a ausência de sombras, acho, e a luminosidade — pura e total, mesmo em um dia chuvoso como aquele. A luz entra pelos painéis de vidro, tão amplos quanto o céu, e reflete no espelho d'água, fazendo com que a configuração do templo no museu seja tão vasta e mutável quanto sua original no rio Nilo deve ter sido há milhares de anos.

Annie suspirou assim que entramos.

— É ao ar livre! — ela disse. — Quer dizer, parece. Mas... mas dá essa impressão. — Ela abriu os braços como se quisesse abraçar tudo aquilo e soltou o ar em um suspiro exasperado, como que frustrada por não conseguir encontrar as palavras certas.

— Eu sei — falei; também nunca havia sido capaz de encontrar as palavras certas para me expressar.

Annie sorriu. Então, com as costas bem retas, ela contornou lentamente o espelho d'água e entrou no templo, como se fosse a deusa Ísis em pessoa, inspecionando a construção pela primeira vez e dando sua aprovação.

Quando voltou, parou tão perto de mim que nossas mãos teriam se tocado se as tivéssemos movimentado.

— Obrigada — ela disse baixinho —, por me mostrar isto. E a grade do coro também. — Ela se afastou um pouco. — Esta sala se parece com você. — Sorriu. — Iluminada e brilhante. Não sombria como eu e a grade do coro.

— Mas você é... — Parei de falar, percebendo que estava prestes a dizer *linda,* surpresa por ter pensado tal coisa e me sentindo confusa mais uma vez.

Annie abriu um sorriso, como se tivesse lido meus pensamentos, mas depois se virou e disse:

— Preciso ir. Está ficando tarde.

— Onde você mora? — As palavras escaparam da minha boca antes que eu pudesse pensar direito, mas parecia não haver nenhum motivo para não fazer aquela pergunta.

— Lá na parte norte — disse Annie, depois de hesitar um instante. — Espere... — Ela jogou a capa para trás e tateou em um bolso, puxando de lá um toco de lápis e um caderninho. Anotou seu endereço e telefone numa folha, que arrancou e me entregou. — Agora me passe o seu.

Foi o que fiz, e então conversamos enquanto atravessávamos novamente a seção egípcia e saíamos para a chuva. Não lembro o que dissemos, só de sentir que algo importante havia acontecido, e que as palavras não importavam muito.

Alguns minutos depois, Annie cruzava a cidade em um ônibus, e eu ia na direção contrária para pegar o metrô até o Brooklyn. Já estava na metade do caminho para casa quando percebi que não havia feito nada relacionado ao meu projeto de arquitetura solar.

2.

O dia seguinte, segunda-feira, foi quente, um clima mais para outubro do que para novembro, e fiquei surpresa ao notar que ainda havia folhas nas árvores depois da chuva pesada do dia anterior. As folhas no chão da rua estavam quase secas, pelo menos as da camada de cima, e meu irmão Chad e eu as chutamos a caminho da escola. Chad é dois anos mais novo que eu, e supostamente se parece comigo: baixinho, corpo quadrado, olhos azuis e o que mamãe chama de "rosto em formato de coração".

Uns três anos depois que mamãe e papai se casaram, eles se mudaram de Cambridge, Massachusetts, onde fica o MIT, para Brooklyn Heights, pouco depois do sul de Manhattan. Brooklyn Heights não tem nada a ver com Manhattan — a parte de Nova York que a maioria das pessoas visita; sob vários aspectos, está mais para uma cidade pequena do que para uma metrópole. Tem mais árvores, flores e arbustos que Manhattan e não possui diversas lojas chiques nem prédios comerciais enormes, tampouco a mesma agitação. A maioria dos edifícios em Brooklyn Heights é composta de prédios residenciais: construções de quatro ou cinco andares, feitas de tijolos vermelhos com pequenos jardins na entrada e nos fundos. Sempre gostei de morar lá, embora fosse um lugar um pouco sem graça, já que quase todo mundo era branco e os pais da maioria eram médicos, advogados, professores — ou então gente importante que trabalhava em corretoras de valores, em editoras ou no mercado publicitário.

Enfim, enquanto Chad e eu chutávamos as folhas a caminho da escola naquela segunda-feira, Chad murmurava os Poderes do Congresso e eu pensava em Annie. Perguntava-me se ela entraria em contato e se teria coragem de contatá-la se ela não me ligasse ou escrevesse primeiro. Eu havia prendido o pedaço de papel com seu endereço no canto do meu espelho, onde pudesse vê-lo toda vez que penteasse os cabelos, por isso achava provável que eu ligasse se ela não me telefonasse antes.

Chad puxou meu braço; parecia aborrecido — não, exasperado.

— Hã? — eu disse.

— No que estava pensando, Liza? Acabei de enumerar toda a lista de Poderes do Congresso e pedi que dissesse se estava certa, mas você não disse nada.

— Puxa vida, Chad, não me lembro da lista toda.

— Não sei como; você sempre tira A em tudo. De que adianta aprender algo no início do ensino médio se já tiver esquecido quando chegar ao último ano? — Ele jogou o cabelo para trás, do jeito que geralmente faz papai lhe dizer que precisa cortar o cabelo, e pegou um monte de folhas do chão e as jogou sobre a minha cabeça como uma cascata, sorrindo; Chad nunca conseguia ficar zangado com alguém por muito tempo. — Deve estar apaixonada ou algo assim, Lize — ele disse, usando o apelido que havia me dado. Depois voltou a usar meu nome de verdade e começou a cantar: — Liza está apaixonada, Liza está apaixonada...

Engraçado ele ter dito aquilo.

Àquela altura, já estávamos quase chegando à escola, mas pendurei a bolsa no ombro e joguei folhas no meu irmão pelo resto do caminho, até a porta de entrada.

A Foster Academy parecia uma velha mansão vitoriana de madeira — exatamente o que era antes de ter sido transformada em uma escola independente — particular — para alunos do jardim da infância até o último ano do ensino médio. Alguns torreões e elementos decorativos rococó do edifício principal branco-encardido haviam começado a se desfazer desde meu início no ensino médio, e, a cada ano, mais e mais alunos haviam se transferido para a escola pública. Como a maior parte do dinheiro da Foster vinha das anuidades e havia apenas uns trinta alunos por classe, perder mais que dois alunos por ano era um grande desastre. Então, naquele outono, o Conselho Diretor consultara um angariador de fundos profissional, que havia ajudado a "lançar" uma "grande campanha", como a sra. Poindexter, a diretora da escola, gostava de dizer. Em novembro, o comitê de publicidade formado pelos pais tinha espalhado cartazes por todo o Brooklyn Heights, pedindo às pessoas que doassem dinheiro para ajudar a escola a sobreviver, e havia anúncios regulares nos jornais, além de planos para uma iniciativa de recrutamento de alunos na primavera. Na verdade, quando joguei meu último punhado de folhas em Chad naquela manhã, quase acertei o presidente do comitê de publicidade para angariação de fundos, o sr. Piccolo, pai de uma das calouras do ensino médio.

— Bom dia, sr. Piccolo — disse depressa, para disfarçar o que tinha feito.

Ele nos cumprimentou com um movimento de cabeça e sorriu timidamente. Assim como sua filha, Jennifer, ele era alto e magro, e eu vi Chad fingindo que tocava um flautim enquanto o sr. Piccolo seguia pelo corredor. O fato de o sr. Piccolo e Jennifer serem fisicamente parecidos com um *piccolo* — instrumento musical também conhecido como flautim — era uma piada na escola.

Sorri, fingindo que também tocava um flautim para Chad, e me dirigi ao meu armário, passando por um monte de alunos que falavam sobre o fim de semana deles. Embora tivesse cumprimentado várias pessoas, ainda devia estar muito preocupada, pois descobri mais tarde que havia passado por um anúncio com grandes letras vermelhas afixado no quadro de avisos do subsolo, ao lado do mais recente cartaz de angariação de fundos — havia passado direto sem tê-lo visto:

ESTÚDIO DE COLOCAÇÃO DE BRINCOS DE SALLY JARRELL
DAS 12 ÀS 13 HORAS, SEGUNDA, 15 DE NOVEMBRO,
NO BANHEIRO FEMININO DO SUBSOLO
$ 1,50 por furo, cada orelha

Naquela época, Sally Jarrell era minha pessoa favorita da escola. Éramos tão diferentes quanto duas pessoas podiam ser — o que tínhamos em comum era nenhuma de nós se encaixar na Foster, eu acho. Não quero dizer que a Foster é um lugar de gente esnobe, porque é isso que sempre dizem de escolas particulares, mas acredito ser verdade que muitos alunos ali se achavam especiais. E havia um monte de panelinhas; só Sally e eu não fazíamos parte de nenhuma delas. O que eu mais gostava nela, até tudo mudar, era que ela tinha estilo próprio. Em um mundo em que as pessoas pareciam ser fabricadas em série por uma máquina, Sally Jarrell não era apenas mais uma cópia, pelo menos não naquele outono.

Juro que não vi o anúncio nem quando passei por ele pela segunda vez — e, desta vez, Sally estava bem na frente dele, examinando minha orelha esquerda como se tivesse um bicho nela e murmurando algo como "brincos". Tudo que notei foi que o rosto magro e pálido de Sally parecia ainda mais magro e mais pálido que o habitual, provavelmente porque ela não tivera tempo de lavar os cabelos — os fios desciam pelos ombros em mechas oleosas.

— Brincos, sem dúvida — ela disse.

Da última vez, ouvi claramente o que ela tinha dito, mas, antes que pudesse perguntar do que estava falando, o primeiro sinal soou e o corredor se encheu de cotovelos pontudos e do barulho metálico de armários sendo fechados. Fui para a aula de Química, e Sally foi saracoteando misteriosamente para o ginásio. E me esqueci por completo daquilo até a hora do almoço, quando voltei ao meu armário para pegar o livro de Física — estava com uma carga pesada de Ciências naquele ano porque queria entrar no MIT.

O corredor do subsolo estava lotado de garotas, que pareciam aguardar alguma coisa em fila. Havia alguns garotos também, parados ao lado do namorado de Sally, Walt, perto de uma mesa coberta por um pano branco. Organizados sobre o pano estavam um frasco de álcool, uma tigela com gelo, um carretel de linha branca, um pacote de agulhas e duas metades de uma batata crua e sem casca.

— Ei, Walt — perguntei, confusa —, o que está acontecendo?

Walt, que era meio exibido — "duas caras", como Chad o chamava, mas eu gostava dele —, sorriu e apontou com um floreio para o anúncio.

— Um e cinquenta por furo, cada orelha — ele leu alegremente. — Um ou dois, Senhora Presidente? Três ou quatro?

O motivo por que ele me chamara de Senhora Presidente era o mesmo pelo qual eu estava lá parada encarando o anúncio, desejando estar em casa gripada. Nunca entendi o porquê, mas, na época da eleição, um dos alunos da minha sala havia me indicado para ser presidente do conselho estudantil, e eu tinha sido eleita. O conselho estudantil, que representava os alunos, deveria administrar a escola, em vez de deixar que o corpo docente ou a administração o fizesse. A meu ver, minha responsabilidade como presidente do conselho era presidir as assembleias a cada duas semanas, mas a sra. Poindexter, a diretora da escola, pensava diferente. Em setembro, ela tinha me dado um sermão constrangedor, dizendo que eu deveria dar o exemplo e ser sua "mão direita", garantindo que todos seguissem "as intenções e as disposições" contidas no regulamento da escola, algumas das quais sendo um tanto confusas.

— Venha — Walt gritava. — Se a digníssima presidente do conselho estudantil, que representa todo o nosso respeitável corpo discente, desse o exemplo — ele fez uma reverência —, o negócio floresceria, com certeza. Por aqui, senhora...

— Ah, cala a boca, Walt — eu disse, tentando me lembrar do regulamento da escola e torcendo para não haver uma regra que a sra. Poindexter achasse que poderia ser aplicada especificamente à perfuração de orelhas.

Walt deu de ombros, segurou meu cotovelo e me conduziu até o começo da fila.

— Senhora Presidente — disse ele —, deixe-me convidá-la a, pelo menos, observar.

Pensei em dizer não, mas decidi que faria sentido pelo menos ter uma ideia do que estava acontecendo, então assenti. Walt ajeitou os punhos de sua camisa azul — ele era muito elegante e, naquele dia, vestia um terno marrom-claro — e fez outra reverência.

— Aguardem um momento, senhoras e senhores — continuou ele —, enquanto acompanho a presidente em um tour pelo... é... estabelecimento. Volto logo. — Ele me conduziu até a porta e depois se virou e deu uma piscadela para alguns garotos que se amontoavam em volta da mesa. — A srta. Jarrell disse que cuidará de vocês, senhores, assim que tiver... é... atendido algumas senhoras. — Ele cutucou as costelas de Chuck Belasco, capitão do time de futebol americano, enquanto passávamos e murmurou: — Ela também me pediu que dissesse a vocês, senhores, que está ansiosa para atendê-los. — Aquilo, é claro, fez os garotos rirem alto.

Entrei no banheiro feminino bem a tempo de ouvir Jennifer Piccolo gritar "Ai!" e de ver seus grandes olhos castanhos se encherem de lágrimas.

Fechei a porta depressa — Chuck tentava espiar lá dentro — e abri caminho por entre cinco ou seis garotas paradas em volta da mesa que Sally havia colocado em frente às pias. Sobre ela havia as mesmas coisas dispostas que havia em cima da mesa do corredor.

— Oi, Liza — cumprimentou Sally, animada. — Fico feliz em ver você aqui. — Sally usava um jaleco branco de laboratório e segurava, numa mão, meia batata e, na outra, uma agulha ensanguentada.

— O que aconteceu? — perguntei, indicando com a cabeça Jennifer, que soluçava alto enquanto tocava delicadamente com o dedo a linha rosada pendurada em sua orelha direita.

Sally deu de ombros.

— Baixa tolerância à dor, acho. Pronta para o próximo furo, Jen?

Jennifer assentiu bravamente e fechou os olhos enquanto Sally pegava a agulha ensanguentada e a limpava com álcool, dizendo:

— Viu, Lisz? Perfeitamente esterilizada.

O grupo de garotas um tanto apreensivas inclinou-se, solidárias, na direção de Jennifer quando Sally se aproximou de sua orelha direita outra vez.

— Sally... — comecei a dizer, mas Jennifer me interrompeu.

— Talvez — ela disse timidamente, bem quando Sally posicionava a metade da batata atrás da orelha, para impedir que a agulha entrasse na cabeça se escapasse, percebi com um tremor — eu queira fazer só um furo em cada orelha, tudo bem? — Ela abriu os olhos e olhou esperançosa para Sally.

— Você disse dois furos em cada orelha — Sally insistiu, com firmeza. — Quatro furos no total.

— Sim, mas... acabei de lembrar que outro dia minha mãe disse que dois brincos em uma orelha era algo idiota e... bem, acho que talvez ela tenha razão, só isso.

Sally suspirou e passou para a outra orelha de Jennifer.

— Gelo, por favor — pediu.

Quatro alunas foram pegar gelo enquanto Jennifer fechava os olhos de novo, com uma expressão que eu imaginava ter surgido no rosto de Joana d'Arc enquanto ela seguia para a fogueira.

Não vou descrever todo o processo, sobretudo porque foi um pouco sangrento; mas, embora Jennifer tenha soltado uma espécie de guincho quando Sally enfiou a agulha, e embora tenha saído cambaleante do banheiro feminino (assustando a maioria dos garotos, como Walt confirmou posteriormente), ela jurou que não tinha doído tanto.

Fiquei tempo suficiente para ver que Sally estava tentando ser cuidadosa, considerando a limitação de seu equipamento. A batata realmente impedia que a agulha avançasse demais, e o gelo, que servia para deixar a orelha dormente, parecia diminuir a dor e o sangramento. Sally também esterilizava a agulha e a linha. A coisa toda parecia bem segura, então decidi que tudo que eu tinha de fazer na minha função de autoridade era lembrar Sally de usar álcool todas as vezes.

No entanto, naquela tarde houve uma grande quantidade de lenços de papel ensanguentados sendo pressionados contra lóbulos de orelhas em várias salas de aula e, assim que tocou o último sinal, enquanto eu conversava no corredor com a srta. Stevenson, que dava aula de Arte e também era professora orientadora do conselho estudantil, uma caloura chegou correndo e disse:

— Ah, Liza, que bom que você ainda está aqui. A sra. Poindexter quer falar com você.

— Ah, é? — eu disse, tentando imprimir à voz um tom casual. — A respeito de quê?

A srta. Stevenson ergueu as sobrancelhas. Ela era muito alta e pálida, com cabelos loiros curtos e não muito bem-cuidados. Meu pai sempre a chamava de "Mulher Renascentista" porque, além de lecionar Arte, ela também orientava a equipe de debate, cantava em um coral comunitário e era tutora dos alunos em praticamente qualquer matéria se ficassem doentes por longos períodos. Também tinha um temperamento difícil, mas sua reputação era de ser justa, então ninguém se importava muito — pelo menos os alunos.

Tentei ignorar as sobrancelhas arqueadas da srta. Stevenson e me concentrar na caloura.

— Não sei o que ela quer — respondeu ela —, mas acho que tem a ver com a Jennifer Piccolo, porque vi o sr. Piccolo e a Jennifer saindo da enfermaria e entrando na sala da sra. Poindexter, e a Jennifer estava chorando e suas orelhas sangravam. — A caloura deu uma risadinha.

Quando ela se foi, a srta. Stevenson virou-se para mim e disse secamente:

— Suas orelhas, fico feliz em ver, estão como sempre foram.

Olhei direto para os pequenos brincos prateados da srta. Stevenson.

— Ah, estes brincos — ela disse. — Sim, meu médico furou minhas orelhas quando eu estava na faculdade. Meu *médico*, Liza.

Comecei a me afastar.

— Liza, foi *idiotice* esse projeto da Sally. Quem me dera eu tivesse ficado sabendo a tempo de impedir.

Senti os pés pesados enquanto atravessava o corredor a caminho da sala da sra. Poindexter. Sabia que a srta. Stevenson, embora nunca fosse detestável, geralmente estava certa. E quando a coisa toda acabou, também desejei que ela tivesse ficado sabendo do projeto de colocação de brincos de Sally a tempo de impedi-lo.

3.

A sra. Poindexter não olhou para mim quando entrei em sua sala. Era uma mulher atarracada de cabelos grisalhos que usava óculos pendurados em uma correntinha, sem aro em volta das lentes. Parecia sempre estar com alguma dor. Talvez sempre estivesse, porque, com frequência, enquanto pensava em algo sarcástico para dizer, ela deixava os óculos pendurados sobre os seios avantajados e apertava a ponte do nariz, como se a sinusite a estivesse matando. Apesar disso, sempre achei que sua intenção era expressar que a dor era causada pelo aluno que ela estava disciplinando. Poderia ter poupado a si mesma de muita dor de cabeça se tivesse seguido o regulamento da escola: "A Direção da Foster Academy deve *orientar* os alunos, mas os alunos devem *administrar* a si mesmos". Mas imagino que ela fosse o que o sr. Jorrocks, nosso professor de História Americana, costumava chamar de "construcionista não literal", já que interpretava o regulamento de um modo diferente da maioria das pessoas.

— Sente-se, Eliza — pediu a sra. Poindexter, ainda sem olhar para mim. Sua voz saiu cansada e abafada, como se sua boca estivesse cheia de cascalho.

Sentei-me. Era sempre difícil não ficar desanimada na sala da sra. Poindexter, mesmo que eu tivesse acabado de receber os parabéns por ter ganhado uma bolsa de estudos ou por ter tirado A em tudo. O amor da sra. Poindexter pela escola, que era considerável, não a inspirava muito a redecorar o lugar. Sua sala era toda em tons do que parecia ser o marrom original, sem nada que contrastasse, nem mesmo plantas, e ela mantinha as pesadas cortinas marrons parcialmente fechadas; então, o ambiente era extraordinariamente escuro.

Enfim a sra. Poindexter ergueu a cabeça da pasta que examinava, deixou os óculos pendurados sobre o peito, apertou a ponte do nariz e olhou para mim como se achasse que eu tinha o código moral de uma lesma-do-mar.

— Eliza Winthrop — ela disse, o pesar escapando por entre o cascalho da boca —, não consigo mensurar o meu choque com sua

incapacidade de cumprir seu dever, não apenas como presidente do conselho estudantil e minha mão direita, mas também como membro comum do corpo discente. Faltam-me palavras — ela acrescentou, mas, como a maioria das pessoas que dizem tal coisa, de algum modo prosseguiu:
— A regra sobre denúncia, Eliza. Será possível que você se esqueceu da regra sobre denúncia?

Senti como se tivesse engolido uma caixa de chumbadas de metal que meu pai usava quando ia pescar no interior.

— Não — respondi, mas o som que saiu da minha boca estava mais para um balido do que para uma palavra.

— Não, o quê?

— Não, sra. Poindexter.

— Poderia fazer a gentileza de me dizer a regra? — ela insistiu, fechando os olhos e apertando a ponte do nariz.

Pigarreei, tentando me convencer de que ela não devia esperar que eu lembrasse da regra, palavra por palavra, como constava no livreto azul intitulado *Bem-vindo à Foster Academy*.

— Disposição sobre denúncia — comecei. — Um: Se um estudante violar uma disposição, deverá denunciar a si mesmo, escrevendo seu nome e qual disposição foi violada em um pedaço de papel e colocando esse papel na caixa ao lado da mesa da srta. Baxter, na secretaria.

A srta. Baxter era uma mulher efusiva com cara de passarinho e cabelos ruivos ressecados que ensinava uma matéria intitulada "A Bíblia como literatura" para alunos do terceiro ano do ensino médio e contava histórias bíblicas para alunos do ensino fundamental uma vez por semana. Sua outra tarefa era ser assistente administrativa da sra. Poindexter, o que significava ter a confiança da diretora, que a encarregava de coisas variadas, desde servir chá nas reuniões do Clube das Mães até digitar documentos de caráter confidencial e guardar a caixa de denúncias. Toda tarde a srta. Baxter e a sra. Poindexter tomavam chá juntas em finas xícaras de porcelana alemã, mas a relação das duas não parecia ser de igual para igual, como amigas de verdade. Estavam mais para águia e pardal, ou baleia e peixe-piloto, pois a srta. Baxter estava sempre correndo de um lado para o outro fazendo algo para a sra. Poindexter ou livrando-a de pessoas que ela não queria ver.

— Continue — disse a sra. Poindexter.

— Dois — continuei. — Se um aluno vir outro aluno violando uma disposição, o primeiro aluno deve pedir àquele que violou a disposição que denuncie a si mesmo. Três: Se o aluno que violou a disposição não denunciar a si mesmo, aquele que constatou tal violação deverá denunciar o outro, isto é, aquele que violou a disposição.

A sra. Poindexter assentiu.

— Pode me dizer — ela falou, sem abrir os olhos —, já que parece conhecer a regra muito bem, e já que também parece estar ciente de que a intenção implícita em todas as disposições do regulamento da Foster Academy envolve a ideia de não prejudicar terceiros, por que não pediu a Sally Jarrell que denunciasse a si mesma quando viu o que ela planejava fazer? Ou quando viu o que ela estava, de fato, fazendo?

Antes que eu pudesse responder, a sra. Poindexter girou em sua cadeira e abriu os olhos, olhando direto para mim.

— Eliza, você deve saber melhor que a maioria dos alunos, considerando a sua posição, que esta escola precisa desesperadamente de dinheiro e, portanto, desesperadamente da ajuda do sr. Piccolo como presidente do comitê de publicidade da nossa campanha. Mesmo assim, Jennifer Piccolo acabou indo para casa mais cedo hoje por causa da dor terrível que sentia nos lóbulos das orelhas.

— Sinto muito, sra. Poindexter — falei, e tentei explicar que não havia notado o anúncio de Sally, até o momento em que ela já estava furando as orelhas de Jennifer.

Ela balançou a cabeça como se não fosse capaz de entender aquilo.

— Eliza — ela disse, cansada —, sabe que achei imprudente quando você falou durante o discurso da sua campanha, na primavera passada, que era contra a regra de denúncia...

— Todo mundo é contra — respondi, o que era verdade. Até os professores concordavam que aquela regra não funcionava.

— Nem todo mundo — respondeu a sra. Poindexter. — Popular ou não, essa regra é a espinha dorsal do código de honra da escola, e assim tem sido há muitos e muitos anos; na verdade, desde que Letitia Foster fundou a escola. — Ela acrescentou em seguida: — Não que a regra de denúncia, ou qualquer outra, faça alguma diferença se a Foster precisar fechar as portas.

Analisei seu rosto, tentando descobrir se estava exagerando. A ideia de que a Foster Academy tivesse que fechar nunca me havia passado pela cabeça, embora eu soubesse dos problemas da escola, é claro. Agora, ter que fechar? Chad e eu frequentávamos a Foster desde o jardim da infância; era quase como uma terceira figura parental para nós.

— Eu... eu não sabia que as coisas estavam tão ruins assim — gaguejei.

A sra. Poindexter assentiu.

— Se a campanha não der resultado, talvez a Foster tenha que fechar. E se o sr. Piccolo, sem o qual não há publicidade para a campanha, não nos ajudar mais por causa desse... desse incidente ridículo e inconsequente, duvido seriamente que consigamos encontrar alguém que o substitua. Se ele nos deixar, vai saber se o angariador de fundos que concordou em ser nosso consultor continuará nos ajudando... Já foi bem difícil conseguir a ajuda deles dois, para começo de conversa... — A sra. Poindexter fechou os olhos de novo, e, pela primeira vez desde que eu entrara em sua sala naquela tarde, percebi que estava realmente chateada; não era apenas drama, como de costume. — Como acha que o sr. Piccolo se sentirá agora ao pedir dinheiro às pessoas? — ela disse. — Como acha que ele se sentirá divulgando uma escola, pedindo aos pais que matriculem seus filhos e filhas em uma escola, cuja disciplina é tão frouxa que não pode impedir que os alunos causem danos físicos uns aos outros?

— Não sei, sra. Poindexter — respondi, tentando não me remexer na cadeira. — Muito mal, imagino.

A sra. Poindexter suspirou.

— Gostaria que pensasse nisso tudo, Eliza. E também na sua responsabilidade para com a escola, de hoje até a assembleia do conselho estudantil, na próxima sexta-feira. Realizaremos uma audiência disciplinar para você e para Sally Jarrell em tal ocasião. Obviamente, não posso permitir que presida a assembleia, já que será submetida à ação disciplinar. Pedirei a Angela Cariatid, a vice-presidente, que presida a sessão nesse caso. Pode ir agora.

As folhas que pareceram tão secas naquela manhã tinham um aspecto de velhas e moles enquanto eu voltava para casa devagar, sem Chad, que tinha treino de futebol. O céu parecia se fechar novamente, como se fosse vir mais chuva.

Achei bom que Chad não estivesse comigo e não sabia ao certo, quando abri a porta do edifício de tijolos vermelhos onde morávamos e subi para nosso apartamento no terceiro andar, se queria encontrar minha mãe antes de pensar sobre o que a diretora dissera. Minha mãe era uma pessoa muito boa para se conversar; na maioria das vezes, ajudava-nos a resolver nossos problemas, mesmo quando estávamos errados, sem nos fazer sentir como vermes. No fim das contas, não precisei me preocupar em ter tempo de pensar numa história, porque mamãe não estava em casa. Ela havia deixado um bilhete para nós na mesa da cozinha:

> L e C,
> Estou na assembleia da associação de moradores. Tem biscoitos fresquinhos no pote. Sirvam-se.
> Com amor, mamãe

Mamãe sempre — quer dizer, geralmente — assava biscoitos para nós quando sabia que não estaria em casa quando chegássemos. Chad diz que ela ainda faz isso; é como se ela se sentisse culpada por não ser dona de casa em tempo integral, o que ninguém, exceto ela mesma, espera que ela seja.

Depois de ter pegado alguns biscoitos do pote e estar sentada à mesa, comendo e desejando que a temporada de beisebol durasse até novembro, para que eu tivesse um jogo para assistir e pudesse desviar minha mente da escola, vi o segundo bilhete debaixo do primeiro:

> Liza,
> Uma pessoa chamada Annie alguma coisa — Cannon? Kaynon? — ligou e pediu que você ligasse para ela: 877 9384.
> Coma mais um biscoito.
> Com amor, mamãe

Não sei o motivo, mas, assim que vi o segundo bilhete, meu coração começou a bater mais rápido. Também percebi quanto estava feliz por mamãe não estar em casa, pois não queria ninguém por perto quando ligasse para Annie — embora, de novo, não soubesse o motivo. Minha boca estava seca, então tomei um pouco de água e quase derrubei o copo porque minhas mãos ficaram repentinamente suadas. Depois, fui até o telefone e comecei a discar, mas parei na metade porque não sabia o que dizer. Só consegui discar novamente após dizer a mim mesma que, já que Annie havia me ligado, o que dizer era problema dela.

Outra pessoa atendeu ao telefone — sua mãe, fiquei sabendo depois —, e senti inveja de quem quer que fosse que estivesse com Annie naquele instante, enquanto eu estava lá longe em Brooklyn Heights, nem mesmo na mesma ilha que ela.

Enfim Annie pegou o telefone e disse:

— Alô?

— Annie. — Acho que consegui parecer casual, ou pelo menos sei que tentei. — Oi. É a Liza.

— Ah, sim — ela disse, parecendo, de fato, feliz. — Reconheci sua voz. Olá. — Houve uma pequena pausa, e senti meu coração aos pulos. Ela continuou: — Ei, você retornou minha ligação!

Só então me dei conta de que ela sabia o que dizer tanto quanto eu e, por alguns segundos, gaguejamos sem graça; mas, depois da terceira longa pausa, ela disse hesitante e em voz baixa:

— Eu... estava pensando se você gostaria de ir comigo ao Met Cloisters* no sábado. Não precisa ir se não quiser. Só achei que, talvez, quisesse ir, já que vai tanto ao MET, mas... ah, bem, talvez não queira.

— Eu adoraria — respondi depressa.

— Verdade? — Ela parecia surpresa.

— Claro. Amo aquele lugar. O parque e tudo mais.

— Bem... bem, se fizer um dia bonito, posso levar comida para fazermos um piquenique no parque. Nem precisamos ir ao museu.

— Gosto do museu, tanto quanto do parque. — Percebi que sorria. — Só prometa que não vai mudar as estátuas de lugar nem posar na frente de um tríptico ou algo assim quando alguém estiver olhando.

Annie riu. Acho que foi a primeira vez que ouvi sua risada e notei seu jeito de rir. Era um riso de deleite — não delicioso, embora o fosse também. Ela riu como se o que eu acabava de dizer fosse algo tão inteligente que, de algum modo, a tivesse feito explodir de alegria.

O telefonema foi a melhor coisa que aconteceu naquele dia e, por algum tempo depois que desliguei, a situação na escola não me pareceu mais tão ruim.

---

* The Met Cloisters trata-se de uma filial do Metropolitan Museum of Art (MET) de Nova York. Ele é dedicado à arquitetura e à arte medieval, incluindo claustros de cinco mosteiros europeus remontados nos Estados Unidos. (N. T.)

4.

A srta. Widmer chegou alguns minutos atrasada na aula de Inglês de sexta, minha última aula naquele dia. Ela nos cumprimentou brevemente com um aceno de cabeça, pegou o livro de poesia que estávamos estudando e leu:

> Nesta noite que me cerca,
> Tão Escura quanto o Abismo de uma ponta à outra,
> Agradeço a todos os deuses
> Por minha alma indomável.

Com o máximo cuidado, dobrei a matéria sobre arquitetura que papai havia recortado para mim de seu *New York Times* — e que estava lendo para não pensar na audiência do conselho estudantil, que seria naquela tarde — e fiquei escutando. Mamãe disse uma vez que a voz da srta. Widmer era uma mistura das vozes de Julie Harris e Helen Hayes. Não me lembro de ter escutado a voz de nenhuma das duas, então tudo que posso dizer é que a srta. Widmer tinha o tipo de voz, em especial quando lia poesia, que fazia as pessoas ouvirem.

> Sob a garra atroz das circunstâncias
> Não recuei nem chorei.

A srta. Widmer ergueu a cabeça, tirando a franja grisalha dos olhos. Não era velha, mas tinha ficado grisalha cedo. Às vezes, ela fazia piadas sobre isso, do jeito especial que ela tinha de achar engraçadas coisas nas quais as pessoas não viam graça.

— O que "atroz" significa? Alguém?

— Terrível — Walt disse, com ar solene. — Ele caiu ao entrar no ônibus; foi uma queda terrível. Uma garra atroz, no caso, seria quando ele tentou se agarrar em algo para evitar a queda, mas não conseguiu: tinha uma garra terrível.

A srta. Widmer riu com vontade enquanto a turma vaiava e chiava, e depois chamou Jody Crane, o representante do último ano do conselho estudantil.

— Na obra de Tolkien — disse Jody, que era muito sério e analítico —, esse termo é usado para descrever pessoas como Sauron, os Orcs e personagens desse tipo, então acho que tem a ver com maldade.

— Quase isso, Jody, quase isso — disse a srta. Widmer. Ela abriu o dicionário com encadernação de couro que mantinha sobre sua mesa e usava no mínimo umas três vezes por aula. Ela o havia encadernado de novo, foi o que dissera uma vez, porque aquele dicionário continha quase todas as palavras da língua inglesa, por isso era algo que valia a pena manter. — Atroz — ela leu. — Adjetivo, inglês médio, anglo-saxão e francês antigo. Também latim tardio. Implacável, cruel. Poético... — Ergueu a cabeça, e um calafrio involuntário percorreu a sala quando ela baixou a voz e disse uma única palavra: — Letal. — Então ela voltou a atenção para o livro.

> Sob a garra atroz das circunstâncias
> Não recuei nem chorei.
> Diante dos golpes do destino
> Minha cabeça sangra, mas ainda está erguida.
>
> Além deste lugar cheio de ira e de lágrimas
> Existe apenas o horror da escuridão,
> Mesmo assim, o tempo
> Não me assusta, nem me assustará.
>
> Não importa o quão difícil seja o caminho,
> Nem quantos castigos sofrerei,
> Sou o senhor do meu destino:...

A srta. Widmer fez uma pausa e olhou na minha direção por uma fração de segundo antes de ler a última linha:

> Sou o capitão da minha alma.

— De William Ernest Henley — ela disse, fechando o livro. — De 1849 a 1903. Britânico. Perdeu um pé por causa da tuberculose; ela nem sempre é uma doença do pulmão; e quase perdeu o outro também. Passou um ano inteiro internado, e foi isso que o fez criar este poema, chamado "Invictus", bem como outros. Como dever de casa, descubram o significado da palavra que ele escolheu como título, e tragam também um outro poema, não de Henley, mas que tenha o mesmo tema. Para segunda-feira.

Ouviram-se protestos resignados, embora ninguém estivesse chateado de fato. Àquela altura, o amor da srta. Widmer pela poesia havia se espalhado pela sala como se fosse um tipo de doença benigna. Havia rumores de que, todos os anos, antes da formatura, ela dava a cada formando um poema que achava apropriado para o futuro de cada aluno.

Durante quase todo o tempo restante da aula, discutimos por que a internação hospitalar podia levar à criação de poesia, e que tipo de poemas isso poderia gerar, e a srta. Widmer leu para nós outros poemas sobre hospital, alguns deles engraçados, outros tristes. Quando o sinal tocou, ela havia acabado de ler um divertido.

— Bem na hora — ela disse, sorrindo para nós enquanto o riso da sala morria. E então falou: — Bom fim de semana. — E saiu.

— Você vem? — Jody perguntou ao passar pela minha carteira enquanto rumava para a porta.

— Vá na frente, Jody — falei, ainda pensando em "Invictus" e imaginando se a srta. Widmer havia de fato lido o poema para mim, como parecia ter feito. — Vou ver se encontro a Sally. — Sorri, tentando parecer despreocupada. — Os criminosos têm que ficar juntos.

Jody retribuiu o sorriso e pousou a mão no meu braço um instante.

— Boa sorte, Liza.

— Obrigada — respondi. — Acho que vou precisar.

Encontrei Sally parada do lado de fora do salão, o lugar onde as assembleias do conselho aconteciam, falando com a srta. Stevenson, que parecia mais pálida que o normal e já apresentava o ar de determinação que em geral exibia quando executava sua função de professora orientadora do conselho estudantil. Por outro lado, agia como se tentasse passar tranquilidade.

— Oi — ela cumprimentou, animada, quando me aproximei delas. — Nervosa?

— Ah, não — respondi. — Meu estômago sempre se revira como se dentro dele houvesse um cachorro correndo atrás do próprio rabo.

A srta. Stevenson riu.

Annie em minha mente: a descoberta do amor

— Vai dar tudo certo — ela disse. — Apenas pensem antes de falar, vocês duas. Levem o tempo que precisarem para responder às perguntas.

— Ai, meu Deus! — Sally lamuriou-se. — Acho que vou vomitar.

— Não vai, não — a srta. Stevenson disse com firmeza. — Vá beber um pouco de água. Respire fundo. Vai ficar tudo bem.

Ela afastou-se para permitir que Georgie Connel — Conn —, o representante do penúltimo ano do ensino médio, entrasse na sala. Conn piscou para mim por trás de seus óculos de lentes grossas enquanto abria a porta. Ele era baixinho, com um rosto comum coberto de espinhas, mas era um dos alunos mais legais da escola. Tinha o que os professores chamavam de mente criativa, e também era muito justo, talvez a pessoa mais justa do conselho, com exceção da srta. Stevenson, é claro.

— Bem — a srta. Stevenson disse assim que Sally voltou do bebedouro —, acho que está na hora. — Ela sorriu para nós duas como se nos desejasse sorte, mas achasse que não era apropriado dizê-lo em voz alta. E então entramos: primeiro a srta. Stevenson, com Sally e eu seguindo-a devagar.

O salão, assim como a sala da sra. Poindexter, era tão escuro que tinha um ar fúnebre. Costumava ser uma sala de estar de verdade — enorme — antes de a mansão ter sido transformada em escola, mas agora estava mais para um salão social, usado principalmente em eventos de alto nível, como reuniões do Conselho Diretor e chás das mães, e também para assembleias do conselho estudantil. O salão tinha três sofás compridos encostados nas paredes e grandes poltronas bergère, bem como uma lareira que ocupava a maior parte da parede onde não havia um sofá. Sobre o aparador da lareira estava pendurado um retrato de Letitia Foster, fundadora da escola. Não consigo imaginar por que Letitia Foster teria fundado uma escola: sempre achei que ela odiasse crianças. E era essa a ideia que aquela imagem transmitia, em particular naquela tarde, quando Sally e eu passamos por ela sob seu olhar frio e hostil, como se fôssemos duas delinquentes.

A sra. Poindexter já estava entronada em sua poltrona bergère bordô-escuro especial perto da lareira, examinando anotações em um bloco de notas amarelo, com ar severo por trás dos óculos de armação sem aro. Com exceção da diretora da escola, todos estavam sentados ao redor de uma mesa comprida bem polida. A vice-presidente, Angela Cariatid — que era alta e geralmente me lembrava, mais que seu nome, aquelas graciosas estátuas gregas seguras de si, as cariátides, equilibrando edifícios nas mãos e nos ombros — não olhou para nós quando entramos na sala. Estava sentada toda tensa na ponta da mesa, perto da poltrona da sra. Poindexter, agarrada ao martelo, como se estivesse se afogando e aquele objeto fosse a única coisa que flutuasse. Ela já havia me dito que se sentia mal por ter de presidir a sessão, o que achei simpático da parte dela.

— Parece um daqueles tribunais da TV — Sally sussurrou nervosa, enquanto nos sentávamos na outra ponta da mesa.

Lembro-me de ter notado como a luz do sol entrava pelas vidraças empoeiradas e incidia sobre os cabelos grisalhos da sra. Poindexter — só no topo da cabeça, devido à altura do encosto da poltrona. Enquanto eu me concentrava no halo incongruente sobre a cabeça da sra. Poindexter, ela tirou os óculos, que deixou pendurados sobre o peito, e fez um sinal para Angela, que bateu tão forte com o martelo que ele escapou de sua mão e quicou no chão.

Sally deu uma risadinha.

A sra. Poindexter pigarreou e Angela ficou vermelha.

Conn levantou-se e pegou o martelo, que entregou a Angela com um aceno de cabeça solene.

— Senhora Presidente da Assembleia — ele murmurou.

Senti que ia dar risada, ainda mais quando Sally sorriu maliciosamente para mim.

— Ordem! — gritou a pobre Angela, e a sra. Poindexter olhou feio para Conn. Angela tossiu e então disse: — Vamos manter a ordem nesta reunião, por favor. Esta... é... esta é uma audiência disciplinar, não uma assembleia ordinária. Os assuntos ordinários do conselho estudantil estão... é... postergados para a próxima assembleia. Sally Jarrell e Liza Winthrop violaram a disposição sobre denúncia, e Sally Jarrell...

— São *acusadas* de terem violado — interrompeu a srta. Stevenson, em voz baixa.

A sra. Poindexter apertou a ponte do nariz e fez cara feia.

— São acusadas de terem violado a disposição sobre denúncia — Angela corrigiu a si mesma —, e Sally Jarrell agiu... é... é acusada de ter agido de modo... de modo... — Ela lançou um olhar de desamparo para a sra. Poindexter.

— De modo irresponsável, colocando em risco a saúde de seus colegas — disse a sra. Poindexter, surgindo das profundezas de sua poltrona bordô. — Obrigada, Angela. Antes de começarmos, gostaria de lembrar a todos vocês que a Foster está enfrentando uma crise financeira de grandes proporções, e que qualquer publicidade negativa, qualquer uma, poderia prejudicar seriamente as campanhas de angariação de fundos e de recrutamento de alunos, que são nossa única esperança de sobrevivência. — Ela se posicionou diante da lareira, de lado para nós, olhando de modo dramático para a imagem de Letitia. — A Foster Academy era a vida da nossa querida fundadora e, para muitos de nossos professores, passou a ter a mesma importância. No entanto, mais importante que isso é o fato indiscutível de a Foster ter formado várias gerações de jovens homens e mulheres com base nos mais elevados padrões morais e de decência, bem como de excelência acadêmica. E agora — ela virou-se e encarou Sally —, e agora uma aluna da Foster intencionalmente causou danos a vários outros alunos com seu projeto ridículo e frívolo de perfuração de orelhas, e outra aluna — ela virou-se para mim —, em quem todo o corpo estudantil depositou sua confiança, não fez nada para impedir essa situação. Sally Jarrell — a sra. Poindexter encerrou em alto e bom som, apontando para Sally com seus óculos —, tem algo a dizer em sua defesa?

Sally, que, dava para ver, estava arrasada àquela altura, só balançou a cabeça.

— Não — ela murmurou. — Só quero dizer que sinto muito e que eu... eu não pensei que pudesse causar algum dano.

— Você não pensou! — a sra. Poindexter estourou. — Não pensou! Esta garota... — ela virou-se para as outras pessoas sentadas em volta da mesa — ... estuda na Foster desde sempre e diz que não pensou! Mary Lou, faça a gentileza de pedir a Jennifer Piccolo que entre um instante.

Mary Lou Dibbins, a honestíssima e roliça secretária/tesoureira do conselho, afastou sua cadeira depressa e saiu para o corredor. Mary Lou era um gênio da matemática, mas me dissera que a sra. Poindexter cuidava pessoalmente dos registros financeiros do conselho e guardava o pouco dinheiro que possuíam no cofre de sua sala. Não deixava Mary Lou sequer ver os livros contábeis, que dirá usá-los.

— Sra. Poindexter — disse a srta. Stevenson —, eu estava pensando se... Angela, o nome da Jennifer consta na ordem do dia? Não me lembro de tê-lo visto.

— N-não — gaguejou Angela.

— Jennifer voluntariou-se em cima da hora — a sra. Poindexter disse secamente. — *Depois* que a ordem do dia já havia sido redigida.

Então Mary Lou voltou com Jennifer, que tinha um curativo em uma orelha e dava a impressão de estar totalmente aterrorizada — não parecia nem um pouco que havia se voluntariado.

— Jennifer — disse a sra. Poindexter —, diga ao conselho o que o seu pai falou quando ficou sabendo que o médico teria que lancetar sua orelha infeccionada.

— Ele... ele falou que eu não deveria comentar esse assunto com ninguém de fora da escola, ou isso poderia arruinar a campanha. E... e antes disso, ele disse que ia deixar o cargo de presidente do comitê de pub-pub-pu-blicidade, mas minha mãe o convenceu a ficar, e ele disse que ficaria, a menos que... a menos que ninguém fosse punido. Ele... ele disse que sempre achou que a Foster fosse uma... uma escola que formava jovens damas e cavalheiros, não... — Jennifer olhou para Sally e depois para mim, pedindo desculpas com seus olhos assustados e cheios de lágrimas — ... não criminosos.

— Obrigada, Jennifer — disse a sra. Poindexter, satisfeita sob seu ar de indignação. — Pode ir agora.

— Espere um pouco — disse a srta. Stevenson, com a voz tensa, como se estivesse tentando se controlar. — Angela, posso fazer uma pergunta a Jennifer?

Angela olhou para a sra. Poindexter, que deu de ombros, como se achasse que, não importando o que perguntasse, provavelmente não teria importância.

— Angela? — a srta. Stevenson repetiu.

— Acho... acho que sim — respondeu Angela.

— Jenny — disse a srta. Stevenson, gentil —, Sally pediu a você que a deixasse furar suas orelhas?

— Não... não.

— Então por que decidiu que queria furá-las?

— Bem... — disse Jennifer —, vi o anúncio e, como vinha pensando em ir até a Tuscan's, sabe, aquela loja de departamento no centro, para furar as orelhas, mas eles cobram oito dólares por apenas dois furos, e eu não tinha esse dinheiro, e o anúncio de Sally dizia quatro furos por apenas seis dólares, quer dizer, um dólar e cinquenta por furo, e eu tinha essa quantia, decidi furar as orelhas com ela.

Annie em minha mente: a descoberta do amor

— Mas Sally nunca foi até você e sugeriu isso?

— N-não.

— Obrigada, Jenny — disse a srta. Stevenson. — Espero que sua orelha infeccionada fique boa logo.

Fez-se um silêncio absoluto enquanto Jennifer saía da sala.

Angela olhou para o pedaço de papel — a ordem do dia, eu supunha — à sua frente e disse:

— Bem...

Mas Sally pôs-se de pé num salto.

— Sra. Poindexter — ela disse —, eu... eu sinto muito. Vou pagar as despesas médicas da Jennifer. Vou pagar as despesas médicas de todo mundo, se puder. E... e vou doar o dinheiro que ganhei furando orelhas para a campanha, mas juro que tentei ser cuidadosa. Minha irmã furou as orelhas desse jeito e ficou tudo bem, de verdade...

— Sally — a srta. Stevenson disse, mais uma vez gentil —, você assumiu riscos. Sabe que o seu método não é tão seguro quanto a perfuração estéril que eles fazem na Tuscan's.

— S-sei. Sinto muito. — Sally estava quase chorando.

— Bem... — a srta. Stevenson começou a dizer. —, acho que...

— Isso é tudo, Sally — interrompeu a sra. Poindexter. — Registraremos seu pedido de desculpas. Pode esperar lá fora, se preferir.

— Sra. Poindexter — Jody falou, como se tivesse levado todo esse tempo para chegar a tal conclusão —, tem certeza de que é assim que uma audiência disciplinar deve ser conduzida? Quer dizer, não deveria ser a Angela que, isto é, não é ela quem deveria fazer o que Liza faz, mais ou menos, e conduzir a audiência?

— É claro — disse a sra. Poindexter, tão escorregadia quanto graxa, dando de ombros, como se dissesse "o que posso fazer se Angela não coopera?". Então se virou para mim. — Eliza — falou —, agora que teve a chance de pensar no que vai dizer, quer falar alguma coisa? Talvez explicar por que achou que Sally não deveria ser denunciada de imediato? — Ela colocou os óculos e verificou as anotações.

Eu não sabia o que dizer e, de qualquer modo, não estava certa de como fazer minha língua se mexer numa boca tão seca que parecia o interior de uma caixa de uvas-passas velhas.

— Não sei que regra Sally quebrou — eu disse afinal, devagar. — Se tivesse mesmo achado que ela violava uma disposição do regulamento, teria pedido que denunciasse a si mesma, mas...

— A questão — interveio a sra. Poindexter, nem ao menos se dando ao trabalho de tirar os óculos, apenas olhando para mim por cima das lentes —, como eu disse no meu escritório, tem a ver com a intenção das regras; a *intenção*, Eliza, não apenas uma regra específica. Tenho certeza de que você sabe que causar danos a terceiros não é o que fazemos aqui na Foster, embora não tenha denunciado Sally nem pedido a ela que denunciasse a si mesma. Além disso, suspeito de que não tenha feito nenhuma das duas coisas porque, apesar de ser presidente do conselho estudantil, não acredita em algumas regras desta escola.

O verso da aula de inglês ecoou na minha mente: *Nesta noite que me cerca... Tão Escura quanto o Abismo...*

Umedeci os lábios.

— Tem razão — respondi. — Eu... eu não acredito na regra de denúncia porque acho que alunos do ensino médio já têm idade suficiente para serem responsáveis por seus atos.

Pude ver que a srta. Stevenson sorria discretamente, como se aprovasse minha resposta, mas estivesse preocupada. Ela ergueu a mão, e Angela, depois de lançar um olhar para a sra. Poindexter, sinalizou que prosseguisse.

— Liza — disse a srta. Stevenson —, suponha que veja um pai batendo em seu filho pequeno. Você tomaria alguma atitude?

— Claro — respondi. De repente, tudo ficou claro, como se a srta. Stevenson tivesse pegado um daqueles grandes holofotes de palco e o apontado para uma parte da minha mente que eu não conseguia ver com clareza antes. — Claro que sim. Eu pediria ao pai da criança que parasse e, se isso não adiantasse, chamaria a polícia ou algo assim. Não acho que o que Sally fez tenha a mesma dimensão.

— Ainda assim — disse a sra. Poindexter, sua voz soando novamente como se atravessasse cascalho —, Sally causou várias infecções, em especial na filha de nosso responsável pela campanha publicitária, não foi?

Aquilo me irritou.

— Não faz diferença alguma quem teve infecção! — gritei. — A Jennifer não é melhor que os outros só porque precisamos do sr. Piccolo. — Tentei baixar a voz. — As infecções foram ruins, sem dúvida, mas a Sally não teve a intenção de causá-las. Na verdade, ela fez tudo que podia para impedi-las. E não forçou ninguém a furar as orelhas. Claro que foi uma coisa estúpida de se fazer, para início de conversa, mas não foi... ah, sei lá, nenhum tipo de... crime, pelo amor de Deus!

A srta. Stevenson assentiu, mas a boca da sra. Poindexter se contraiu, tensa, e ela disse:

— Tem mais alguma coisa a acrescentar, Eliza?

Sim, eu queria dizer, *deixe Angela conduzir a reunião; deixe que eu presida as assembleias quando estou com o martelo* — ela já havia feito a mesma coisa comigo, várias vezes —, *porque o conselho estudantil é dos alunos, não seu, sua velha...*

Mas consegui controlar a raiva e tudo o que eu disse foi um "Não", e saí da sala, querendo ligar para Annie, embora não a conhecesse tão bem assim e fosse encontrá-la no dia seguinte, no Cloisters, de todo modo.

Sally estava sentada no banco de madeira antigo do corredor, do lado de fora do salão, curvada e chorando contra o peito magro da srta. Baxter. Ela secava as lágrimas de Sally com um de seus lenços rendados que sempre trazia na manga e dizia:

— Pronto, pronto, Sally. O Senhor a perdoará, você sabe disso. Ah, minha querida, Ele já deve saber que está realmente arrependida.

— Mas isso é tão terrível, srta. Baxter! — Sally lamuriou-se. — As orelhas da Jennifer... Ah, as orelhas da coitada da Jennifer!

Nunca tinha visto Sally daquele jeito.

— Ei, Sal — eu disse, do modo mais encorajador possível, enquanto me sentava ao seu lado e tocava seu braço. — Não é nada sério. Ela vai se recuperar. E você tomou todos os cuidados. Vamos lá, vai dar tudo certo. Jennifer vai ficar bem.

Mas Sally só enterrou ainda mais o rosto no peito da srta. Baxter.

A srta. Stevenson saiu do salão e sinalizou que voltássemos para dentro. Ela parecia desanimada, como se estivesse tendo de novo dificuldade para controlar seu humor. Ouvi dizer na TV que quando um júri demora a chegar ao veredicto é um bom sinal para o réu, mas que quando decide o assunto depressa o resultado não costuma ser favorável, e minha boca ficou seca mais uma vez.

A sra. Poindexter acenou com a cabeça para Angela assim que entramos, e depois olhou para a srta. Stevenson, como se tentasse lhe dizer que estava deixando Angela conduzir a sessão no fim das contas. A srta. Stevenson, se notou tal gesto, não reagiu.

— É... — Angela disse, olhando para seu papel mais uma vez. — É... Sally... Liza... o conselho decidiu suspender vocês por uma semana.

— São só três dias — Mary Lou interrompeu — por causa do feriado de Ação de Graças.

— Eu não vi você levantar a mão, Mary Lou — disse a sra. Poindexter. — Prossiga, Angela.

— É... a suspensão será removida do histórico escolar de vocês no fim do ano se... se não fizerem mais nada de errado. Portanto, as universidades não ficarão sabendo disso, a menos que violem outras disposições do regulamento.

— E? — a sra. Poindexter disse secamente.

— Ah! — exclamou Angela. — Tenho que... tenho que ler aquela parte sobre a Sally também e tudo mais?

— A Sally continua sendo membro do corpo discente — falou a sra. Poindexter.

— Bem... — disse Angela, olhando para mim de um jeito que fez meu coração bater mais depressa, como se eu estivesse no dentista. — Liza, a sra. Poindexter disse que, como você é presidente do conselho estudantil e... e...

— E como nenhum presidente do conselho estudantil na história desta escola jamais violou o código de honra... Continue, Angela — falou a sra. Poindexter.

— Haverá uma moção de confiança na segunda-feira depois do Dia de Ação de Graças para ver se os alunos querem que você... continue sendo presidente do conselho estudantil, mas... — ela acrescentou depressa — ... o fato de ter havido uma moção de confiança não constará no seu histórico escolar, a menos que não seja reeleita.

— A reunião está encerrada — disse a sra. Poindexter, juntando os papéis e acompanhando os outros até a porta. Sally sorriu timidamente para mim ao passar pela minha poltrona.

Conn demorou-se um instante.

— Repare — ele disse, baixinho, inclinando-se na minha direção, já que eu ainda estava sentada — que, quando Angela falou "A sra. Poindexter disse", essa é a chave com relação à moção de confiança. Espero que tenha percebido, Liza, já que foi ideia dela e ela é a única que quer isso. A srta.

Annie em minha mente: a descoberta do amor   41

Stevenson a fez incluir aquela parte sobre deixar as coisas fora do histórico escolar. Todos nós achamos que você deve permanecer no cargo, e aposto que o resto dos alunos também pensa assim. Puxa, nenhum de nós teria denunciado a Sally; não por uma coisa dessas. Alguns alunos disseram que talvez tivessem tentado com mais afinco fazê-la desistir, e só. Mas duvido que teriam feito tal coisa. Liza, a sra. Poindexter está tão preocupada com essa campanha idiota de angariação de fundos que não está raciocinando direito. — Conn esticou a mão e apertou meu ombro com carinho. — Liza, tenho certeza de que você vai vencer.

— Obrigada, Conn — consegui dizer. Minha voz estava trêmula demais para falar qualquer outra coisa, mas tudo em que fui capaz de pensar era: *E se eu não vencer e isso constar no meu histórico escolar?*

Pela primeira vez na vida, comecei a me perguntar se conseguiria, de fato, entrar no MIT. E o que seria do meu pai, que é engenheiro e estudou lá, se eu não entrasse? O que seria de mim?

5.

𝓒ontei aos meus pais sobre a suspensão na sexta à noite, enquanto eles tomavam um drinque na sala de estar antes do jantar, que é sempre um bom momento para contar coisas difíceis para eles. Meu pai ficou furioso.

— Você é uma pessoa inteligente — ele esbravejou. — Devia ter sido mais sensata.

Minha mãe foi compreensiva, o que era ainda pior.

— Ela também é adolescente — disse, irritada, ao meu pai. — Não se pode esperar que seja perfeita. E a punição que a escola está dando a ela é mais pesada que a da Sally. Isso não é justo. — Minha mãe é uma pessoa calma, exceto quando acha que algo é injusto, ou quando defende a mim ou ao meu irmão. Ou ao meu pai, para falar a verdade. Papai é formidável e eu o amo muito, mas ele espera a perfeição das pessoas, especialmente de mim, a sua "pessoa inteligente".

— É justo, sim — papai disse para o seu martíni. — Liza ocupa um cargo de responsabilidade, como disse a sra. Poindexter. Ela deveria saber disso. Eu não esperaria que aquela palerma da Sally Jarrell fosse capaz de pensar, quanto mais de agir de forma apropriada, mas a Liza...

Foi então que me levantei e saí da sala.

Chad achou a coisa toda engraçada. Ele foi até a cozinha, onde eu estava, com o pretexto de buscar uma Coca, e me encontrou encostada na geladeira, furiosa.

— Muito legal, Lize — ele disse, balançando o lóbulo de uma de suas orelhas e fazendo uma cara de "isso é absurdo".

— Ah, dane-se.

— Acha que ela furaria minhas orelhas? Uma argola de ouro, feito um pirata?

— Ela vai furar o seu nariz se não calar a boca — explodi.

— Ei, pare com isso. — Ele me empurrou para o lado e pegou sua Coca na geladeira. — Daria tudo para ser suspenso. — Ele abriu a lata e deu um

Annie em minha mente: a descoberta do amor

gole demorado. — O que você vai fazer semana que vem? Três dias livres mais o feriado de Ação de Graças... Uau! — Ele balançou a cabeça e afastou o cabelo da frente dos olhos. — Vão fazer você estudar?

Não havia pensado naquilo e cheguei à conclusão de que era melhor ligar para a escola na segunda-feira e perguntar.

— Provavelmente, vou fugir para a praia — disse a Chad. Mas me lembrei do Cloisters e de Annie, e acrescentei: — Ou vou visitar vários museus, pelo menos.

A escola parecia algo muito distante no dia seguinte, quando encontrei Annie no Cloisters, embora, no início, tivéssemos agido como daquela vez ao telefone — não exatamente mudas, mas sem saber o que dizer.

O Cloisters, um museu de arte e arquitetura medievais, fica no Fort Tryon Park, tão ao norte de Nova York que é quase em outra cidade. É voltado para o rio Hudson, como se fosse uma fortaleza medieval, embora devesse parecer um monastério, e parece mesmo, quando você entra.

Eu estava adiantada, então decidi ir andando do metrô em vez de pegar o ônibus que passava pelo parque; mesmo assim, Annie chegou lá antes de mim. Enquanto me aproximava, eu a vi perto da entrada, encostada no edifício de granito castanho-avermelhado, olhando na direção oposta. Ela usava uma saia longa de algodão e um grosso suéter vermelho. Lembro de ter pensado que o suéter não combinava com a saia, tampouco com a pequena mochila que ela tinha nos ombros. Seus cabelos desciam soltos por cima da mochila.

Parei alguns instantes para observá-la, mas ela não me notou. Aproximei-me e disse:

— Oi.

Ela sobressaltou-se, como se estivesse muito longe, perdida em pensamentos. Então um sorriso iluminou lentamente seu rosto e seus olhos, e soube que ela estava de volta.

— Oi — ela disse. — Você veio.

— Claro que vim — falei, indignada. — Por que não viria?

Annie deu de ombros.

— Não sei. Fiquei pensando se eu viria. Provavelmente não vamos conseguir dizer nada uma para a outra.

Um ônibus encostou, e hordas de estudantes com seus cadernos de desenho, bem como mães e pais com crianças relutantes, tiveram que desviar de nós para chegar à porta do museu.

Observando os visitantes, Annie disse:

— Fiquei a semana toda... é... lembrando daquele guarda e dos dois garotinhos. Você não?

Tive que dizer a ela que não, e contei sobre o incidente das orelhas furadas para explicar o motivo.

— Por causa de um furo na *orelha*? — ela repetiu, incrédula quando terminei de contar a história. — Toda essa confusão?

Assenti, recuando para deixar que mais pessoas entrassem no edifício.

— Talvez tenha sido um pouco exagerado — falei, tentando explicar sobre a campanha de angariação de fundos —, mas...

— Um pouco exagerado! — Annie estava quase gritando. — Um pouco! — Ela balançou a cabeça, e acho que percebeu que estávamos falando alto, porque olhou ao redor e riu. Então ri também, e nos afastamos para dar passagem a uma família enorme. A última criança era um garoto de ar esnobe que aparentava ter uns nove anos e segurava uma câmera chique com centenas de botões e números. Parecia mais um robozinho que uma criança, mesmo quando girou e apontou a câmera para Annie. Ela segurou a grande saia como se fosse uma donzela medieval e inclinou-se numa mesura graciosa; o menino a fotografou sem nem ao menos sorrir. Então, quando Annie endireitou-se e fez uma pose religiosa que eu já vira em centenas de quadros medievais, ele transformou-se numa criança de verdade por um segundo: mostrou a língua para ela e correu para dentro do museu.

— De nada — Annie disse a ele, mostrando a língua também. Ela suspirou de forma dramática. — O público é tão ingrato. Eu gostaria que papai não me fizesse posar para os estúpidos retratos dele. — Bateu os pés delicadamente, como a donzela medieval que interpretava com certeza teria feito. — Ah, estou tão zangada que poderia... poderia enfiar uma lança num mouro!

De novo, entrei no jogo dela, porém mais rápido desta vez. Eu me curvei o máximo possível e disse:

— Madame, enfiarei lanças em centenas de mouros se assim me pedir e se me der permissão para usar sua insígnia.

Annie riu, saindo do personagem um instante, como que me agradecendo por entrar na brincadeira.

Annie em minha mente: a descoberta do amor

— Vamos caminhar no jardim, ilustre cavaleiro, entre as plantas e longe dessa massa rude, até que minhas responsabilidades me obriguem a retornar?

Curvei-me mais uma vez. Era divertido. Eu não estava nem um pouco tímida agora, embora houvesse muita gente à nossa volta. Ainda interpretando o cavaleiro, ofereci meu braço a Annie e entramos juntas no edifício, a única forma de se chegar ao andar inferior do museu e ao jardim. Fizemos nossa "doação", descemos e saímos ao ar livre de novo, onde nos sentamos em um banco de pedra do jardim e ficamos observando o rio Hudson.

— É tão ridículo, Liza — Annie disse depois de alguns minutos —, fazer tanto estardalhaço por algo tão bobo.

Soube imediatamente que ela voltara a falar das orelhas furadas.

— Na minha escola — ela prosseguiu, tirando a mochila e virando-se para mim —, os alunos são pegos o tempo todo por agressão, posse de coisas ilícitas etc. Há tantos seguranças por lá que temos que nos lembrar constantemente de que estamos numa escola, não em um presídio, mas na sua escola ficam preocupados com umas orelhas infeccionadas! Não consigo decidir se é maravilhoso que não tenham nada mais sério com que se preocupar, ou se é terrível. — Annie sorriu e jogou para trás umas mechas de cabelo para me mostrar um pequeno brinco de pérola em cada orelha. — Eu mesma furei — ela disse. — Faz dois anos. Nunca infeccionou.

— Talvez você tenha tido sorte — respondi, um pouco irritada. — Eu jamais deixaria Sally furar minhas orelhas.

— Mas essa é você. Seja como for, não consigo imaginar você com as orelhas furadas. — Ela enfiou a cara em um pé de lavanda que crescia em um grande vaso de pedra ao lado do banco. — Se um dia quiser furar — ela disse, com o rosto ainda enterrado na planta —, furo para você. De graça.

Senti um desejo enorme de dizer "Claro, quando quiser", mas era ridículo. Não tinha a menor vontade de ter as orelhas furadas. Na verdade, sempre achei esse costume meio bárbaro.

Annie arrancou um raminho de lavanda, e pude ver, pela forma como jogou seus ombros estreitos para trás e se sentou mais ereta, que encarnava a donzela medieval mais uma vez.

— Minha insígnia, nobre cavaleiro — ela disse, séria, e me entregou a lavanda. — Você a usará na batalha?

— Madame — respondi, levantando depressa para que pudesse me curvar novamente. — Usarei esta insígnia até a morte. — Então voltei a ficar envergonhada e senti meu rosto enrubescendo, por isso peguei a lavanda e a levei ao nariz para cheirá-la.

— Bondoso senhor — Annie disse —, com certeza um cavaleiro tão galante e habilidoso como você jamais perderia uma batalha.

Não sou tão inteligente quanto você, queria dizer, entrando em pânico. *Não consigo acompanhá-la. Pare, por favor*, mas Annie olhava para mim, esperando uma resposta, então prossegui — depressa, porque a imensa família do fotógrafo abominável estava prestes a passar pela porta e sair para o jardim.

— Madame — eu disse, tentando me lembrar do rei Arthur, mas falando mais como Shakespeare do que como Malory —, quando levo sua insígnia comigo, levo também lembranças suas. As lembranças trazem sua imagem à minha mente, e sua imagem sempre ficará entre mim e meu oponente, permitindo que ele me derrube com um golpe.

Annie esticou a mão, com a palma para cima, para pegar a lavanda.

— Não sai da pose! — ordenou a criança-robô, olhando para nós através do visor.

— Então me devolva a insígnia depressa, cavaleiro — Annie disse sem se mexer —, pois não quero que seja derrotado.

Devolvi a lavanda a Annie, e a câmera do menino, que tinha um ar de profissional, fez "clique" e zumbiu.

Foi como se o som da câmera nos trouxesse de volta ao mundo real, porque, embora a criança e sua família obviamente não fossem ficar no jardim, Annie pegou sua mochila e disse, pragmática:

— Já quer almoçar? Ou podemos entrar e dar uma olhada? Na virgem triste — disse ela, baixando os olhos melancólicos para o chão, imitando uma das minhas estátuas favoritas. — No leão feroz? — Ela fez um movimento com o lábio superior, e soube de imediato que ela encarnava o leão do maravilhoso afresco do Salão Romano; ele tinha um bigode que parecia humano. — Ou... — ela levantou-se e lançou um olhar nervoso pelo jardim, um punho dobrado como se fosse uma pata graciosa e prudente — ... ou nos unicórnios?

— Unicórnios — respondi, encantada com a velocidade com que ela mudava de um personagem para o outro e ainda assim podia capturar a essência de cada um deles.

— Ótimo — disse Annie, baixando a mão. — Gosto mais deles. — Ela sorriu.

Levantei-me dizendo:

— Eu também.

Ficamos nos olhando um instante, sem dizer nada. Depois Annie, como se lesse meus pensamentos, falou:

— Não sei se acredito que isso esteja acontecendo. — Mas, antes que eu pudesse responder, ela me puxou e disse, numa voz totalmente diferente: — Venha! Vamos ver os unicórnios!

As tapeçarias de unicórnio ficam em uma sala tranquila dedicada a elas. São sete, todas intactas, exceto uma, que é só um fragmento. Todas, embora com séculos de vida, têm cores tão vibrantes que é difícil acreditar que tenham desbotado com o passar dos anos. Juntas, contam uma história, a da caçada do unicórnio, envolvendo lordes, damas, cães, lanças compridas e um monte de folhagens e flores. Infelizmente, os caçadores ferem gravemente o unicórnio — em uma tapeçaria ele parece morto —, mas a última o mostra vivo, usando uma coleira, dentro de um cercadinho circular com flores à sua volta. A maioria das pessoas parece notar mais as flores do que qualquer outra coisa, mas o unicórnio tem um ar tão desiludido, tão solitário e enjaulado, que mal as vejo — mas a expressão do unicórnio sempre me dá calafrios.

Eu poderia dizer, com base no semblante de Annie, parada em silêncio diante da última tapeçaria, que ela sentia o mesmo que eu, embora nenhuma de nós tenha dito nada. Então uma mulher com voz estridente falou:

— Caroline, quantas vezes tenho de dizer para você *não* tocar em nada? — E uma multidão entrou na sala com um guia turístico de voz monótona: — A maioria das tapeçarias de unicórnio foi feita como presente de casamento para Ana da Bretanha.

Annie e eu deixamos a sala depressa.

Fomos lá para fora e caminhamos em silêncio para longe do Cloisters. Entramos no Fort Tryon Park, que é tão grande e tranquilo que quase dá para esquecer que se está no meio da cidade. Havia chovido mais durante a semana, e a água tinha arrancado as últimas folhas das árvores. Agora as folhas estavam encharcadas no chão, mas algumas delas ainda tinham uma cor vívida à luz do sol daquele outono frio.

Annie encontrou uma grande rocha chata, quase seca, e se sentou nela. Ela se enroscou ao tentar tirar a mochila das costas e, quando fui ajudá-la, pude sentir quão magros eram seus ombros, mesmo sob o suéter grosso.

— Salada de maionese — ela disse, com uma voz normal, removendo o papel alumínio de alguns itens. — Queijo e ketchup. Bananas, bolo de especiarias. — Ela sorriu. — Não posso garantir que o bolo esteja bom, porque foi o primeiro que fiz na vida, e minha avó teve que ficar me orientando. Também trouxe café. Provavelmente você gostaria mais de vinho, mas eu não tinha dinheiro suficiente, e nem sempre acreditam que tenho dezoito anos.

— E você tem?

Annie balançou a cabeça.

— Tenho dezessete — disse ela.

— Seja como for, café está ótimo — falei. Por mais estranho que possa parecer, jamais havia pensado em tomar vinho em um piquenique; mas, assim que Annie mencionou tal coisa, pareceu-me uma excelente ideia.

Annie desembrulhou com cuidado duas grandes fatias de bolo e as colocou sobre pedaços novos de papel alumínio. Depois, sem nenhum prévio aviso de transição, ela disse:

— Na verdade, nobre cavaleiro, este prato é do castelo de meu pai. Ordenei que minha criada o preparasse hoje cedo especialmente para a ocasião. O javali fatiado — ela disse, estendendo para mim um sanduíche de salada de maionese —, receio, não tem nada de especial, mas as línguas de pavão — era uma banana — estão excepcionais este ano.

— É o melhor javali que já comi — falei, galante, dando uma mordida no sanduíche. Também não estava nada mal para uma salada de maionese.

Annie esticou a saia com cuidado em volta do corpo e comeu um sanduíche de queijo com ketchup enquanto eu terminava o que estava comendo. Ficamos em silêncio mais uma vez.

— O hidromel — falei para puxar conversa, depois de ter bebido um gole de café — está uma delícia.

Annie mostrou-me uns saquinhos de açúcar e uma embalagem plástica que continha creme.

— Vai tomar seu hidromel puro mesmo? Trouxe isto, caso queira.

— Sempre — disse em tom solene. — Sempre tomo meu hidromel puro.

Annie sorriu e pegou uma fatia de bolo.

— Você deve achar que sou uma criança chata — ela disse, de boca cheia. — Esqueço que a maioria das pessoas com mais de sete anos de idade não gosta de faz de conta.

— Pareço não estar gostando? — perguntei.

Ela sorriu, balançando a cabeça, e eu lhe contei como costumava encenar histórias do rei Arthur até os catorze anos e como ainda pensava nessas histórias às vezes. Isso fez com que falássemos de nossas infâncias e famílias. Ela disse que tinha uma irmã casada que morava no Texas, que fazia anos que não via, e então falou de seu pai, que tinha nascido na Itália e era motorista de táxi, e de sua avó, que morava com eles e também era italiana. O sobrenome de Annie não era originalmente Kenyon, e sim um outro nome italiano, complicado e muito longo, que seu pai havia anglicizado.

— E sua mãe? — perguntei.

— Ela nasceu aqui — disse Annie, terminando seu bolo enquanto eu comia minha banana. — Ela é contabilista. Teoricamente trabalha meio período, mas sempre fica até mais tarde. Outro dia, ela disse que está pensando em trabalhar em tempo integral no ano que vem, quando eu estiver na faculdade. Supondo que Nana, minha avó, ainda esteja bem, e supondo que eu vá para a faculdade, para início de conversa. — Ela riu. — Se eu não for, talvez acabe sendo contabilista também.

— Acha que não conseguirá entrar na universidade? — perguntei.

Annie deu de ombros.

— Provavelmente vou entrar. Minhas notas são boas, principalmente em Música. E minha pontuação no SAT* é ótima.

Então falamos um tempo sobre nossas notas e pontuações no SAT. A maior parte daquela tarde foi... como posso dizer? Era mais ou menos como se tivéssemos encontrado um script escrito especialmente para nós, o qual lemos rápido no início — a parte imaginativa e exploratória no museu — e agora a parte real, em que falávamos de nós, de fato — Como é sua família? Qual sua matéria favorita? Era como se tivéssemos pressa para chegar à parte que importava, seja lá qual fosse.

Annie esticou a mão e pegou a casca da minha banana.

— Minha primeira opção — dizia ela (ainda a parte real do script) — é Berkeley.

— Berkeley? — repeti, surpresa. — Na Califórnia?

Ela assentiu.

---

* SAT (Suit of Assessment) é um exame padrão nos Estados Unidos para estudantes do ensino médio. A pontuação resultante é um critério de admissão nas faculdades. (N. T.)

— Nasci lá. Bem, em San Jose, que não fica muito longe de Berkeley. E depois nos mudamos para San Francisco. Adoro a Califórnia. Nova York é... pouco amistosa. — Ela guardou a casca de banana na mochila. — Mas não você. Você é a primeira pessoa realmente simpática que conheci desde que comecei o ensino médio, ou seja, desde que me mudei para cá.

— Ah, por favor! — eu disse, lisonjeada. — Você não pode estar falando sério.

Ela sorriu, espreguiçando-se.

— Acha que não? Venha à minha escola semana que vem, enquanto estiver suspensa, e você vai ver. — Ela continuou lá sentada, calada, ainda sorrindo para mim, e então balançou a cabeça e baixou os olhos para a rocha, cutucando um pedaço de musgo. — Que estranho — falou baixinho.

— O quê?

Ela riu, mas desta vez não um riso totalmente alegre, e sim um pouco preocupado.

— Eu quase disse uma coisa... ah, uma coisa meio doida. Só isso. Acho que não entendo. Não totalmente, pelo menos. — Ela pendurou a mochila nas costas e se levantou antes que eu tivesse chance de pedir que se explicasse. — Está ficando tarde — disse. — Preciso ir. Você vai a pé até o metrô? Ou vai pegar o ônibus?

O dia seguinte — domingo — começou péssimo. Estava garoando, e estávamos todos sentados, meio tensos, no apartamento, lendo o *Times*, tentando não falar de suspensão, brincos ou nada relacionado, mas não durou muito.

— Veja, George — mamãe disse, sentada no canto do sofá, assim que abriu o jornal. — Que lindos brincos de ouro. Acha que Annalise gostaria deles? — Annalise era sua irmã e faria aniversário em breve.

Papai olhou para mim e disse:

— Pergunte para a Liza. Ela sabe mais sobre brincos do que qualquer um desta família.

Então papai encontrou um artigo sobre problemas de disciplina no ensino médio, o qual insistiu em ler em voz alta, e Chad, que estava esparramado no chão, aos pés da enorme poltrona amarela do papai, achou um caso judicial no jornal envolvendo um aluno que havia arrombado o cofre de sua escola para se vingar de ter sido expulso.

Quando me fartei daquilo, deixei o meu canto no sofá e saí para caminhar pelo Promenade, também conhecido como Esplanade. É um calçadão largo e elevado ao longo de Brooklyn Heights, acima do Porto de Nova York, no começo do rio East. É bonito; dá para ver os prédios em Manhattan, a Estátua da Liberdade, a balsa de Staten Island indo e voltando e, é claro, a Ponte do Brooklyn, que liga o Brooklyn a Manhattan e fica a apenas alguns quarteirões. Só que, naquele dia, o clima estava tão ruim que eu não conseguia ver nada, exceto meu mau humor. Estava apoiada na grade fria e molhada, observando um cargueiro atracado, mas pensando se deveria ter me esforçado mais para impedir Sally de continuar com seu projeto maluco, quando uma voz ao meu lado disse:

— Não pule.

E lá estava Annie. Vestia novamente jeans e usava um tipo de echarpe, além da capa.

— Mas... mas como... — gaguejei.

Ela pegou seu caderninho, o mesmo que usara no dia em que trocamos endereços, e o balançou diante do meu rosto.

— Eu queria ver onde você morava — disse ela —, e então fui até seu prédio e toquei a campainha. Sua mãe, que, diga-se de passagem, é bonita, disse que você havia saído para caminhar, e um garoto, seu irmão, Chad, acho, veio atrás de mim e disse que achava que você estaria aqui, e me explicou como chegar a este lugar. Ele parece legal.

— Ele... ele é. — Não fui muito eloquente; ainda estava perplexa demais, e ao mesmo tempo feliz demais, para pensar em qualquer outra coisa para dizer.

— Linda vista — Annie falou, apoiando-se na grade ao meu lado. E então, com uma voz muito calma e séria, ela falou: — Qual o problema, Liza? A suspensão?

Era como se o script que havia sido escrito para nós de repente avançasse algumas páginas.

— É — respondi.

— Caminhe comigo — Annie disse, enfiando as mãos nos bolsos do jeans por baixo da capa. — Minha Nana diz que caminhar ajuda o cérebro a funcionar. Ela costumava caminhar da vila onde morava, na Sicília, até o interior, quando era garota. Tinha o hábito de escalar montanhas também. — Annie parou e olhou para mim. — Uma vez, quando ainda morávamos na Califórnia, ela me contou que o segredo de escalar as montanhas é continuar escalando, e que toda vez é difícil, mas há sempre uma vista incrível quando se chega ao topo.

— Não vejo como... — comecei a dizer.

— Eu sei. Você é a presidente do conselho estudantil, mas é só uma pessoa. Provavelmente uma boa pessoa, mas, ainda assim, é apenas humana. Como é a presidente do conselho, todos esperam que seja perfeita, e isso é difícil. Tentar ser o que esperam de você, sem deixar de ser você mesma: talvez seja essa a montanha que tenha de continuar escalando. — Annie virou-se para mim, o que me fez parar. — Nana diria que valerá a pena quando chegar ao topo. E eu diria "Continue escalando, mas não espere chegar ao topo amanhã". Não queira ser perfeita para atender às expectativas dos outros.

— Para um unicórnio — acho que eu disse —, você até que é bem esperta.

Annie balançou a cabeça. Falamos um pouco mais sobre aquele assunto e depois continuamos a caminhar pelo calçadão molhado e melancólico, falando de responsabilidade e autoridade e até de Deus — sem encenação desta vez, sem improvisação medieval, apenas nós mesmas. Quando chegamos ao fim, percebi que conversava com Annie como se a conhecesse a vida toda, não há apenas alguns dias. Quanto a Annie, não sei como ela se sentia. Ela ainda não havia falado muito sobre si mesma, sobre coisas pessoais, quero dizer, ao contrário de mim.

Por volta das quatro da tarde estávamos tão molhadas e com tanto frio que fomos até a Montague Street, a principal rua de compras de Brooklyn Heights, para tomarmos um café. Começamos de novo com nossas brincadeiras: lendo sachês de açúcar em voz alta e imitando outros clientes e rindo. Quando Annie atirou em mim com um canudo de papel, a garçonete olhou feio para nós, então deixamos o local.

— Bem... — disse Annie, na calçada do lado de fora da cafeteria.

— O hidromel deles — falei, com medo de que ela fosse embora — não chega aos pés do seu.

— Não — Annie falou. — Liza...?

— O quê?

Falamos ao mesmo tempo.

— Fale você primeiro — eu disse.

Annie em minha mente: a descoberta do amor

— Não, fale você.

— Bem, eu só ia dizer que, se não tiver que ir embora agora, poderia vir à minha casa para conhecer meu quarto ou algo assim, mas já são quase seis horas...

— E *eu* ia dizer que, a menos que tenha que jantar agora, poderíamos ir até sua casa para você me mostrar seu quarto.

— O jantar — eu disse, olhando para cima para ver o semáforo e atravessando a rua com Annie — às vezes é bem informal aos domingos. Talvez mamãe convide você...

Mamãe convidou, e Annie ligou para a mãe dela, que disse que ela poderia ficar. Havia pernil assado e escalope de batatas, o que não era um dos nossos jantares informais de domingo que podia ser facilmente incrementado para servir mais convidados, e que em geral consistia em ovos preparados de algum jeito pelo papai, mas havia comida suficiente, e todos pareceram gostar de Annie. Na verdade, assim que mamãe soube que Annie era cantora, começaram a falar tanto de Bach e Brahms e Schubert que me senti deixada de lado e retomei uma discussão amigável que tivera com papai sobre Mets *versus* Yankees. Mamãe percebeu o que eu estava fazendo e, em alguns minutos, mudou de assunto.

Na hora da sobremesa, comecei a entrar em pânico com relação ao meu quarto: de repente, lembrei que estava tão bagunçado que quase desisti de mostrá-lo a Annie. É um quarto razoavelmente grande, com várias imagens de edifícios pregadas nas paredes com fita adesiva e, assim que entramos no cômodo, percebi como alguns desenhos eram velhos, como as fitas estavam sujas, mas Annie não pareceu se importar.

Ela foi direto para minha prancheta — que era mesmo a melhor coisa do meu quarto —, sobre a qual havia um esboço muito bom do meu projeto de casa solar. No mesmo instante, ela perguntou o que era aquilo, e comecei a explicar e a mostrar alguns dos outros esboços que eu havia feito. Embora a maioria das pessoas ficasse entediada depois de uns cinco minutos de explicações sobre desenho arquitetônico, Annie sentou-se no banco diante da prancheta e continuou fazendo perguntas até quase dez da noite, quando mamãe foi nos dizer que achava que estava na hora de o papai levar a Annie para casa. Naquele momento, percebi que Annie realmente parecia interessada em arquitetura, e senti vergonha por ter iniciado aquela discussão exibicionista na hora do jantar em vez de tê-la escutado falar.

Papai, Chad e eu acabamos levando Annie para casa de metrô, o que se mostrou uma viagem mais demorada do que eu havia imaginado. No caminho, tentei fazer a ela uma ou duas perguntas sobre música, mas estava barulhento demais para conversar. Pouco antes de chegarmos à estação em que ela descia, Annie apertou minha mão com carinho e disse:

— Não precisa fazer isso, Liza.

— Fazer o quê?

— Falar de música comigo. Está tudo bem. Sei que não gosta tanto assim do assunto.

— Liza — Chad gritou —, não posso ficar segurando esta porta a noite toda. Meninas! — ele disse indignado para o papai quando enfim saímos do trem.

— Gosto, sim, de música — disse a Annie, andando atrás do meu pai e de Chad enquanto subíamos a escada para sair na rua. — De verdade. Nossa! Eu... — E então parei de falar porque Annie estava rindo, pois sabia que era mentira. — Tudo bem — falei. — Não entendo nada de música. Mas... estou... querendo aprender.

— Certo — Annie disse. — Você pode vir ao meu próximo recital. Vou ter um antes do Natal.

Àquela altura, já estávamos na rua e, por alguns quarteirões até o prédio de Annie, tentei novamente fazer perguntas, não técnicas, mas sobre o recital, que tipo de músicas ela gostava de cantar e coisas do tipo. Ela parecia responder com cuidado, como se tentasse fazer parecer que eu entendia mais de música do que de fato entendia.

— Bem — papai disse quando chegamos ao prédio da Annie: um edifício retangular grande e feio de tijolos amarelos no meio de um quarteirão cheio de construções de tijolos vermelhos abandonadas —, o que me diz de a acompanharmos até seu apartamento, Annie?

— Ah, não, sr. Winthrop — ela respondeu depressa. Percebi que estava com vergonha. — Não precisa.

— Não, não — papai disse com firmeza. — Vamos acompanhá-la.

— Pai... — eu disse baixinho, mas ele me ignorou, e todos nós subimos em silêncio até o quinto andar em um elevador instável e demorado que parecia estar subindo até o topo do Empire State.

A porta de entrada do apartamento de Annie ficava próximo ao elevador, à esquerda, em um corredor encardido e escuro, e tenho de admitir que papai tivera razão ao nos fazer subir até lá com ela, mas dava para ver que ela ainda estava envergonhada, então lhe dei boa-noite com a voz mais alta e animada que consegui, e praticamente empurrei papai e Chad de volta para o elevador.

Annie acenou para mim da porta e de seus lábios saiu um agradecimento silencioso enquanto as portas do elevador se fechavam.

Quando chegamos de novo à rua, senti como se estivesse prestes a explodir sem saber o porquê, então comecei a assoviar.

— Liza — papai disse. Ele pode ser um tanto severo às vezes. — Não faça isso. Este bairro não é dos melhores. Não chame atenção para si mesma.

— É um ótimo bairro — falei, ignorando um bêbado encostado em uma porta e um cachorro esquelético sem coleira que revirava uma lata de lixo superlotada. — É um bairro lindo, maravilhoso, estupendo, magnífico!

Chad fez um gesto com seu dedo indicador apontado para a própria cabeça e disse para o papai:

— Maluca. Talvez devêssemos passar no Bellevue?

Bellevue é um hospital enorme com uma ala psiquiátrica bem ativa.

Dei uma espécie de rosnado de lobisomem e me lancei contra Chad no momento exato em que um mendigo se aproximava do papai pedindo setenta e cinco centavos para pegar o metrô. Então rosnei para o mendigo também, e ele se afastou, olhando para mim por cima do ombro.

Papai me lançou um olhar de suposta censura, mas não pôde conter uma gargalhada, e passou um braço sobre os meus ombros e o outro sobre os ombros de Chad, conduzindo-nos com firmeza até o quarteirão seguinte, onde fez sinal para um táxi.

— Não posso arriscar ser visto com vocês dois. — Ele sorriu e deu o endereço ao taxista. — Já imaginaram a manchete do *Times*? "Famoso engenheiro é visto na companhia de dois malucos. Sua sanidade é questionada. Um dos sujeitos é uma aluna do ensino médio suspensa. Há rumores de que esteja envolvida com perfuração de orelhas."

Olhei surpresa para o papai; e ele esticou a mão e bagunçou meu cabelo, coisa que não fazia desde que eu era pequena.

— Está tudo bem, Liza — disse ele. — Todo mundo erra. E esse erro foi um dos grandes, só isso, mas sei que não vai mais cometer erros desse tipo.

Mas, ah, Deus, nenhum de nós tinha como saber que eu faria algo muito, muito pior — pelo menos aos olhos da escola e dos meus pais e, provavelmente, de várias outras pessoas, se ficassem sabendo.

Liza tirou a foto de Annie da gaveta em que a guardava, colocou-a sobre a cômoda e em seguida foi para a cama.

Mas não conseguia dormir. Tentou ler, mas as palavras estavam borradas; tentou desenhar, mas não havia como se concentrar. Por fim, foi até a escrivaninha e leu as cartas de Annie. Com exceção da última, todas elas terminavam com "Sinto sua falta".

Liza pegou algumas fitas cassete na estante — Brahms, Bach, Schubert; colocou Schubert para tocar e voltou para a cama, ouvindo a música.

Talvez eu devesse parar, pensou mais de uma vez. *Provavelmente devia parar de pensar nisso.*

Mas, embora no dia seguinte ela tivesse feito duas longas caminhadas, ido à biblioteca e passado três horas desnecessárias no laboratório para evitar pensar naquilo, depois do jantar lá estava ela de novo em sua escrivaninha, olhando a foto de Annie e relembrando...

6.

Na segunda-feira de manhã, pouco antes da primeira aula, liguei para a escola e pedi para falar com a srta. Stevenson, mas a srta. Baxter, que atendeu ao telefone, disse que ela havia faltado porque estava doente.

Pensei um instante e, como não queria falar com a sra. Poindexter, pedi o número do telefone residencial da srta. Stevenson.

— Aqui quem fala é Liza Winthrop — eu disse, desconfortável. — Imagino que saiba que fui suspensa na sexta passada. Eu... é... não sei se tenho que fazer alguma tarefa para entregar ou o que devo fazer para não perder o conteúdo das aulas ou algo assim.

Houve uma pausa, durante a qual imaginei a srta. Baxter puxando um de seus lenços rendados da manga e pressionando seus olhos pesarosos com ele.

— Meia-dois-cinco — ela disse, como se rezasse — oito-sete-um-quatro.

— Obrigada. — Desliguei e comecei a discar novamente.

O telefone da srta. Stevenson chamou cinco vezes, sem resposta. Estava prestes a desligar e telefonar para Sally para ver se, por acaso, ela sabia o que tínhamos que fazer, quando uma voz, que não era a da srta. Stevenson, atendeu.

— É... — eu disse eloquente. — Aqui quem fala é Liza Winthrop, uma das alunas da srta. Stevenson na Foster. Sinto muito por incomodá-la agora que ela não está se sentindo bem, mas acontece que...

— Ah, Liza — a voz disse —, aqui é a srta. Widmer. Isabelle, quer dizer, a srta. Stevenson, está com um resfriado terrível, e estava de saída para a escola... atrasada, como pode perceber. Posso ajudá-la de algum modo?

Lembrei que, uma vez, alguém disse que achava que a srta. Stevenson e a srta. Widmer moravam juntas.

— Ou você prefere falar direto com ela? — a srta. Widmer sugeriu. — É só que ela está se sentindo muito mal.

— Não, tudo bem — respondi depressa e expliquei minha situação.

A srta. Widmer deixou o fone de lado alguns minutos e, quando retornou, disse que sim, eu precisava pegar a matéria dada, e que ela me passaria o dever de casa por meio do Chad, se estivesse tudo bem para mim, e comentou que felizmente a semana era mais curta por causa do feriado de Ação de Graças. Ela sugeriu que eu falasse com a Sally para dizer que seria bom se ela arranjasse um modo de pegar o conteúdo das aulas também. Então liguei para Sally — ela ainda parecia chateada com tudo o que tinha acontecido — e depois passei os vinte minutos seguintes escolhendo o que vestir para ir até a escola da Annie. Devo ter vestido uns quatro jeans antes de achar um que não estivesse sujo ou rasgado nem fosse velho demais ou não fosse velho o bastante. Então cerzi um furo na manga do meu suéter cinza favorito, tarefa que vinha adiando desde a primavera. Quando saí, já passava das dez.

Levei mais de uma hora para chegar à escola da Annie, contando o tempo gasto com a troca de linhas do metrô e tudo o mais. Ela havia desenhado um esboço da planta do seu prédio e feito uma cópia dos seus horários para mim, mas também me advertira de que eu não poderia simplesmente entrar na escola, como qualquer um faria onde eu estudava — e ela não podia estar mais certa com relação a isso! Assim que vi o edifício, lembrei que ela o havia comparado a uma prisão. Já tinha visto escolas grandes e feias por toda Nova York, mas aquela era a pior de todas. Sua arquitetura era tão criativa quanto a de uma casamata.

Subi a enorme escadaria de concreto externa, passei por portas duplas que tinham malhas metálicas nos vidros, assim como nas janelas, e entrei na recepção cavernosa e escura com suas escadas de metal. A primeira coisa que notei foi o cheiro: uma combinação de desinfetante, grama e metrô num dia quente, esse último bem acentuado. A segunda coisa que percebi foi que a atmosfera de prisão continuava do lado de dentro. Mesmo os vidros internos, das janelas e portas que davam para as salas, eram reforçados por uma malha metálica. E bem no centro do corredor, diante das portas de entrada, havia uma mesa enorme, com três seguranças sentados.

O maior deles veio na minha direção assim que entrei.

— O que *você* quer? — perguntou num tom beligerante.

Eu lhe disse meu nome, como Annie me instruíra a fazer, e falei que era amiga de Annie e que queria conhecer a escola.

— E por que não está na aula? — ele perguntou.

Eu não sabia o que responder. Pensei em dizer que tinha abandonado a escola, ou que onde eu estudava a semana toda era de folga por causa do feriado de Ação de Graças, ou que já havia me formado — qualquer coisa, menos que tinha sido suspensa, mas daí me lembrei de que já estava metida em encrenca suficiente e, além do mais, sempre fora uma péssima mentirosa, por isso disse a verdade.

Ele perguntou por que eu tinha sido suspensa, e lhe disse o motivo.

E então pronto.

Ele e outro segurança me conduziram até uma salinha no fim do corredor. E depois ele me perguntou se eu queria que eles ligassem para a Foster para checar minha história, e o outro segurança perguntou se poderia esvaziar meus bolsos, e eu disse:

— Para quê?

Ele olhou para o colega e falou:

— Essa garota está falando sério?

Nem preciso dizer que não dei nem mais um passo dentro da escola da Annie aquele dia.

Então fui embora e passei as horas seguintes no Museu Nacional do Índio Americano. Quando voltei, umas duas e meia, os seguranças e dois policiais estavam do lado de fora, e o que pareciam ser milhares de alunos saíam aos borbotões pelas portas. Quando pensei que só com muita sorte Annie me encontraria ali, eu a vi e gritei, agitando os braços. Um dos seguranças olhou para mim de canto de olho, mas consegui sair de seu campo de visão e sumir na multidão; Annie ficou observando tudo do segundo degrau no topo da escadaria, até que atravessei a rua e ela foi ao meu encontro sorrindo.

— Vamos sair daqui — ela disse.

Dobramos a esquina e fomos até um pequeno parque tranquilo, onde havia mães, carrinhos de bebês e cães — um outro mundo.

— Tentei entrar — eu disse, e contei o que havia acontecido.

— Ah, Liza, sinto muito! — ela falou quando terminei de explicar. — Eu deveria ter avisado que não seria fácil. Desculpe.

— Ei, está tudo bem!

— Aqueles seguranças são uns idiotas — ela disse, ainda parecendo irritada. — Devem ter achado que você estava vendendo drogas. — Ela deu um sorriso estranho de canto de boca e se sentou em um banco. — Isso é o que não falta na minha escola, que dirá onde eu moro.

— Não achei tão ruim — falei, lembrando como ela havia ficado com vergonha quando a levamos para casa. — Onde você mora, quero dizer. — E me sentei ao seu lado.

— Ah, qual é! — Annie disse, explodindo como naquele dia no Cloisters quando lhe contei sobre a perfuração de orelhas. — Sabe o que acontece naqueles prédios onde não mora ninguém? Jovens usam drogas, bêbados entornam garrafas e depois as atiram na calçada, assaltantes atacam as pessoas... Ah, sim, é um bairro maravilhoso!

— Desculpe — falei, envergonhada. — Acho que não sei muito sobre isso.

— Tudo bem — Annie respondeu depois de um instante.

Mas não parecia que estava tudo bem, porque lá estávamos nós, sentadas e mal-humoradas em um banco frio e dizendo "Desculpe" uma para a outra por coisas que estavam além do nosso controle. Em vez de me sentir feliz em ver Annie, sentia-me mal, como se tivesse dito algo tão estúpido que nossa amizade, que mal havia começado, fosse terminar. *Finis* — fim do script.

Annie cutucava com o pé um monte de folhas secas e quebradiças em um canto do banco; estávamos sentadas bem afastadas uma da outra.

— Em algum lugar por aí — ela disse, baixinho —, existe um lugar *bom*: tem que existir. — Virou-se para mim, sorrindo e menos irritada, como se tivesse me perdoado ou como se nem tivesse se zangado, para começar. — O lugar onde eu morava quando era pequena, depois que nos mudamos para San Francisco, dava para ver além da baía: casas que eram pontinhos brancos nas colinas, como se fossem... pequenos pássaros brancos. Voltar àquele lugar para ver se é tão bonito quanto eu me lembro... essa é uma das minhas montanhas. — Ela agitou os braços em seu casaco, que era mais grosso que a capa, mas pude ver que era velho, puído em algumas partes. — Às vezes, fingia que também era um pássaro como aqueles que eu imaginava do outro lado da baía, e que podia voar até onde estavam.

— E agora — eu disse com cautela — você vai atravessar o país voando para se encontrar com eles.

— Ah, Liza — ela disse. — Sim. Sim, a menos que...

Mas, em vez de terminar a frase, ela balançou a cabeça e, quando perguntei "O quê?", ela se levantou num pulo e disse:

— Já sei! Vamos pegar o metrô até o centro e tomar a balsa, e ficar indo e voltando de Staten Island até anoitecer, e daí podemos ver as luzes. Já fez isso? É divertido. Você pode fingir que está em um navio de verdade. Vejamos... Para onde quer ir? França? Espanha? Inglaterra?

— Califórnia — eu disse, sem pensar. — Quero ajudá-la a encontrar seus pássaros brancos.

Annie inclinou a cabeça para o lado, o que me fez lembrar de quando ela fingiu ser um unicórnio no Cloisters.

— Talvez haja pássaros brancos em Staten Island — ela disse baixinho.

— Então acho que deveríamos procurar pássaros brancos lá. A Califórnia fica muito longe.

— Era nisso que estava pensando antes — disse Annie. Estávamos caminhando até o metrô. — Mas o ano que vem ainda está longe também.

Será que estava mesmo?

No metrô, o humor de Annie mudou, assim como o meu. Depois que nos sentamos, Annie sussurrou:

— Já ficou olhando fixamente para o nariz das pessoas no metrô até ele perder a forma?

Respondi que não, e obviamente fizemos isso até a estação de South Ferry, com as pessoas olhando feio para nós e se remexendo, incomodadas.

Ficamos indo e voltando na balsa de Staten Island o resto da tarde, algumas vezes fingindo que cruzávamos o Canal do Panamá até a Califórnia, outras que íamos para a Grécia, onde eu mostraria a Annie o Partenon e lhe daria aulas de arquitetura.

— Só se eu puder te dar aulas de História — ela disse. — Apesar de eles mal darem essa matéria na minha escola idiota.

— Então como sabe tanto sobre o assunto? — perguntei, lembrando-me de suas improvisações.

— Leio muito — ela disse, e caímos na risada.

Depois de umas quatro viagens de ida e volta, os tripulantes da balsa perceberam que só havíamos pagado uma vez, então, assim que chegamos a St. George, em Staten Island, desembarcamos e começamos a subir uma das ruas íngremes que levavam para longe das rampas das balsas, até que chegamos a uma área com algumas casas com jardinzinhos na frente. Voltando a ficar séria, Annie disse:

— Gostaria de morar em uma casa com jardim um dia, você não?
— Sim — respondi.

Por um tempo, brincamos de escolher em qual daquelas casas moraríamos, se pudéssemos — uma brincadeira calma e meio tímida. Depois nos sentamos em um muro de pedras do jardim de alguém — começava a escurecer àquela altura — e ficamos em silêncio por um tempo.

— Estamos em Richmond — Annie disse, de repente, e me assustei. — Somos os primeiros peregrinos e... — Ela deixou a frase pela metade e pude sentir, mais do que ver, que balançava a cabeça. — Não — ela murmurou. — Não quero mais fazer isso com você o tempo todo.

— Fazer o quê?

— Você sabe. Unicórnios. Donzelas e cavaleiros. Ficar encarando o nariz dos outros... Não quero mais fingir. Você faz com que eu... queira ser real.

Tentava achar um jeito de responder àquilo, quando uma mulher saiu de uma casa do outro lado da rua carregando uma sacola de compras de redinha e levando um cachorrinho na coleira. Quando chegou à esquina, ela colocou a sacola na boca do cão e disse:

— Muito bem, Pixie! Boa menina. Leve a sacola para a mamãe.

Não conseguimos segurar o riso.

Quando paramos de rir, eu disse, meio sem graça:

— Fico feliz em saber que deseja ser real, mas, por favor, não seja real demais. Quer dizer...

Annie me olhou de um jeito estranho e falou:

— Annie Kenyon é chata, não é?

— Não! — protestei. — Não, nem um pouco chata. Annie Kenyon é...

— O quê? Annie Kenyon é o quê?

Eu queria dizer *fascinante*, porque era aquilo que realmente achava, mas fiquei com vergonha. Em vez disso, disse: "Interessante", mas aquilo soou insípido, e, como eu sabia que Annie não conseguia enxergar meu rosto direito à luz do crepúsculo, acabei acrescentando "Fascinante" no fim das contas. Pensei em *mágica* também, mas não disse nada, embora ficar ali sentada com Annie na escuridão crescente fosse tão especial e tão diferente de tudo o que eu tinha vivido até então, que *mágica* me parecia uma boa palavra para aquela situação e para ela.

— Ah, Liza — Annie disse de um jeito que eu começava a esperar e desejar. E em seguida complementou: — Você também.

— Eu também o quê? — perguntei estupidamente.

Em vez de responder, Annie apontou para um ponto mais adiante na rua, onde dava para ver Pixie e sua mamãe voltando. Então, enquanto eu olhava para elas — as luzes dos postes agora estavam acesas —, Annie disse baixinho:

— Fascinante.

Pixie ainda carregava a sacola de compras, que agora continha uma alface. Ela tinha a cabeça tão baixa que a sacola arrastava na calçada.

— Espero — Annie disse — que a mamãe esteja planejando lavar a alface.

Continuamos sentadas juntas no muro à sombra de árvores grandes, observando Pixie e a mamãe entrarem em casa, e depois voltamos até a rampa para pegar a balsa, nossos ombros se tocando. Acho que não nos afastamos porque, se o fizéssemos, seria como confirmar que estávamos nos tocando, para início de conversa.

Ligamos para nossas respectivas casas para avisar que chegaríamos mais tarde e, na viagem de volta, ficamos o mais próximo possível da proa da balsa, para que pudéssemos ver as luzes de Manhattan piscando cada vez mais perto, conforme nos aproximávamos. Éramos as únicas pessoas no deque; estava esfriando bastante.

— Veja — Annie disse. Ela colocou a mão mais perto da minha e apontou com a outra. — As estrelas combinam com as luzes, Liza. Veja.

Era verdade. Havia dois padrões de renda dourada: um no céu e outro na costa, e um complementava o outro.

— Aquele é o seu mundo — Annie disse, baixinho, e apontou para a silhueta de Manhattan, uma filigrana dourada ao longe.

— Real, mas às vezes belo — comentei, ciente de que a mão de Annie tocando a minha era agradável, mas não mais que isso.

— E aquele é o meu mundo. — Annie apontou novamente para as estrelas. — Inalcançável.

— Não para os unicórnios — falei em voz baixa. — Nada é inalcançável para os unicórnios. Nem mesmo... nem mesmo os pássaros brancos.

Annie sorriu, mais para si mesma do que para mim, e olhou na direção de Manhattan mais uma vez, o vento gerado pela movimentação da balsa jogando seus cabelos no rosto.

— E aqui estamos nós — ela falou. — Liza e Annie, suspensas entre os dois mundos.

Permanecemos na proa o resto da viagem, observando as estrelas e as luzes na costa, e foi só quando a balsa começou a encostar na doca, em Manhattan, que nos afastamos e soltamos nossas mãos.

7.

Dois dias depois, na quarta-feira, Annie conseguiu escapar da escola na hora do almoço para me colocar para dentro do edifício discretamente, levando-me para o refeitório: uma sala enorme e meio decadente, tão lotada quanto a Penn Station ou a Grand Central no Natal. Enquanto estávamos lá sentadas, tentando ouvir o que dizíamos uma para a outra, um garoto alto e grandalhão levantou-se de sua cadeira, puxou no mínimo uns trinta centímetros de uma corrente grossa do bolso e começou a girá-la acima da cabeça, gritando algo que ninguém se deu ao trabalho de ouvir. Na verdade, ninguém se deu ao trabalho de prestar atenção ao garoto, exceto algumas pessoas que se afastaram para ficar fora do alcance da corrente que ele girava.

Eu não conseguia acreditar naquilo — não conseguia acreditar que alguém fizesse aquilo, e também não conseguia acreditar que, se o fizesse, todos simplesmente o ignorariam. Acho que devo ter ficado olhando fixamente para ele, pois Annie parou no meio de uma frase e disse:

— Está se perguntando por que aquele garoto está girando uma corrente, certo?

— Isso — respondi, tentando ser tão casual quanto ela sobre aquela situação.

— Ninguém sabe por que ele faz isso, mas daqui a pouco um dos professores de carpintaria vai aparecer e o levar embora. Pronto, lá está ele, viu? — Um homem forte usando o que imagino ser um avental utilitário entrou no refeitório, enfiou-se debaixo da corrente giratória e agarrou o garoto pela cintura. Imediatamente, o menino parou de girar a corrente, que caiu com um estrondo no chão. O homem a recolheu e a guardou em seu bolso e conduziu o garoto para fora do refeitório.

— Annie — eu disse, perplexa —, está me dizendo que isso acontece com frequência? Por que não tomam a corrente dele, quer dizer, permanentemente? Por que não... sei lá, você disse que ele faz isso sempre, não faz?

Annie olhou para mim, achando graça e ao mesmo tempo sentindo pena, e colocou sua caixinha de achocolatado sobre a mesa.

— Ele faz isso o tempo todo, pelo menos uma vez por semana. Tomam a corrente dele, mas acho que ele tem um estoque infinito. Não sei por que não fazem algo a respeito ou por que não o ajudam de algum modo, mas acho que não fazem nada mesmo. — Ela sorriu. — Agora entende por que às vezes prefiro pássaros brancos?

— E unicórnios e cavaleiros — respondi. — Minha nossa!

— Quando comecei a frequentar esta escola — Annie disse —, voltava para casa e chorava à noite, mas depois de uns dois meses me sentindo assustada e infeliz descobri que, se ficasse longe dos outros, eles ficariam longe de mim. O único motivo pelo qual nunca pensei em pedir transferência é que, quando minha mãe vai trabalhar até tarde, posso ir para casa na hora do almoço dar uma olhada na Nana. Não poderia fazer isso se trocasse de escola.

— Deve ter *alguns* alunos legais aqui — eu disse, olhando à minha volta.

— E tem, mas como passei o primeiro ano inteiro me isolando, quando fui para o segundo ano as pessoas já tinham feito amizade umas com as outras. — Ela deu um sorriso irônico, criticando a si mesma. — Não são apenas as pessoas aqui de Nova York que são inamistosas. Eu também não tenho sido muito amigável com as pessoas de Nova York. Até agora.

Sorri para ela.

— Até agora — repeti.

Depois do almoço, como eu encontraria Annie em seu apartamento mais tarde naquele dia, fui ao Guggenheim e tentei não pensar muito no que poderia estar acontecendo na escola dela enquanto observava pinturas em segurança, mas não pude evitar pensar em tudo aquilo, e no quanto a vida de Annie parecia ser deprimente, e no quanto eu gostaria de poder fazer algo para torná-la mais alegre. Um dia antes, depois que Annie saíra da escola, tínhamos ido ao Jardim Botânico de Nova York, que eu havia visitado algumas vezes com meus pais, e Annie enlouquecera indo e voltando por aqueles corredores da estufa, aspirando o perfume das flores e as tocando, quase como se falasse com elas. Nunca a tinha visto tão animada.

— Ah, Liza... — ela dissera. — Eu nem sabia que este lugar existia. Veja, aquela é uma orquídea, elas são sensíveis; aquela é uma bromélia. Aqui parece um lugar que costumávamos visitar na Califórnia; é tão bonito! Ah, por que não há mais flores em Nova York, mais verde?

Assim que me lembrei daquilo, parei na metade da rampa em espiral no centro do Guggenheim, e soube o que faria: compraria uma planta para Annie e a levaria ao seu apartamento como uma espécie de presente de agradecimento — agradecimento pelo quê, exatamente, eu não sabia, mas aquilo não parecia ter muita importância enquanto corria para fora do museu à procura de um florista.

Encontrei um que tinha algumas plantas floridas na vitrine.

— Tem dessas plantas na Califórnia? — perguntei ao vendedor.

— Sim, sim — ele disse. — Estão por toda parte lá.

Aquilo não significava muita coisa, mas eu estava nervosa demais para fazer outras perguntas, até mesmo para perguntar que tipo de planta era aquela que eu queria — tinha folhas peludas e flores azul-claro. Àquela altura, eu sabia que azul era a cor favorita de Annie, então decidi que o tipo de planta provavelmente não importava. O vaso estava envolto em um papel laminado rosa medonho, que arranquei no elevador vagaroso do prédio de Annie e enfiei no meu bolso.

Lembrei de bater à porta do apartamento — ela tinha dito que a campainha não estava funcionando —, e alguns minutos depois uma voz trêmula perguntou:

— Quem é?

— Liza Winthrop — respondi, e depois repeti mais alto quando ouvi um ruído do outro lado.

Quando a porta se abriu, tive que baixar os olhos de repente, pois esperava cumprimentar alguém mais ou menos da minha altura. Só que a pessoa que atendeu à porta era uma mulher minúscula de aparência frágil numa cadeira de rodas. Tinha lindos olhos azuis brilhantes e uma boquinha franzida que, de algum modo, parecia-se com a de Annie, provavelmente por causa do sorriso.

— Você deve ser a amiga da Annie. — A mulher sorriu para mim e, assim que ouvi seu sotaque, lembrei que a avó de Annie nascera na Itália. Sem demora, a mulher disse: — Sou sua *Nana*... avó... entre, entre. — Ela afastou habilmente a cadeira de rodas do vão da porta para que eu entrasse.

— Annie, ela ajudou a *mamma* dela a preparar o... a ave assada — a avó de Annie falou. Levei uns dois segundos para compreender que ela falava do peru, mas o cheiro delicioso que senti assim que entrei no apartamento confirmou minhas suspeitas. — Preparamos *ele* no dia de ontem. — A forma como ela pronunciava as palavras era linda, soava como música. — Então podemos aproveitar o Dia de Ação de Graças. Entre, entre. Annie! Sua amiga, ela está aqui. Que flor linda! É uma violeta-africana, não?

— N-não sei — respondi, inclinando-me mais para que a avó de Annie pudesse ver a planta. — Não entendo nada de plantas, mas sei que Annie gosta delas, então trouxe esta.

Jamais ousaria admitir para a maioria das pessoas — da nossa idade, pelo menos — que havia comprado um presente para Annie, mas aquela senhora adorável não parecia achar o gesto nada estranho. Ela uniu as mãos nodosas, e descobri de onde vinham a risada e o sorriso de Annie, pois eram exatamente como os de sua avó.

— Annie... ela vai ficar muito contente — Nana disse, seus olhos claros brilhando para mim —, muito contente. Espere só para ver o quarto dela. Ela adora flores! Annie, veja! — ela disse, virando a cabeça na direção de Annie, que saía da cozinha com seus cabelos trançados e presos em volta da cabeça, com um pano de prato pendurado na frente do corpo e o rosto vermelho devido ao calor do forno. — Veja! Sua amiga, ela trouxe uma amiga pra você. — Nana e eu rimos da brincadeira; Annie olhou para a violeta e depois para mim.

— Não acredito! — Annie disse, seus olhos encontrando os meus por cima dos cabelos brancos e brilhantes da avó. — Você trouxe uma violeta-africana para mim?

Assenti.

— Feliz Dia de Ação de Graças.

— Meu Deus, Liza! Imagino que vá me dizer que isso também faz parte do seu mundo real, certo?

— Bem... — eu disse com falsa modéstia — ... é real o bastante.

— Mundo real? Do que estão falando? — disse Nana. — Annie, me leve para a cozinha para eu ajudar sua *mamma*. Depois vá conversar com sua amiga.

Annie piscou para mim ao se posicionar atrás da cadeira de rodas da avó, e Nana esticou sua mão e apertou a minha carinhosamente quando Annie passou ao meu lado empurrando a cadeira para a cozinha.

— *Gosto* de você, Lize — Nana disse, pronunciando meu nome como Chad o fazia com frequência. — Você faz minha Annie feliz. Ela é tão triste às vezes. — Os cantos da boca de Nana se curvaram para baixo, como numa máscara de tragédia grega. — Ugh! Moças, vocês deveriam rir. A vida é ruim o bastante depois que crescemos, deveriam aproveitar para rir enquanto são jovens. Pode ensinar minha Annie a fazer isso, Lize?

— Claro — afirmei, olhando para Annie. Acho que ergui a mão em um gesto de juramento solene ao responder.

— Está prometido! Annie... ela tem rido mais esta semana, depois que conheceu você.

Annie empurrou a cadeira da avó até a cozinha e eu fiquei parada no corredor, constrangida, observando as paredes encardidas que davam na sala de estar. Dava para ver parte do carpete muito gasto que algum dia tinha sido de um vermelho vívido, um sofá assimétrico com pedaços de estofamento escapando pelos cantos de alguns remendos e uma foto desbotada do Coliseu de Roma, pendurada na parede ao lado de uma cruz com uma folha de palmeira seca enfiada por trás.

— É da Nana — Annie disse ao retornar, apontando para a cruz. — Os demais aqui de casa não são muito religiosos. Minha mãe é protestante, e eu não sei o que sou. — Ela havia tirado o pano de prato da cintura, mas seu rosto ainda estava vermelho e um pouco lustroso por causa do calor. Uma mecha do cabelo havia começado a se soltar. Queria prendê-la para ela. — Nana adorou você — ela disse.

— Adorei conhecê-la — respondi, enquanto Annie me conduzia pela sala de estar e depois por um corredor menor e ainda mais encardido, que levava ao seu quarto. — Ouça, assumo o compromisso solene — falei, enquanto Annie me dava passagem no vão da porta para que eu pudesse entrar em seu pequeno quarto — de fazer você sorrir, como ela disse, ok?

Annie sorriu, mas um pouco distante, e sentou-se na beirada de sua cama estreita; em seguida, puxou a única cadeira que havia no quarto, que estava perto de uma mesa cheia de livros e partituras fazendo as vezes de escrivaninha.

— Ok — ela respondeu.

— Gostei do seu quarto — falei, olhando ao redor e tentando afastar o constrangimento que eu começava a sentir de novo. O quarto era minúsculo, mas repleto de coisas que obviamente significavam muito para Annie, principalmente livros e partituras, mas também bichinhos de pelúcia e, como Nana dissera, plantas, que davam a impressão de serem centenas. Por causa delas, não se notava de imediato que a mesa-escrivaninha estava um pouco bamba e cheia de marcas, que a cama provavelmente era um velho sofá-cama, e que a única janela tinha um pedaço de tecido enfiado numa parte, talvez para impedir a entrada de correntes de ar. Havia uma grande samambaia viçosa na janela e uma bandeja com seixos e várias plantas pequenas no peitoril. No chão, aos pés da cama, havia uma planta tão enorme que parecia uma árvore jovem.

— Ah, qual é! — disse Annie. — Nem se compara ao seu quarto. Seu quarto parece... luminoso e, sei lá, novo. — Seu olhar seguiu o meu até a planta enorme aos pés da cama. — É só uma seringueira que comprei na Woolworth's.* Comprei quando era apenas uma mudinha. Custou só noventa e cinco centavos. Foi um bom negócio.

— Bem, deve valer umas centenas de dólares agora que está grande. Ei, quer dizer, gosto do seu quarto. Gosto da sua avó, gosto de você...

Por um minuto, nenhuma de nós disse nada. Annie olhou para o chão e então foi até a seringueira e tirou algo invisível de suas folhas.

— Também gosto de você, Liza — ela disse com cautela. Havia posto a violeta-africana sobre a mesa-escrivaninha, mas depois a pegou e levou para o peitoril, onde arranjou um espaço para o vaso sobre os seixos. — Umidade — falou. — Elas gostam disso, e os seixos ajudam a manter a umidade. Quer dizer, a água que coloco na bandeja ajuda a... ah, droga.

Ela virou o rosto de repente, mas algo em sua voz fez com que eu agarrasse sua mão e a puxasse, fazendo com que se voltasse para mim novamente. Para minha surpresa, vi que ela estava prestes a chorar.

— Qual é o problema? — perguntei, ficando em pé, um pouco assustada. — O que foi? Fiz alguma coisa?

Ela balançou a cabeça e então a apoiou no meu ombro um instante, mas bem quando mexi a mão na intenção de confortá-la, ela afastou-se e foi até sua mesinha de cabeceira, de onde puxou um lenço de papel de uma caixinha e assoou o nariz.

— Sim, você fez, sua boba — ela disse, sentando-se na beirada da cama de novo. — Você me trouxe um presente, e sou uma tola emotiva, e isso está me fazendo chorar, e fico chateada porque não tenho dinheiro para comprar um presente para você, mas gostaria de ter.

---

* Rede americana de lojas do tipo $1,99. (N. T.)

— Ah, pelo amor de Deus! — eu disse e fui até ela, sentei-me ao seu lado e coloquei meu braço em volta dela um instante. — Ouça, não quero que você me dê um presente. Não se trata disso, não é?

— N-não sei — Annie disse. — Nunca tive uma amiga de verdade antes... Era isso que estava tentando dizer a você hoje no refeitório. Bem, tive uma na Califórnia, mas eu era bem mais nova na época, e até achei que fosse morrer quando ela se mudou. Estávamos na sexta série.

— Você é que é boba — eu disse. — Presentes fazem parte, certo? Eu sabia que você gostava de flores, só isso, e fiquei animada porque nunca conheci alguém que gostasse, e porque não sou capaz de manter uma planta viva nem que minha vida dependesse disso. Talvez seja um presente de agradecimento por você ter me mostrado Staten Island e... por tudo o mais.

Annie fungou alto e enfim sorriu.

— Ok... mas também não se trata disso, não é? Presentes de agradecimento... isso não é bom.

— Tudo bem. — Eu me levantei e voltei à cadeira. — Fale sobre sua amiga da Califórnia. Se quiser.

— Certo — Annie disse. — Acho que quero falar.

Durante uma hora mais ou menos, fiquei sentada no quarto de Annie enquanto ela me mostrava fotos de uma garotinha pálida e sem graça chamada Beverly e me falava sobre como costumavam caminhar juntas na praia e fingir que eram fugitivas, e como sempre dormiam uma na casa da outra, geralmente na mesma cama, e como riam e conversavam a noite inteira e como às vezes se beijavam "como meninas pequenas costumam fazer", Annie disse, corando. Eu sabia que Annie era bem novinha naquela época, então não achei nada de mais naquilo. E depois perguntei sobre sua avó, que havia costurado todas as roupas de Annie, até seus dedos ficarem rígidos demais por causa da artrite. Annie disse que às vezes acordava de noite e ficava escutando Nana respirar, com medo de que ela morresse de repente.

Depois de um tempo, Annie e eu fomos para a cozinha, onde vários gatos andavam meio de lado, daquele jeito que os gatos às vezes andam. Nós nos sentamos em volta de uma mesa redonda, sobre a qual retângulos plásticos de um jogo americano laranja haviam sido dispostos, inalando o aroma delicioso de peru assado e conversando com a mãe da Annie, que parecia tímida e cansada, mas era simpática, e com Nana, que eu não achava que fosse morrer tão cedo. Tomamos suco de uva e comemos um prato inteiro de maravilhosos biscoitos italianos com pedacinhos de figo, tâmara e uva-passa. Quando estava de saída, Nana me fez levar para casa um saco cheio de biscoitos para Chad.

No dia seguinte, na tarde do Dia de Ação de Graças, a campainha tocou bem quando eu terminava de comer minha segunda fatia de torta de abóbora, enquanto papai me contava a mesma história que costumava contar todos os anos, sobre quando ele e seu irmão roubaram um peru de Ação de Graças e tentaram assá-lo numa fogueira feita de mato no Maine, local onde cresceram. Apertei o botão para abrir a porta e desci correndo para ver quem era, e lá estava Annie, ao lado de um homem baixinho e troncudo de bigode preto, que descobri ser seu pai. Havia um táxi amarelo parado em fila dupla na rua.

Annie parecia querer estar em outro planeta.

O sr. Kenyon tirou seu quepe levemente amassado e disse:

— Não queremos atrapalhar, mas Annie, ela disse que queria vir visitá-la esta tarde, e eu disse que Ação de Graças é uma data que se passa com a família e que talvez você não quisesse companhia, e ela disse que talvez eu não quisesse deixá-la vir, então eu a trouxe. Você deu a ela um presente tão bonito, e achei que talvez você e seu *poppa* e sua *mamma* e seu irmão quisessem dar uma volta de táxi com a gente. Assim nossas famílias ficariam juntas e poderíamos nos conhecer.

Olhei, incerta, para o táxi parado em fila dupla e então vi o rosto alegre da Nana na janela, acenando com uma mão trêmula.

— Sempre levamos minha *mamma* para passear de táxi nos feriados — explicou o sr. Kenyon.

Dava para ver pela expressão de Annie que ela estava morrendo de vergonha, e eu queria dizer a ela que estava tudo bem, porque estava mesmo. Entendia como ela se sentia, mas achava sua família ótima.

— Vou perguntar a eles — eu disse e subi correndo.

Annie veio atrás de mim e agarrou minha mão no primeiro patamar.

— Liza, desculpa — ela falou. — Ele... ele não entende os costumes americanos. Não sei... ele veio para cá com vinte anos, mas ainda acha que mora em uma vila siciliana e...

— Gosto dele! — gritei e a chacoalhei. — Eu já disse: gosto da sua avó, dos gatos da sua cozinha e da sua mãe, embora eu não a conheça muito bem, e gosto das suas plantas e do seu quarto e de você, menos quando é tola o bastante para achar que eu não gostaria de... qualquer uma dessas coisas!

Annie sorriu timidamente e encostou-se na parede.

— Também acho que é tolice — ela disse. — Quero dizer, da minha parte. É só que... sempre fico preocupada, achando que as pessoas vão rir deles.

— Bem, eu não vou rir deles — falei. — E, se você rir, vou morar com eles, e pode vir morar aqui no velho e conservador bairro de Brooklyn Heights, e pode estudar na Foster Academy e quase ser expulsa por causa de umas orelhas furadas e... Annie? — eu disse, quando uma ideia me ocorreu de repente. — Você tem inveja? É isso? Queria estar no meu lugar?

— Não — Annie respondeu, baixinho. E então deu uma risadinha. — Não, não é nada disso. Você tem razão: não gosto da escola que frequento nem do bairro onde moro, mas não... não gostaria de trocar de lugar com você nem nada disso. — Ela sorriu. — Acho que acabou de me fazer perceber isso.

— Bem, que bom — falei, ainda irritada. — Porque, se quiser trocar de lugar, se é só por isso que você sai comigo, pode esquecer.

Eu me surpreendi por estar tão zangada.

— Ah, Liza, não. Não é só por isso que saio com você. Não é nada disso, não mesmo. — Ela desencostou da parede e então ficou de frente para mim, inclinando-se em uma breve mesura. — A Princesa Eliza faria a gentileza de vir com esta humilde camponesa em um passeio em sua carroça mágica? Nós lhe mostraremos as maravilhas de seu reino, ciganos, gaivotas, grutas incríveis, a Ponte Triborough...

— Você é maluca! — eu disse, esticando o braço para segurar sua mão. — Sua... unicórnio.

Por um instante, ficamos ali paradas nos olhando, sabendo, aliviadas, que tudo estava bem entre nós novamente.

Papai, mamãe e Chad decidiram ficar em casa, embora tenham descido, por insistência minha, para conhecer o sr. e a sra. Kenyon, e Nana. Acho que eu estava tentando provar a Annie que eles também não ririam de sua família. O bom e velho Chad, assim que papai e mamãe começaram a subir para o apartamento enquanto Annie e eu continuávamos paradas na porta do prédio, virou-se para Annie e disse:

— Seu pai é legal, Annie. E que táxi bem-cuidado!

Quis lhe dar um beijo.

Dirigimos pelo Brooklyn e até o Queens naquela tarde, e na volta passamos pelo Central Park e, durante todo o tempo, o sr. Kenyon e sua mãe contavam histórias da Itália, e a sra. Kenyon ria e os estimulava a contar mais. O pai do sr. Kenyon, que morrera na Califórnia, tinha sido açougueiro em sua vila na Sicília, e os gatos costumavam acompanhá-lo para todo canto porque ele lhes dava retalhos de carne. Era por isso que os Kenyon ainda tinham gatos; o sr. Kenyon disse que a vida não fazia sentido sem um gato ou dois por perto. Chad tinha razão ao dizer que ele era legal.

Não me lembro ao certo do que Annie e eu fizemos nos outros dias do feriado. Caminhamos muito... por Village, Chinatown, lugares assim. Do domingo é que era importante lembrar.

Era em coisas relacionadas ao domingo que eu vinha pensando...

Você já se sentiu realmente próximo de alguém? Tão próximo que não entende como você e a outra pessoa podem habitar dois corpos, duas peles diferentes? Acho que foi no domingo que comecei a me sentir assim.

Estávamos no metrô, conversando quando o barulho permitia, e acabamos indo até Coney Island. Já era fim de temporada, e o lugar estava deserto e muito frio. Observamos todos aqueles brinquedos fechados por causa do inverno, e alguns comerciantes retardatários que estavam colocando placas surradas em cores pastel em seus estandes de pipoca ou de arremesso de moedas ou que davam bonecas como prêmio, e compramos cachorros-quentes no Nathan's. Havia apenas dois velhos sujos comendo lá, acho que porque a maioria das pessoas come tanto no Dia de Ação de Graças que não sobra espaço nem para um cachorro-quente do Nathan's no fim de semana seguinte. Então, caminhamos pela praia vazia e brincamos dizendo que subiríamos até o Queens pela costa do Brooklyn. Até que fomos longe, pelo menos nos afastamos bem dos estandes vazios e encontramos o que parecia ser um velho píer com várias estacas marrons meio podres segurando algumas rochas — acho que era um quebra-mar ou algo assim —, e nos sentamos bem juntas porque estava muito frio.

Lembro-me disso porque, durante um tempo, uma gaivota ficou sobrevoando nossas cabeças, guinchando, mas depois voou na direção da Baía de Sheepshead.

Annie em minha mente: a descoberta do amor

Não sei bem por que estávamos tão caladas, exceto pelo fato de que sabíamos que voltaríamos para a escola no dia seguinte, e que não conseguiríamos mais nos encontrar com tanta frequência nem tão facilmente. Eu tinha meu projeto de encerramento de curso, bem como o conselho estudantil, se fosse reeleita, e Annie tinha seus ensaios para o recital, mas já tínhamos combinado em que dias da semana poderíamos nos ver, e também havia os finais de semana, é claro, então talvez não fosse esse o motivo do nosso silêncio...

Era, principalmente, a proximidade. Fazia minha garganta doer, pois eu queria falar sobre aquilo.

Lembro que estávamos observando o sol se pôr lentamente numa ponta da praia, o que dava ao céu uma coloração rosa e amarela, a oeste. Lembro-me da água batendo com suavidade nas estacas e chegando à areia, e lembro-me de uma embalagem de chocolate — Three Musketeers, acho — rolando pela praia. Annie tremia.

Sem pensar, passei meu braço em volta de seus ombros para aquecê-la, e, antes que soubéssemos o que acontecia, estávamos abraçadas e os lábios macios e suaves de Annie beijavam os meus.

Quando nos demos conta do que acontecia, nos afastamos, e Annie ficou fitando a água, enquanto eu olhava fixamente para a embalagem de chocolate. Àquela altura, a embalagem havia sido arrastada para além das estacas e ficara presa em uma rocha. Procurando algo para fazer, fui até lá, peguei a embalagem e a guardei no bolso, e fiquei lá parada, também fitando a água, tentando não pensar em nada. Lembro que desejei que o vento frio, puro e cortante literalmente me levasse dali.

— Liza — Annie me chamou com a voz calma. — Liza, por favor, volte para cá.

Parte de mim não queria, mas a outra parte, sim — e essa parte venceu.

Annie estava abrindo um buraco numa estaca podre com a unha.

— Vai quebrar a unha — eu disse, e ela ergueu o rosto para mim e sorriu. Seus olhos estavam úmidos e ela parecia inquieta e um pouco assustada, mas sua boca continuava sorrindo. O vento, então, jogou mechas de seu cabelo contra o meu rosto e tive que me afastar.

Ela pôs a mão na minha, mal tocando-a.

— Por mim, não tem problema — ela sussurrou —, se não for um problema para você.

— N-não sei — eu disse.

Havia uma batalha em curso dentro de mim; eu nem sabia ao certo quais eram os lados. Havia um que dizia "Não, isso é errado; você sabe que isso é errado e ruim e pecaminoso", e havia outro que afirmava "Nada me pareceu tão certo, natural, verdadeiro e bom antes", e um que falava que as coisas estavam acontecendo rápido demais, e mais um outro que só queria que eu parasse de pensar e enlaçasse Annie e a abraçasse para sempre. Havia ainda outros lados, mas não era capaz de distingui-los.

— Liza — Annie estava falando. — Liza, eu... eu estava pensando. Quer dizer, estava pensando se isso tinha que acontecer. Você não?

Balancei a cabeça, mas em algum lugar dentro de mim, sabia que também tinha aquela dúvida.

Annie puxou a gola de sua blusa para cima e eu quis tocar sua pele bem ali, onde a gola terminava. Era como se sempre tivesse desejado tocá-la ali, mas não soubesse disso.

— É culpa minha — Annie murmurou. — Eu... eu penso nisso às vezes, já pensava antes de conhecer você, quer dizer, talvez eu seja gay. — Ela disse "gay" sem dificuldade, como se estivesse acostumada com o termo usado naquele sentido.*

— Não — consegui dizer. — Não... é culpa de ninguém. — Sei que, sob meu torpor, eu sentia que aquilo fazia sentido com relação a mim também, mas não queria pensar naquilo, ou me concentrar naquilo, não naquele momento.

Annie virou-se para mim e me olhou, e a tristeza em seus olhos me fez querer abraçá-la.

— Vou embora, Liza — ela disse, levantando-se. — N-não quero magoá-la. Acho que você não quer isso, então eu a *magoei* e, ah, meu Deus, Liza... — atrapalhou-se ela, tocando meu rosto. — Eu não queria isso, eu... gosto tanto de você. Eu já disse, você faz com que eu me sinta... real, mais real do que jamais achei que pudesse me sentir, mais viva. Você... você é melhor que centenas de Califórnias, mas não é só isso, é...

---

* Aqui, *gay* é usado no sentido de "homossexual", mas, em inglês, a palavra também quer dizer "alegre", "contente", embora hoje esse sentido tenha caído um pouco em desuso. (N. T.)

— Melhor que todos aqueles pássaros brancos? — falei, vencendo a dor que sentia na garganta novamente. — Porque você é melhor do que qualquer um ou qualquer coisa para mim também, Annie, melhor que... ah, sei lá... melhor que tudo, mas não é isso que eu quero dizer... você... você é... Annie, acho que amo você.

Ouvi minhas palavras como se saíssem da boca de outra pessoa, mas, assim que eu as disse, soube, mais do que nunca, que o que dissera era verdade.

Querida Annie,
Eu estava me lembrando do feriado de Ação de Graças e da praia perto de Coney Island. Annie, isso me fez sentir sua falta e...

Liza amassou a carta, mas depois a desamassou e a rasgou, e então saiu. Caminhou às margens do rio Charles no frio. O tempo estava instável com o inverno que se aproximava; um barco a vela lutava contra o vento cortante. *O rapaz naquele barco é maluco*, ela pensou distraidamente; *a vela vai congelar, as mãos dele vão grudar nas cordas e terão que forçar para soltar seus dedos...*

Annie, ela pensou, o nome que afugentava todos os outros pensamentos, *Annie, Annie...*

8.

A escola me pareceu estranha na segunda-feira após o feriado de Ação de Graças. Por um lado, era bom estar de volta, pois era algo familiar; por outro, parecia irrelevante, como se eu tivesse crescido e agora a escola fizesse parte da minha infância.

Quase me surpreendi ao ver a urna de votação no corredor principal, e os alunos dobrando as cédulas de votação e as depositando ali. Não é que eu houvesse me esquecido de fato da eleição; é só que aquilo também fazia parte do meu antigo mundo, que havia perdido muito de sua importância. Então eu estava bastante calma depois do almoço, quando todos nós fomos chamados ao ginásio do ensino fundamental, que fazia as vezes de auditório, para "alguns anúncios".

A srta. Baxter me deu um largo e alegre sorriso, imagino que de leniência e encorajamento, mas a sra. Poindexter, usando um vestido roxo que eu nunca tinha visto antes, com os óculos pendurados sobre o peito, estava séria.

— Devo ter vencido — eu disse, espirituosa, para Sally. — Olhe só para ela: parece que engoliu um cacto.

Mas Sally não riu. Na verdade, logo notei que ela estava nervosa por algum motivo, pois ficava passando a língua pelos lábios e apertando algumas fichas de anotação, embaralhando-as e amassando os cantos.

— Senhoras e senhores — disse a sra. Poindexter, em sua forma habitual de se dirigir a grandes grupos de alunos —, tenho dois anúncios. O primeiro e mais breve é que Eliza Winthrop continuará sendo a presidente do conselho estudantil.

Houve um número significativo de aplausos e a escola voltou a ter importância para mim.

— E o segundo — a sra. Poindexter disse, erguendo a mão para pedir silêncio — é que Walter Shander e Sally Jarrell muito gentilmente aceitaram ser representantes estudantis para nossa campanha de angariação de fundos. Sally tem algo a dizer. Sally?

Sally levantou-se, ainda mexendo em suas fichas de anotação com gestos nervosos.

— Bem, eu gostaria apenas de dizer — ela começou com uma voz aguda — que durante o feriado de Ação de Graças percebi que coisa terrível eu fiz com... com aquele projeto de perfuração de orelhas e tudo mais, e Walt e eu conversamos para ver o que eu poderia fazer para compensar a escola pelos danos que causei. Então hoje cedo a srta. Baxter comentou que a sra. Poindexter queria que os alunos participassem da campanha. E daí pensei que era algo que eu poderia fazer, e Walt disse que me ajudaria. Eu... eu realmente gostaria de compensar a todos pelo que fiz e, desta forma, se alguém de fora da escola ficar sabendo do que aconteceu aqui, das orelhas infeccionadas, quer dizer, vai ser mais fácil para a sra. Poindexter e todo mundo dizer que eu me arrependo...

Controlei a náusea que subia do meu estômago pela garganta. Não que eu não achasse legal o que Sally estava fazendo. Eu achava, sim, que era algo bom, mas que ela parecia estar fazendo pelos motivos errados.

— Se a campanha for bem-sucedida — ela prosseguiu —, significa que a Foster vai poder continuar oferecendo uma boa educação às pessoas. Mais tarde, Walt e eu divulgaremos os bailes, manifestações e outras atividades que estamos planejando, mas agora eu gostaria, em primeiro lugar, de pedir desculpas e, em segundo lugar... bem, de pedir a vocês que apoiem a campanha. — Ela corou e voltou depressa para o seu assento. Houve aplausos novamente, mas desta vez eram hesitantes, como se os demais alunos estivessem tão surpresos e incomodados quanto eu com o fato de Sally ter transformado uns furos na orelha em uma tragédia; ela falava como se tivesse matado alguém.

Mas a sra. Poindexter e a srta. Baxter pareciam dois Gatos Risonhos do País das Maravilhas, um grande e um pequeno.

— Como me saí? — Sally perguntou.

— Muito bem, gata, ótima — Walt disse, abraçando-a. — Ela não foi ótima, Liza?

— Claro — respondi, sem querer magoar ninguém.

Depois da aula, fui à sala de artes para trabalhar no meu projeto de encerramento de curso. Sally e Walt estavam lá, debruçados sobre um enorme pedaço de cartolina, pintando, e tenho de admitir que Sally parecia mais feliz e mais relaxada do que nos últimos dias. Talvez, pensei, ter feito aquela declaração não fosse tão ruim assim para ela.

— Oi, Liza — Walt cumprimentou-me animado, enquanto eu me dirigia ao armário de suprimentos. — Quanto devemos colocar para você? Estamos fazendo uma lista. Quantos compromissos de doação você acha que consegue?

— Compromissos de doação? — perguntei, sem entender direito.

— É a expressão que o sr. Piccolo disse que os angariadores de fundo usam — Sally disse orgulhosa. — Significa quanto você se compromete a doar para a Iniciativa Fundo Foster. Não soa bem, Liza? Iniciativa Fundo Foster? É tão... é... metafórico.

— Aliterante — grunhi enquanto me sentava.

— Bem-vinda, Liza — disse a srta. Stevenson, espiando por detrás de seu cavalete, onde trabalhava, como sempre, no que todos diziam em tom de deboche que era sua obra de arte: uma grande pintura abstrata que ninguém entendia.

— Obrigada — falei, apertando um par de divisórias com tanta força que fiz um furo nas minhas folhas.

— A srta. Stevenson comprometeu-se a doar vinte e cinco dólares — Sally disse simpática, balançando uma caderneta.

— Sally, ainda não sei quanto posso prometer, tudo bem? — falei.

— Certo, certo — ela estourou. — Não precisa agir desse jeito. — Mas depois a expressão irritada desapareceu como se tivesse sido apagada, e ela se levantou e pôs a mão no meu ombro. — Ah, Liza, desculpe — ela disse. — Eu é que não devia ter agido assim. Sinto muito por ter estourado com você diante de sua hesitação. — Ela deu um tapinha no meu ombro.

A srta. Baxter, pensei; *ela tem conversado com a srta. Baxter — é isso.* Mas obviamente não disse nada.

— Tudo bem — murmurei, lançando um olhar para Walt, que deu de ombros.

A srta. Stevenson derrubou um grande tubo de tinta branca, e Sally e Walt quase se chocaram ao tentar pegar o tubo primeiro para devolvê-lo.

Eu me afastei da prancheta, murmurei algo sobre dever de casa e saí depressa da sala de artes. Quando dei por mim, estava na cabine telefônica do subsolo, discando o número de Annie. Enquanto esperava alguém atender, observei, relutante, a tinta descascada na tubulação de aquecimento que corria ao longo das paredes, bem como uma grande rachadura que ia do teto quase até o chão. *Certo, certo*, falei em silêncio. *Farei algo por essa campanha idiota!*

— Alô? — disse a voz suave da Nana.

— Oi — falei; eu nunca sabia se devia chamá-la de Nana ou não. — É a Liza. A Annie está?

— Olá, Lize. Sim, a Annie está. E você, como vai? Quando você vem nos visitar?

— Estou bem — respondi, subitamente nervosa. — Vou em breve.

— Tudo bem. Não se esqueça. Espere um pouco. Vou chamar a Annie.

Pude ouvi-la chamando Annie ao fundo e fiquei aliviada quando escutei Annie respondendo. Fechei os olhos, tentando visualizá-la em seu apartamento, mas foi a praia que me veio à mente, e senti que começava a suar, mas ainda fazia sentido para mim; toda vez que eu me lembrava daquela cena, ela fazia sentido para mim.

— Oi, Liza — Annie disse, parecendo alegre.

— Oi. — Ri sem nenhum motivo aparente. — Não sei por que estou ligando para você — falei —, só sei que hoje o dia está muito esquisito e que você é a única parte da minha vida que parece ter alguma lógica.

— Você conseguiu?

— Consegui o quê?

— Ah, Liza! Conseguiu ser reeleita?

— Ah... isso. — Aquilo me parecia tão distante quanto Marte, e igualmente sem importância. — Sim, consegui.

— Fico tão feliz! — Ela parou de falar, e então disse: — Liza, eu... — e deixou a frase morrer.

— O quê?

— Eu ia dizer que senti sua falta o dia todo. E que fiquei pensando na eleição, e...

— Também senti sua falta — ouvi a mim mesma dizendo.

— Liza?

Meu coração começou a bater mais forte novamente, minhas mãos estavam suadas; esfreguei-as no jeans e tentei me concentrar na rachadura da parede.

— Liza... você... você se arrepende? Você sabe, de... você sabe.

— De domingo? — Percebi que torcia o fio do telefone e tentei esticá-lo de novo. Também percebi um monte de alunos do terceiro ano vindo pelo corredor em direção à cabine telefônica, rindo e brincando uns com os outros. Fechei os olhos para fazê-los sumir, para continuar sozinha com Annie. Falei:
— Não. Não me arrependo. Talvez eu esteja confusa. T-tenho tentado não pensar muito nisso, mas...

— Escrevi uma carta idiota para você — Annie falou. — Mas não a postei.

— Posso vê-la?

Ela hesitou e depois disse:

— Claro. Pode vir aqui?

Nem olhei o relógio antes de dizer sim.

Estava frio e úmido na rua, como se fosse nevar, mas o quarto de Annie estava quentinho. Uma música calma tocava em seu fonógrafo antigo e frágil, e seus cabelos estavam presos em duas tranças, que agora sei que era o penteado que geralmente fazia quando não tinha tido tempo de lavá-los ou quando fazia alguma atividade complicada ou intensa, como ajudar a mãe a limpar a casa.

Apenas nos olhamos por alguns instantes ali no vão da porta de seu quarto, como se nenhuma de nós soubesse o que dizer nem como agir, mas senti que eu deixava Sally, a escola e a campanha de angariação de fundos para trás — assim como a cigarra deixa sua casca quando passa de ninfa à sua forma adulta.

Annie segurou minha mão timidamente, puxou-me para dentro de seu quarto e fechou a porta.

— Oi — ela disse.

Senti que sorria, querendo que fosse um riso de alegria em vê-la, mas também precisando rir de nervoso, acho.

— Oi.

Então de fato rimos, feito duas idiotas, paradas uma de frente para a outra, constrangidas.

E nos lançamos uma nos braços da outra, em um abraço. Foi apenas um abraço amigável no início, do tipo "estou tão feliz em vê-la", mas então comecei a tomar ciência do corpo de Annie pressionado no meu, e de seu coração batendo contra o meu peito, e me afastei.

— Sinto muito — ela disse, afastando-se também.

Toquei seu ombro; estava tenso.

— Não, não sinta.

— Você se afastou tão depressa.

— Eu... Annie, por favor.

— Por favor o quê?

— Por favor... não sei. Não podemos ser só...

— Amigas? — ela disse, virando-se. — Só amigas... que linda frase feita, não? Só que o que você disse lá na praia foi... foi... — Ela virou-se novamente, cobrindo o rosto com as mãos.

— Annie — falei, arrasada. — Annie, Annie. Eu... eu amo mesmo você, Annie. — *Pronto*, pensei. Era a segunda vez que eu dizia aquilo.

Annie tateou sua mesa-escrivaninha e pegou um envelope, que me entregou.

— Desculpe — ela disse. — Não consegui dormir à noite e... bem, não consegui prestar atenção em nada do que foi dito hoje na escola, nem mesmo no ensaio. Vou lavar o rosto.

Assenti, tentando sorrir como se estivesse tudo bem. Não havia motivo para não estar, lembro-me de ter pensado. Sentei-me na beirada da cama de Annie e abri a carta.

Querida Liza,
São três e meia da manhã e é a quinta vez que tento escrever esta carta para você. Alguém disse algo sobre três da madrugada ser a hora morta, a hora em que estamos mais sensíveis aos espíritos, ou algo assim. Bem, é verdade, pelo menos as três desta manhã foram assim para este espírito.

Veja, tenho que ser sincera — pelo menos quero tentar ser. Eu te contei sobre a Beverly porque, naquele momento, já sabia que amava você. Estava tentando avisá-la, acho. Como eu disse, durante muito tempo me perguntei se eu era lésbica. Até tentei provar que não era, no verão passado, com um garoto, mas foi ridículo.

Sei que você disse na praia que acha que me ama, e venho tentando me agarrar a isso, mas ainda tenho medo de te dizer tudo o que sinto por você, pois acho que talvez não esteja pronta para ouvir. Talvez já se sinta *pressionada a achar que precisa se sentir da mesma forma, meio que para ser gentil, porque gosta de mim e não quer me magoar. O problema é que, como você ainda não pensou sobre isso — sobre ser lésbica —, venho tentando dizer a mim mesma, com firmeza, que não seria justo que eu... sei lá, influenciasse você, tentasse forçá-la a fazer algo que não queira, ou pelo menos ainda não, ou algo assim.*

Liza, acho que o que estou tentando dizer é: se não quiser mais me ver, não tem problema. De verdade.

Com amor,
Annie

Fiquei lá parada, segurando a carta e olhando para a palavra "amor" no fim da página, sabendo que sentia ciúme do garoto que Annie tinha mencionado, e que não ver mais Annie seria tão ridículo para mim quanto ela dissera que sua experiência com o garoto havia sido para ela.

Será que eu conseguiria sequer começar uma experiência como aquela?, pensei, assustada. *Será que eu deveria?*

Era verdade que eu jamais tinha pensado, de fato, sobre ser lésbica, mas também parecia verdade que, se fosse, aquilo fazia sentido, não só com relação ao que vinha acontecendo entre mim e Annie e com relação a como eu me sentia a respeito dela, mas também no que tangia a muitas coisas que tinham acontecido na minha vida antes de eu tê-la conhecido — coisas nas quais nunca me permitira pensar muito. Mesmo quando eu era pequena, sentia como se não me encaixasse, como a maioria das pessoas à minha volta; sentia-me isolada de um jeito que jamais compreendi. E quando fiquei mais velha... bem, nos últimos dois ou três anos, passei a me perguntar por que preferia ir ao cinema com a Sally ou com qualquer outra garota a ir com um garoto, e por que, quando me imaginava morando com alguém um dia, permanentemente, quero dizer, essa pessoa era sempre do sexo feminino.

Reli a carta de Annie, e mais uma vez me pareceu ridículo não vê-la mais, quanto sentiria sua falta.

Quando Annie voltou do banheiro, ficou parada do outro lado do quarto me observando durante um tempo. Dava para ver que estava se esforçando muito para fingir que sua carta não tinha importância, mas seus olhos brilhavam tanto que tenho quase certeza de que ainda estavam úmidos.

— Eu a teria rasgado — falei por fim —, se não fosse a primeira carta que me escreveu; por isso, vou guardá-la.

— Ah, Liza! — ela murmurou, sem se mexer. — Tem certeza?

Senti meu rosto corando e meu coração acelerando de novo. Annie me encarava tão intensamente, que era como se não houvesse distância entre nós, apesar de haver um quarto inteiro.

Acho que assenti, e sei que estendi a mão para ela. Eu me sentia com três anos de idade.

Ela segurou minha mão e tocou meu rosto.

— Mesmo assim, não quero apressá-la — ela disse baixinho. — Isso... isso também me dá medo, Liza. E-eu agora estou mais certa disso, acho.

— No momento, quero só que fique perto de mim — eu disse, ou algo assim. Em poucos minutos estávamos deitadas na cama de Annie, abraçadas, às vezes nos beijando, mas sem nos tocarmos muito. Fazíamos aquilo mais porque estávamos felizes.

Ainda com medo, no entanto.

9.

Naquele inverno, bastava que Annie entrasse em um cômodo ou aparecesse em uma parada de ônibus ou em uma esquina em que marcássemos de nos encontrar e eu nem precisava pensar em sorrir; sentia um sorriso surgir em meu rosto involuntariamente. Nós nos víamos em todas as tardes possíveis, e aos finais de semana, e ainda telefonávamos uma para a outra praticamente toda noite, e mesmo assim parecia não ser o suficiente; às vezes, dávamos um jeito de nos falarmos por telefone público na hora do almoço. Ainda bem que eu nunca tinha dificuldade com o dever de casa, pois flanava pelas aulas, escrevendo cartas para Annie ou devaneando. A campanha de angariação de fundos acontecia à minha volta sem que eu prestasse muita atenção. Comprometi-me com a doação de algum dinheiro; ouvi Sally e Walt discursando; e até os ajudei a coletar as doações que outros alunos haviam prometido, mas jamais estava de fato lá, porque Annie ocupava toda a minha mente. As músicas que eu escutava no rádio de repente pareciam ter sido feitas para Annie e para mim; os poemas que eu lia pareciam ter sido escritos especialmente para nós — começamos a trocar poemas dos quais gostávamos. Eu teria ido à falência comprando plantas para Annie, se não soubesse quanto ela ficava chateada por eu geralmente ter dinheiro, e ela, não.

Sempre procurávamos coisas inéditas em Nova York para mostrarmos uma à outra; era como se ambas estivéssemos vendo a cidade pela primeira vez. Uma tarde, notei de repente, e mostrei a Annie, como a luz do sol batia na lateral horrorosa de seu prédio, suavizando a construção e fazendo-a brilhar, como se houvesse uma fonte de luz misteriosa dentro de suas paredes sem graça. E Annie mostrou-me como as árvores-do-céu cresciam debaixo das grades do metrô e do sistema de esgoto, movendo-se na direção do sol, criando um abrigo no verão, ela disse, rindo, para os pequenos dragões que viviam nos subterrâneos da cidade. Muito daquele inverno foi... mágico — mais uma vez, essa é a única palavra que consegue descrevê-lo —, e grande parte daquela magia consistia no fato de que, independentemente de quanto nos doássemos uma à outra, queríamos sempre nos doar ainda mais.

Num sábado do início de dezembro, conseguimos convencer nossos pais a nos deixarem sair para jantar.

— Por que não deveríamos? — Annie me disse; tinha sido ideia dela. — As pessoas saem para jantar em seus encontros e coisas do tipo, não? — Ela sorriu e disse em tom formal: — Liza Winthrop, eu gostaria de levá-la para jantar. Conheço um restaurante italiano ótimo...

Era um restaurante italiano ótimo. Era minúsculo e ficava em West Village; tinha umas dez, no máximo doze mesas, e aquelas junto à parede, onde nos sentamos, eram isoladas por divisórias de ferro cheias de arabescos, que criavam uma ilusão de privacidade, embora não oferecessem privacidade de fato. E também era escuro; a iluminação principal da nossa mesa era proveniente de uma vela enfiada em uma garrafa de vinho Chianti. O rosto de Annie parecia delicado e dourado, como a face de uma mulher numa pintura renascentista.

— O que é isso? — perguntei, apontando para um nome comprido no menu e tentando resistir à vontade de tocar o adorável rosto de Annie. — *Scapeloni al Marsala*?

O riso de Annie era tão suave quanto a luz da vela.

— Não, não — ela me corrigiu. — *Scaloppine. Scaloppine alla Marsala*.

— *Scaloppine alla Marsala* — repeti. — O que é isso?

— Carne de vitela — ela disse. — *Vitello*. Finas fatias de carne de vitela em um molho incrível.

— É bom? — perguntei, mas ainda pensava em como ela pronunciara *vitello*, com uma pausa musical entre as duas letras "L".

Annie riu novamente e beijou os dedos unidos de sua mão direita. Depois abriu os dedos e jogou a mão para cima, em um gesto clichê e meio surreal que parecia saído direto de um filme passado em Veneza e que tínhamos visto na semana anterior.

— É uma delícia! — ela disse. — Nana sabe fazer.

Então nós duas comemos *scaloppine alla Marsala* depois do antepasto, tomamos ilegalmente meia garrafa de vinho, Annie convenceu-me a experimentar um doce maravilhoso chamado *cannoli*, e depois tomamos um *espresso*.

E permanecemos lá sentadas, sem que ninguém nos pedisse para ir embora. Ficamos no restaurante até tão tarde que tanto os meus pais quanto os de Annie estavam furiosos quando chegamos em nossas respectivas casas.

— Você nem liga mais, Liza — meu pai disse, murmurando algo sobre como queria que eu saísse com outras pessoas além de Annie. — Não quero ter que impor um toque de recolher — ele falou —, mas duas garotas andando sozinhas por Nova York à noite... não é seguro.

Papai tinha razão; mas, quando eu estava com Annie, o tempo real parava, e nos esquecíamos de ligar para casa com uma frequência cada vez maior.

Chad continuava a brincar dizendo que eu estava apaixonada e querendo saber por quem, e Sally e Walt também passaram a me falar essas coisas; depois de um tempo, eu nem me importava mais porque, ainda que estivessem equivocados com relação à pessoa por quem eu estava apaixonada, estavam certos quanto ao fato de eu estar amando. Logo não era mais difícil dizê-lo — a mim mesma, e mais e mais a Annie também — nem aceitar que ela tivesse dito aquilo para mim. Nós nos tocávamos com mais facilidade, mas só nos beijávamos, ficávamos de mãos dadas ou nos abraçávamos — nada mais. Na verdade, não falávamos muito sobre sermos lésbicas; a maior parte do tempo, falávamos apenas de nós mesmas. *Nós* era o que parecia ter importância naquela época, não algum tipo de rótulo.

O dia em que nevou pela primeira vez foi num sábado, e Annie e eu ligamos uma para a outra exatamente ao mesmo tempo, repetidas vezes, agarrando nossos telefones enquanto escutávamos o sinal de ocupado durante dez minutos. Não lembro quem de nós enfim conseguiu ligar primeiro; mas, cerca de uma hora depois, estávamos correndo pelo Central Park feito duas malucas, deitadas na neve mexendo nossos braços e pernas para fazer anjinhos e atirando bolas de neve uma na outra. Até construímos um forte com a ajuda de três garotinhos e do irmão mais velho deles, que era da nossa idade, e depois todos nós compramos castanhas e pretzels e nos sentamos num banco para comer, até que os garotos tiveram que ir para casa. Algumas das castanhas estavam velhas. Lembro-me disso porque Annie disse, arremessando uma longe:

— Este é o primeiro sinal de uma cidade moribunda: castanhas estragadas.

Eu até ri daquilo, assim como os garotos, porque sabia que as coisas ruins de Nova York já não a incomodavam mais tanto assim.

Annie e eu fomos patinar no gelo algumas vezes, e tentamos convencer nossos pais a nos deixarem ir esquiar em Vermont, mas não deu certo. Pouco antes do Natal, o sr. Kenyon nos levou a Westchester em seu táxi, junto a Nana e a mãe de Annie, para ver as luzes de Natal nas casas das pessoas, e todos me desejaram um "*Buon Natale*" ao me deixarem na porta de casa. Na tarde do dia de Natal, dei um anel a Annie.

— Ah, Liza — ela disse, tateando o bolso de seu casaco. Estávamos no calçadão de Promenade, e tinha acabado de começar a nevar. — Veja!

De seu bolso, ela puxou uma caixinha do mesmo tamanho daquela que eu lhe dera. Olhei para as pessoas ao meu redor e beijei a ponta do nariz de Annie; era quase noite e, além disso, eu não me importava nem um pouco com que nos vissem.

— Esse sorriso bobo no meu rosto — perguntei — é tão bobo quanto o que vejo no seu?

— Boba — ela disse. — Abra o seu presente.

— Abra o seu primeiro.

— Não consigo. Minhas mãos estão tremendo. Você sabe o que acontece com as minhas luvas quando eu as tiro.

— O que acontece com suas luvas quando você as tira é que você as perde, mas isso não vai acontecer porque vai me deixar segurá-las. — Estendi a mão. — Seguro suas luvas, Unicórnio, pode ser?

— Está bem, está bem — ela respondeu. Tirou as luvas e atrapalhou-se toda com a fita metálica da caixinha, com uma falta de habilidade maravilhosa que eu jamais vira outra pessoa demonstrar com a mesma graça de Annie.

— Pelo amor de Deus! — eu disse. — Deixe-me arrancar isso com os dentes!

— Nem pensar! É o primeiro presente de Natal que você me dá e quero guardar cada pedacinho dele para sempre, incluindo fita e tudo mais... Ah, Liza!

Àquela altura, ela havia aberto a caixa e olhava para o pequeno anel dourado com uma pedrinha azul-clara que eu havia encontrado em uma loja de antiguidades da Atlantic Avenue, nos limites de Brooklyn Heights.

— Liza, Liza — ela disse, olhando para mim; olhando não, fitando-me maravilhada. — Eu não acredito. — Ela indicou com um movimento de cabeça a caixinha que eu segurava. — Abra o seu.

Entreguei a Annie suas luvas, enfiei as minhas nos bolsos e abri a caixa que ela me dera e lá estava um anel dourado com uma pedrinha verde-clara — não, não era idêntico ao anel que eu havia comprado para ela, mas quase.

— Também não acredito — falei. — Mas ao mesmo tempo acredito, sim.

— É algum tipo de sinal.

— Ah, qual é!

— É, sim, Liza; você sabe que é.

— As ciências ocultas — falei, de forma intencionalmente pomposa — são as únicas que tentam explicar esse tipo de coincidência, e as ciências ocultas não...

Annie passou seus braços em volta do meu pescoço e me beijou, embora houvesse quatro crianças descendo, saltitantes, a via coberta de neve que ia da Clark Street até o calçadão de Promenade, atirando bolas de neve umas nas outras.

— Se não colocar esse anel agora mesmo, vou pegá-lo de volta — Annie sussurrou em meu ouvido. — Ciências ocultas, pois sim! — Ela inclinou-se para trás, fitando-me, com as mãos ainda nos meus ombros e os olhos brilhando, enquanto a neve caía em seu nariz e derretia. Ela sussurrou: — *Buon Natale, amore mio.*

— Feliz Natal, meu amor — respondi.

Meus pais, Chad e eu fomos à escola de Annie para o seu recital, que tinha sido adiado por causa da neve e transferido para o dia seguinte ao Natal. Annie dissera muitas vezes que a única professora decente em toda a sua escola era a professora de Música, e que o único departamento, mesmo contando com o de Educação Física, que tentava fazer algo de bom com as atividades extracurriculares era o de Música. Assim que ouvi Annie cantar naquela noite, entendi que o departamento de Música sempre organizaria recitais, pelo menos enquanto Annie ainda estivesse na escola.

Ouvir Annie cantar no recital era completamente diferente de ouvi-la cantar no museu quando nos conhecemos, ou de ouvi-la cantar em seu apartamento ou no meu ou na rua, como eu já tivera o prazer de ouvir algumas vezes desde então. Eu sabia que ela tinha uma voz linda; sabia desde aquela vez no museu que ela colocava seus sentimentos nas músicas que cantava, mas aquilo ia além de todas essas coisas juntas. Os outros alunos do recital eram bons — talvez como eu esperara que Annie fosse —, mas, logo antes de começar a cantar, Annie olhou para a plateia como se dissesse: "Ouçam, esta é uma canção lindíssima que eu gostaria que escutassem", como se ela quisesse que o público fosse parte daquilo. A plateia parecia saber que algo especial estava por vir, porque, quando Annie olhou para as pessoas ali sentadas, elas se recostaram nas cadeiras, calmas, felizes e cheias de expectativa, e, quando começou a cantar, não dava para ouvir ninguém respirando. Lancei um olhar para papai, mamãe e Chad, para ver se não era o meu amor por Annie que me fazia achá-la tão boa, mas dava para ver no rosto deles, e no rosto das outras pessoas — não apenas da família dela, que parecia prestes a explodir de tanto orgulho —, que todos a achavam tão boa quanto eu achava.

Não sei bem como descrever a voz de Annie, nem se alguém de fato conseguiria fazê-lo, com exceção, talvez, de um crítico musical. Ela é uma soprano com voz mais grave — *mezzo-soprano* é o termo técnico —, um pouco rouca, mas não demais, e forte. Segundo minha mãe, ela é capaz de manter o tom o tempo todo. Também tem um controle praticamente total de sua voz; quando Annie quer encher uma sala com a voz, ela consegue, mas também pode reduzi-la a um sussurro suave, um sussurro quase inaudível.

Mas nada disso é o que fazia o público permanecer sentado sem mover um músculo toda vez que Annie cantava. Mais uma vez, era o sentimento, o mesmo que havia me atraído até ela no museu, só que muito, muito mais intenso. O canto era tão espontâneo, e ela colocava tanta emoção na voz, que de fato parecia que havia composto cada música, ou que as estava compondo enquanto cantava, como fizera aquele dia no MET. Quando ela cantava algo triste, dava vontade de chorar; quando cantava alguma coisa alegre, eu me pegava sorrindo. Papai disse que se sentia da mesma forma, e mamãe teve uma conversa longa e séria com Annie na tarde seguinte sobre cantar profissionalmente, mas Annie disse que ainda não tinha certeza sobre desejar aquilo mesmo, embora soubesse que queria fazer especialização em Música e continuar cantando, independentemente do que decidisse fazer da vida. Chad, apesar de ser tímido com garotas, deu um grande abraço em Annie depois de sua apresentação e falou:

— Não tenho nada pra dizer, Annie. Só que você foi sensacional.

Eu também não conseguia pensar em nada para dizer a ela. Basicamente, queria abraçá-la, mas ao mesmo tempo estava impressionada com aquela Annie totalmente nova, uma Annie que eu mal conhecia. Não me lembro do que fiz ou disse — acho que apertei sua mão com ternura e disse algo bobo. Porém, mais tarde, ela disse que não se importava com o que os outros achavam, só com a minha opinião.

Naquele inverno, tive gripe, uma das feias, em algum momento no fim de janeiro, acho. Na noite anterior eu estava bem, mas na manhã seguinte acordei com a garganta doendo e com a sensação de que um bando de cavalos galopava sobre a minha cabeça. Mamãe me obrigou a voltar para a cama e entrava no meu quarto de tempos em tempos levando algo para eu beber. Acho que o único motivo para me lembrar de uma das raras visitas do médico da família é porque quase me engasguei com os comprimidos que mamãe levou para eu tomar depois que o doutor foi embora.

Todavia, em algum momento daquela primeira tarde, escutei vozes do lado de fora do meu quarto. Mamãe tinha deixado Chad acenar para mim da porta naquele dia mais cedo, e ainda não era hora de o papai estar em casa, então eu sabia que não podia ser nenhum dos dois. Quando percebi, Annie estava ao meu lado, com mamãe protestando no vão da porta.

— Não tem problema, sra. Winthrop — Annie dizia. — Já peguei gripe este ano.

— Mentirosa — sussurrei, quando mamãe enfim foi embora.

— No ano passado, este ano... — Annie disse, virando o pano sobre a minha testa para o lado mais frio. — Dá na mesma. — Ela colocou a mão na minha bochecha. — Você deve estar se sentindo mal.

— Não é tão ruim quanto você não estar aqui — afirmei. — Eu me sinto como se flutuasse, para muito, muito longe. Não quero ficar longe de você — falei, esticando a mão para segurar a dela —, mas estou indo. — Devia estar mesmo muito mal, porque não conseguia me concentrar em nada, nem mesmo em Annie.

Annie segurou minha mão, apertando-a com gentileza.

— Não fale — instruiu ela. — Não vou deixar você flutuar para longe de mim. Não vai muito longe comigo aqui, segurando sua mão. Vou mantê-la aqui, meu amor, shh. — Ela começou a cantar com uma voz suave e doce e, embora eu ainda estivesse flutuando, agora estava nas nuvens, com a voz de Annie e sua mão me prendendo delicadamente à Terra.

Nem sempre usávamos palavras quando estávamos juntas; não havia necessidade. Era estranho, mas talvez fosse o melhor de tudo, embora eu não ache que tenhamos pensado muito a respeito; apenas acontecia. Há uma lenda grega — não, é algo que Platão escreveu — sobre duas pessoas que se amam serem, na verdade, duas metades de uma mesma pessoa. Diz que andamos por aí em busca da outra metade e que, quando a encontramos, enfim nos tornamos completos e perfeitos. O que me fascina é que a história diz que, originalmente, todas as pessoas eram pares de pessoas, unidas de costas uma para a outra, e que alguns pares consistiam em dois homens, outros eram formados por duas mulheres, e alguns eram compostos de um homem e uma mulher. O que aconteceu foi que todas essas pessoas em pares entraram em guerra contra os deuses, e os deuses, para punir esses indivíduos, os dividiram em dois. É por isso que alguns casais são heterossexuais e outros são homossexuais: duas mulheres ou dois homens.

Adorei essa história quando a li pela primeira vez — no terceiro ano do ensino médio, acho —, porque me pareceu justa, correta e sensata, mas naquele inverno comecei de fato a acreditar que era verdadeira, porque, quanto mais Annie e eu nos conhecíamos, mais eu sentia que ela era minha outra metade.

O mais estranho, talvez, era que, mesmo com o avanço do inverno, ainda não nos tocávamos mais do que no início, quer dizer, do que na época de Natal.

Mas, naquele inverno, fomos percebendo cada vez mais que queríamos fazê-lo — principalmente eu, imagino, já que era tudo tão novo para mim.

E, quanto mais tomávamos ciência disso, mais tentávamos evitar o contato.

Não. Mais eu tentava evitar o contato, pelo menos no início...

Estávamos no quarto de Annie; seus pais tinham saído e a Nana dormia; escutávamos uma ópera no rádio, sentadas no chão. Eu estava deitada com a cabeça no colo de Annie, e ela acariciava meus cabelos, e foi descendo a mão delicadamente até meu pescoço, e depois até os meus seios — sentei-me e estiquei a mão para alcançar o rádio, e fiquei mexendo no seletor, dizendo algo idiota como "O som está falhando", o que não era verdade...

Estávamos na cozinha do meu apartamento; meus pais e Chad estavam na sala vendo TV; Annie tinha ficado para jantar e lavávamos a louça. Eu a abracei por trás e segurei seu corpo tão perto do meu que não sabia mais de quem era o coração que eu sentia pulsando, mas quando ela se voltou para mim, peguei um prato e um pano de prato depressa...

Então começou a acontecer o contrário: Annie passou a me evitar. Lembro de uma vez no metrô; já era bem tarde e, por alguns segundos, ficamos a sós no vagão. Eu me inclinei para beijá-la, mas Annie ficou tensa e afastou-se de mim, toda rígida...

O pior de tudo é que éramos tímidas demais para falar sobre aquilo. E ficamos tão presas àquela situação que passamos a nos desentender cada vez mais, no geral, e a comunicação sem palavras que prezávamos tanto começou a enfraquecer, e passamos a brigar por bobagens, por exemplo, a que horas nos encontraríamos e o que faríamos, ou se Annie viria ao meu apartamento ou se era eu quem iria até o dela, ou se deveríamos tomar o ônibus ou o metrô.

Nossa pior briga foi em março.

Tínhamos ido ao museu, ao MET, e Annie parecia querer ficar diante da grade do coro medieval para sempre, e eu queria ir até o Templo de Dendur.

— Não há nada para ver aí — eu disse, maldosa, pois parecia que ela estava lá parada, só olhando. — Você já deve ter memorizado cada curva dessa grade. Sério, há quantas barras ali? — Apontei para uma dentre as centenas de barras verticais que formavam a grade.

Annie virou-se para mim, furiosa; eu nunca a tinha visto tão brava.

— Ouça, por que não vai até aquele seu templo idiota se quer ir tanto assim? Algumas pessoas rezam melhor no escuro, só isso, mas você provavelmente nem reza, já que é tão pura e cheia de certezas.

Um guarda olhou em nossa direção, como se estivesse tentando decidir se devia nos dizer ou não para fazer silêncio. Não estávamos falando alto ainda, mas quase chegando lá.

Eu estava irritada o suficiente para ignorar quase tudo o que Annie disse depois disso. Simplesmente me virei e me afastei, passei pelo guarda e fui até o templo. Devo ter ficado lá uma boa meia hora, até que me toquei de que tinha sido eu quem começara aquela briga. No entanto, quando voltei para onde ficava a grade do coro, pronta para pedir desculpas, Annie não estava mais lá.

— Annie ligou? — perguntei casualmente quando cheguei em casa, por volta das seis e meia.

— Não — mamãe respondeu, me olhando de um jeito estranho.

Acho que eu não disse uma palavra durante o jantar e, toda vez que o telefone tocava aquela noite, eu dava um pulo de susto.

— A Liza brigou — Chad cantarolou, animado, na terceira vez que corri para atender ao telefone, que era para outra pessoa; geralmente para ele. — É... Lize? Aposto que você e a Annie brigaram por causa de algum garoto, não foi? Ou...

— Já chega, Chad — mamãe disse, olhando para mim. — Não tem dever de casa para fazer?

— Se ele não tem, eu tenho — falei e fui correndo para o meu quarto, batendo a porta ao fechá-la.

Por volta das dez horas, quando Chad estava no banho, liguei para Annie, mas a Nana disse que ela já estava deitada.

— A senhora poderia... poderia ver se ela ainda está acordada? — perguntei constrangida.

Houve uma pausa, e então Nana disse:

— Lize, você e a Annie brigaram, não foi?

— Foi — admiti.

Quase podia ouvi-la balançando a cabeça.

— Logo imaginei ao vê-la chegar. Estava toda agitada. Talvez seja melhor ligar amanhã, não? Não é da minha conta, mas às vezes as pessoas precisam de um tempo.

Eu sabia que ela tinha razão, mas não podia deixar para lá. Não queria ir dormir achando que Annie estava brava comigo, ou que eu a havia magoado tanto que ela jamais fosse me perdoar.

— Pode... pode só dizer a ela que sinto muito? — falei.

— Claro. — Nana parecia aliviada. — Eu digo, mas agora desligue. Ligue amanhã, está bem?

— Está bem — respondi e desliguei.

Mamãe pôs a mão no meu ombro assim que coloquei o fone no gancho.

— Liza — ela começou a dizer. — Liza, não deveríamos conversar sobre isso? Você parece tão chateada, querida. O que...

Mas me afastei dela e corri de volta para o meu quarto, onde fiquei lendo até de manhã, principalmente sonetos de Shakespeare, e chorei ao ler aqueles que eu havia copiado e dado a Annie anteriormente.

Na tarde seguinte, corri a maior parte do caminho na volta da escola para chegar em casa antes de Chad; sabia que mamãe tinha uma reunião, e queria ter certeza de estar sozinha no apartamento quando ligasse para Annie, mas Annie estava à minha espera na entrada do meu prédio, sentada nos degraus, usando uma pesada jaqueta de lenhador xadrez em vermelho e preto que eu nunca tinha visto.

Fiquei tão surpresa em vê-la que simplesmente parei e permaneci imóvel, mas ela se levantou e veio em minha direção, com os braços rígidos esticados nas laterais do corpo. A jaqueta de lenhador era tão grande que parecia pertencer a outra pessoa.

— Quer dar uma volta? — ela perguntou. Parecia exausta, como se não tivesse dormido muito mais que eu.

Assenti e caminhamos em silêncio até o calçadão de Promenade. Eu girava o anel que Annie tinha me dado, usando o dedão e o dedo mínimo da mão em que o usava, imaginando se ela ia querê-lo de volta.

Annie apoiou-se na grade e parecia estar tentando acompanhar o avanço da balsa de Staten Island através da neblina.

— Annie — eu disse, afinal. — Annie, eu...

Ela virou-se para mim, encostando-se à grade.

— Nana disse que você ligou e que pediu desculpas — ela falou. — Aceito. Mas...

— Mas? — perguntei, o coração acelerado. Ela ainda não tinha sorrido, e sei que eu também não.

— Mas... — Annie continuou, ficando de frente para o porto, com o vento agitando seus cabelos ao redor do rosto. — Liza, você e eu somos como o templo e a grade do coro, exatamente como pensei no dia em que a conheci, só que, naquele dia, eu estava apenas supondo. Você... você é realmente como o templo: iluminada; você segue com alegria sem prestar atenção em mais nada, e eu sou sombria, como a grade do coro, como a sala onde fica aquela grade. Eu sinto demais e quero demais, acho, e... — Ela se virou de novo para mim; havia desolação em seus olhos. — Quero ficar no mundo real com você, Liza, por você, mas... mas continuamos fugindo. Ou, pelo menos, você continua. Liza, não quero ter medo disso, da... da parte física do meu amor por você, mas você está fazendo com que eu sinta medo, e culpa, porque parece achar que é errado, ou sujo, ou algo... Talvez seja isso mesmo, não sei...

— Não! — gritei, interrompendo-a, incapaz de permanecer imóvel. — Não... não sujo, Annie; não... não quero deixá-la com medo — falei, pouco convincente.

Por um instante, Annie pareceu esperar que eu dissesse mais alguma coisa, mas não fui capaz de dizer mais nada.

— Eu estava mesmo rezando no museu — ela disse baixinho —, quando você ficou irritada. Eu rezava pedindo forças para conseguir ignorar isso se você assim o quisesse; não o amor, mas a parte física dele. Só que, ter que fazer isso... acho que me dá mais medo do que encarar esse desejo.

De repente, minha cabeça confusa pareceu entender que, apesar de tudo o que Annie havia acabado de dizer, eu queria desesperadamente tocá-la, abraçá-la. Por fim, consegui falar de novo.

— Não é verdade — disse com cautela — que eu queira ignorar esse desejo. Não sigo alegremente sem prestar atenção nisso. — Parei de falar, sentindo Annie segurar minha mão, e percebi que tinha os punhos cerrados. — Isso também me dá medo, Annie — pude dizer —, mas não porque eu ache que é errado ou algo assim; pelo menos não acho que seja. É... é mais porque é tão forte, o amor e a amizade e cada pedacinho disso tudo. — Acho que foi naquele instante que me dei conta daquilo: quando disse aquela frase.

— Mas você sempre se afasta — ela falou.

— Você também.

— E-eu sei.

Então voltamos a olhar para o porto, como se tivéssemos acabado de nos conhecer e ficássemos tímidas na presença uma da outra novamente.

Mas, pelo menos, depois daquilo pudemos começar a falar a respeito do que sentíamos.

— Em parte, isso acontece porque estamos descompassadas. É como se nunca quiséssemos a mesma coisa ao mesmo tempo — falei.

Estávamos sentadas no sofá da sala de estar da minha casa. Meus pais e Chad estavam fora, mas não sabíamos por quanto tempo.

— Discordo — disse Annie. — É a única coisa que não sabemos uma da outra, a única coisa que não permitimos que a outra conheça; é como se estivéssemos bloqueando os canais porque... porque temos medo demais do que pode acontecer, Liza. A questão, de fato, continua sendo por que fazemos isso. — Ela esticou a mão para segurar a minha. — Eu queria que pudéssemos apenas deixar as coisas acontecerem e ver no que dá. Sem pensar demais.

Seu polegar acariciava suavemente minha mão; Annie tinha um olhar tranquilo que eu nunca tinha visto em outra pessoa além dela, e apenas quando ela olhava para mim.

— Prometo que vou tentar não me afastar da próxima vez — ela disse.

— P-prometo também — falei, minha boca tão seca que as palavras arranhavam. — Neste instante, não acho que conseguiria parar qualquer coisa que já tivesse começado.

Mas alguns minutos depois, ouvimos a chave do meu pai girar na fechadura e nos afastamos com culpa.

E foi então que aquilo começou a ser mais um problema: não havia um lugar em que pudéssemos ficar a sós. É claro que às vezes não havia ninguém no apartamento de Annie ou no meu, mas sempre temíamos que alguém chegasse. E não demorou muito para que começássemos a usar aquele temor para mascarar nosso medo mais profundo; continuávamos contidas e hesitantes uma com a outra.

Mas talvez — e acho que isso é verdade —, talvez precisássemos apenas de mais tempo.

10.

Finalmente o inverno frio e melancólico estava chegando ao fim, e as folhas começavam a brotar nas árvores. Narcisos, tulipas e aquelas florzinhas azuis que nascem aglomeradas em caules rígidos surgiam por todo o bairro de Brooklyn Heights, e Annie e eu passávamos muito mais tempo ao ar livre, o que ajudava um pouco. Annie havia descoberto mais jardins nas entradas das residências — até na minha própria rua — do que eu imaginara que houvesse. Conseguimos fazer muitas caminhadas naquela primavera, embora ela estivesse muito ocupada com seus ensaios para um novo recital, e eu estivesse terminando meu projeto do último ano do ensino médio e ajudando Sally e Walt com a campanha de angariação de fundos — as coisas pareciam realmente ruins na Foster.

Uma tarde, uma semana e meia antes do início das férias de primavera, a sra. Poindexter me chamou à sua sala.

— Eliza — ela disse, acomodando-se em sua cadeira marrom e quase sorrindo. — Eliza, estou muito satisfeita com sua conduta nesses últimos meses. Você não tem demonstrado a imaturidade que a fez agir de maneira tão equivocada no inverno passado; suas notas, como sempre, foram excelentes, e a srta. Baxter me disse que você pelo menos começou a demonstrar algum interesse pela campanha de angariação de fundos. Nem preciso dizer que as anotações negativas foram removidas do seu histórico escolar.

— Sra. Poindexter, é verdade que a Foster talvez tenha que fechar? — perguntei, ao me recuperar do alívio que senti.

Ela me olhou por um longo instante. Depois, suspirou e disse com uma voz gentil:

— Receio que sim, querida.

A sra. Poindexter jamais chamara alguém de "querida", até onde eu sabia. Certamente não a mim.

— Eliza, você estuda na Foster desde o jardim da infância. Já são quase treze anos; praticamente sua vida inteira. Alguns dos nossos professores estão aqui há muito mais tempo. Eu mesma sou diretora há vinte e cinco anos.

— Seria terrível se a Foster tivesse que fechar — falei, sentindo subitamente pena dela.

A sra. Poindexter fungou e mexeu na correntinha dos óculos.

— Tentamos sempre fazer deste lugar a melhor escola possível. Nunca tivemos dinheiro suficiente para competir com escolas como a Brearley, mas... — ela sorriu e esticou sua mão, dando um tapinha carinhoso na minha — mas você não precisa se preocupar com isso, embora eu aprecie sua consideração. O que preciso de você, o que a Foster precisa de você — ela disse, endireitando os ombros — é uma maior participação na campanha de angariação de fundos. Como presidente do conselho estudantil, você tem uma influência enorme; uma influência sobre determinado público também, eu diria. Ou poderia ter, se usasse sua posição de forma vantajosa.

Passei a língua pelos lábios. Se ela fosse pedir que eu fizesse discursos, teria de usar cada fibra do meu ser para recusar. Fazer os discursos obrigatórios da campanha depois que tinha sido nomeada presidente do conselho estudantil já era uma das coisas mais difíceis que eu vinha fazendo. Até quando eu precisava ficar em pé diante dos alunos da aula de Inglês para fazer uma apresentação eu me sentia como se estivesse prestes a ser executada.

A sra. Poindexter falou, pegando seu calendário de mesa:

— A campanha de angariação de fundos precisa avançar mais depressa; falta muito pouco para a escola ter que fechar as portas. O sr. Piccolo e o angariador de fundos disseram que ainda estamos longe de atingir a meta, e que a campanha de recrutamento não tem sido bem-sucedida. O sr. Piccolo disse que acha que o interesse nas matrículas vai aumentar na primavera, então ainda há esperança. — Ela sorriu. — Eliza, estou certa de que você concorda que é hora de o conselho estudantil ter um papel ativo na campanha, liderar outros alunos, dar a Sally e Walt, que têm trabalhado duro, um incentivo real, digamos assim.

— Bem, podemos falar sobre isso na próxima assembleia — respondi. — Mas não vai ter mais nenhuma antes das férias, não é?

— Vai ter uma — respondeu a sra. Poindexter, triunfante, apontando para o calendário com seus óculos. — Agendei uma, presumindo, é claro, que você e os demais possam comparecer; mas isso você vai descobrir para mim, sendo meu braço direito, não? Marquei uma assembleia extraordinária do conselho para a tarde desta sexta e, como o sr. Piccolo e seu comitê de publicidade vão usar o salão para uma reunião de emergência de angariação de fundos, e como meu apartamento é pequeno demais e o refeitório da escola parece inadequado, pedi à srta. Stevenson que, na qualidade de orientadora do conselho estudantil, cedesse sua casa, e ela e a srta. Widmer gentilmente concordaram com minha sugestão. — Ela recostou-se na cadeira, ainda sorrindo. — Não é muita gentileza da parte delas?

Só olhei para ela um instante, sem saber o que me deixava mais irritada: se era ela ter convocado uma assembleia do conselho sem ter falado comigo antes, ou ter feito a srta. Stevenson e a srta. Widmer "cederem" sua casa para a realização da assembleia.

— Você está livre na sexta à tarde, não está?

Por um segundo, fiquei tentada a inventar uma consulta inadiável com o dentista, mas... bem, se a Foster estava de fato em dificuldades, pensei, não podia ficar criando obstáculos para ajudar. Além disso, estava quase certa de que a sra. Poindexter realizaria a assembleia de qualquer jeito, com ou sem a minha presença.

— Sim — respondi, tentando não parecer tão irritada. — Estou livre, claro.

Ela abriu ainda mais o sorriso.

— Boa garota — disse ela. — E você pode informar os demais ou pedir a Mary Lou que os avise? Na verdade, você não deveria pedir tal coisa, sendo presidente e...

Acho que foi essa última observação — o fato de ela ter feito caso por eu ser presidente do conselho depois de ter marcado uma assembleia sem nem ao menos ter me consultado antes — que me fez entrar espumando na sala de artes.

A srta. Stevenson lavava pincéis.

— *I've been working on the railroad* — ela cantava, sua voz se sobrepondo ao barulho de água corrente — *all the livelong day**... Ah, oi, Liza. Você também tem trabalhado na estrada de ferro?

---

* Trecho da famosa música popular norte-americana "I've been working on a railroad" (Tenho trabalhado na estrada de ferro, em tradução livre), também conhecida como "Levee song". (N. T.)

— Se essa é uma forma sutil de falar sobre estar sendo forçada a ir a determinada assembleia do conselho — falei, puxando uma cadeira e me sentando perto de uma das mesas —, então, sim, tenho trabalhado nessa estrada de ferro. Vim direto da sala da sra. Poindexter. Só que os espigões estão sendo enfiados em mim, não nos dormentes da ferrovia. Ou algo assim. Não sei.

— Bem — falou a srta. Stevenson, esfregando um pincel cuidadosamente na palma de sua mão para ver se toda a tinta tinha sido removida —, suponho que eu deva dizer que é tudo por uma boa causa. Nós precisamos da Foster; agora a Foster precisa de nós. No fundo, a sra. Poindexter tem boa intenção.

— Eu sei — falei, suspirando, mais desanimada que antes, já que a srta. Stevenson parecia tão calma. — Mas que inferno! Desculpe. Que porcaria! É o princípio da coisa que me irrita. Ela devia ter me consultado antes, ou pelo menos me avisado, e poderia ter pedido para usar a sua casa, em vez de fazê-la "ceder". Ceder... conta outra!

A srta. Stevenson riu.

— Foi a srta. Baxter quem me pediu, em nome da sra. Poindexter, mas não acho que tenha gostado de fazer esse pedido. Acho que ela não gosta da ideia de ter alunos indo às casas dos professores.

— Achei que ela adorasse — resmunguei. — Discípulos aos seus pés e tudo mais.

— Anime-se, Liza — disse a srta. Stevenson. — Mas devo avisá-la de que a parte dos pés provavelmente é verdade. Não temos tantas cadeiras assim.

— Não se importa mesmo? — perguntei incrédula. — A srta. Widmer não se importa? Ela nem faz parte do conselho. Quer dizer, vocês não ficaram bravas pela sra. Poindexter simplesmente... simplesmente ter saído por aí dando ordens? O conselho supostamente deveria ser democrático, pelo amor de Deus!

Rugas se formaram em volta dos olhos da srta. Stevenson.

— Se eu me importo? — perguntou ela, apontando para o cesto de lixo, que eu agora via estar cheio de pedaços de papel amassado, cobertos por uma caligrafia que parecia a de alguém zangado. — A única coisa que ter um temperamento explosivo me ensinou, Liza — ela falou —, é que na maioria das vezes é melhor explodir quando estiver sozinha. Enfim, a questão é que temos de ter em mente que ela *é* a diretora, e ela *faz* muito pela escola, e isso já há muito, muito tempo, e... ah, Liza, nem todos são capazes de defender todos os princípios da democracia como você e eu, não é?

Bem, aquilo me fez rir, o que me fez sentir um pouco melhor.

Mas eu gostaria de saber se a srta. Stevenson seria tão compreensiva com a sra. Poindexter agora quanto tinha sido naquela ocasião.

Nenhum de nós havia estado na residência da srta. Stevenson e da srta. Widmer antes. Bem, talvez a sra. Poindexter, ou a srta. Baxter, mas nenhum dos alunos estivera lá antes. A casa delas ficava em Cobble Hill, uma região separada de Brooklyn Heights pela Atlantic Avenue. Cobble Hill era considerado um bairro "ruim". Minha mãe jamais deixara que eu e Chad cruzássemos a Atlantic quando éramos pequenos — mas não acho que o bairro tenha sido tão ruim assim um dia. As pessoas haviam reformado um monte de casas por lá, e é um bairro com uma mistura interessante de nacionalidades, idades e profissões. Despretensioso, acho que eu poderia dizer — algo que Brooklyn Heights tentava ser, mas sem sucesso.

A casa em que a srta. Stevenson e a srta. Widmer moravam era exatamente isso: uma casa; algo incomum em Nova York, onde a maioria das pessoas mora em apartamentos. Era uma casa colada a várias outras casas, numa coisa só, o que tecnicamente é chamado de casas geminadas. Havia duas fileiras de casas, cada uma com umas dez residências, de frente umas para as outras e com um lindo jardim particular que pertencia a todas as construções. A srta. Stevenson nos contou naquele dia que a srta. Baxter morava do outro lado do jardim, umas três casas para baixo. Nos fundos de cada grupo de casas havia uma alameda de paralelepípedos com pequenos jardins individuais, um para cada residência. A porta dos fundos de todas as casas dava para aquela alameda, então as pessoas costumavam se sentar lá fora para conversar. Todos eram muito simpáticos.

A assembleia do conselho era na tarde da mesma sexta-feira em que Annie se apresentaria à noite no recital de primavera, e ela estava descansando. Então, fui direto para Cobble Hill depois da escola. Fui a primeira a chegar. A srta. Stevenson e a srta. Widmer me mostraram o lugar e brincaram dizendo que eu tinha "interesse profissional" na casa. Era uma construção de três andares. Não vi o último, onde ficavam os quartos, mas conheci os outros dois — basicamente, dois cômodos por andar, muito acolhedores. No andar inferior ficava a cozinha, enorme e iluminada, com piso brilhante de linóleo branco salpicado de preto, eletrodomésticos cor de cobre e armários de madeira escura. A porta dos fundos, que levava à alameda de paralelepípedo e ao jardim, ficava ali. Havia um banheiro minúsculo depois da cozinha e um corredor pequeno ao pé da escada, com uma parede de tijolos aparentes coberta por plantas penduradas. A sala de jantar vinha depois, com mais tijolos aparentes e um teto com vigas pesadas.

— Esta é a nossa caverna — falou a srta. Widmer, mostrando o lugar para mim. — Principalmente no inverno, quando já está escuro na hora do jantar.

Podia imaginar o cômodo como uma caverna, graças às vigas pesadas e baixas e à janela pequena. Além disso, o piso era mais elevado na frente do que nos fundos da casa, o que fazia a sala de jantar ficar abaixo do nível da rua, então sua janela ficava na altura dos pés das pessoas que passavam lá fora. Duas paredes estavam repletas de livros, o que colaborava ainda mais para o aspecto de caverna.

No piso de cima, o primeiro andar, ficavam a sala de estar e uma espécie de estúdio ou escritório. Um lance de degraus íngremes levava do jardim da entrada à porta da frente, que dava direto no estúdio. Havia uma fenda de correspondência em estilo antigo na porta, e pensei que seria muito melhor e mais privado receber cartas assim do que termos que ir buscar em uma caixa trancada na entrada do edifício, como fazíamos.

— Aqui é onde decidimos o futuro de vocês. — A srta. Widmer riu, apontando para a pilha de papéis sobre sua escrivaninha, sobre a qual estava sua lista de presença. A srta. Stevenson tinha um cavalete montado perto da janela e material de pintura organizado em uma estante junto à parede.

A sala de estar ficava do outro lado da escada, e era confortável e aconchegante como o resto da casa. Havia muitas plantas, discos e livros por toda parte, lindos quadros nas paredes — a maioria deles pintados por ex-alunos seus, disse a srta. Stevenson — e dois gatos enormes, um preto e um amarelo, que nos seguiam para todo lado e obviamente me faziam pensar em Annie e em seu avô, o açougueiro.

— Não sei o que faremos com eles nessas férias de primavera — comentou a srta. Widmer, quando me inclinei para acariciar um dos gatos depois que contei a ela e à srta. Stevenson sobre o avô de Annie. — Vamos viajar, e o garoto que costuma cuidar deles, também.

Não sou tão fã de gatos quanto Annie, mas certamente gosto deles, e sabia que não seria nenhum sacrifício passar mais tempo naquela casa.

— Posso alimentar os gatos — peguei-me dizendo.

A srta. Stevenson e a srta. Widmer entreolharam-se, e a srta. Stevenson perguntou quanto eu cobraria, e respondi que podiam me pagar o mesmo que pagavam ao garoto. Elas disseram um dólar e cinquenta por dia, e aceitei. Depois os outros alunos começaram a chegar para a assembleia.

Foi estranho estar na casa delas e vê-las como pessoas e como professoras. Por exemplo, em determinado momento, a srta. Stevenson acendeu um cigarro e eu quase caí da cadeira. Jamais havia passado pela minha cabeça que ela fumasse, já que, claro, ela não podia fazê-lo na escola, exceto na Sala dos Professores, assim como os alunos do último ano do ensino médio podiam fumar na Sala dos Veteranos. Depois ela me disse que tentara deixar de fumar uma vez, porque sua voz estava ficando rouca, e isso não era bom quando ela cantava no coro ou quando orientava a equipe de debate, mas então ela engordou tanto e ficou tão mal-humorada que decidiu que seria melhor para ela e para os outros se voltasse a fumar.

Nunca havia pensado muito no fato de a srta. Stevenson e de a srta. Widmer morarem na mesma casa, e acho que tampouco muita gente na escola pensasse; mas, naquela tarde, me pareceu que elas provavelmente moravam juntas havia um bom tempo. Parecia que tudo na casa pertencia às duas; não dava a impressão de que o sofá fosse de uma e a poltrona fosse da outra, nem nada do gênero. E pareciam estar muito à vontade uma com a outra. Não que parecessem desconfortáveis na escola, mas na Foster elas raramente estavam juntas, exceto em eventos especiais, como peças de teatro ou bailes, que em geral ajudavam a supervisionar. Mesmo nessas ocasiões, elas costumavam estar com vários outros professores, e Sally sempre dizia que, nos bailes, uma ou outra era vista com frequência rodopiando pelo salão com um dos professores do sexo masculino.

Mas em sua casa, elas eram como um par de sapatos velhos, cada pé com suas saliências e calombos e dobras, mas ainda assim um par que cabia sem esforço e perfeitamente dentro da mesma caixa.

— É muita gentileza nos receberem — disse a sra. Poindexter quando estávamos todos mais ou menos acomodados na sala de estar, enquanto a srta. Widmer e a srta. Stevenson serviam Cocas, chá e biscoitos. "Todos" não incluía só os membros do conselho estudantil, mas também Sally e Walt, na qualidade de representantes da Campanha de Angariação de Fundos dos Estudantes, bem como a srta. Baxter, que estava tomando notas, o que deixou Mary Lou furiosa.

A sra. Poindexter usava um vestido preto com pequenos pedaços de renda branca na gola e nos punhos, que me lembravam os lenços rendados da srta. Baxter. De algum modo, a roupa dava a impressão de que ela ia a um funeral.

— Lerei o último relatório do sr. Piccolo — ela disse —, pedindo desculpas a Sally e a Walt, que já o conhecem. Srta. Baxter? — Ela colocou os óculos no nariz.

— Sra. Poindexter — disse a srta. Stevenson, quando a srta. Baxter puxou uma pasta da maleta grande e fora de moda que trouxera consigo —, não deveríamos ler primeiro a ordem do dia?

A diretora tirou os óculos.

— Ah, muito bem — ela disse, irritada. — A assembleia...

A srta. Stevenson pigarreou.

— Eliza — disse a sra. Poindexter gentilmente —, estamos esperando.

— A assembleia seguirá a ordem do dia — falei com a voz mais firme possível. — A *presidente da assembleia* — não pude evitar dar uma ênfase extra àquelas palavras — passa a palavra à sra. Poindexter.

A sra. Poindexter recolocou os óculos no nariz e afastou o gato preto, que havia começado a se esfregar em sua perna. Depois ele passou para a srta. Baxter, que espirrou de modo recatado, porém enfático; a srta. Widmer o pegou e o levou para o andar de baixo.

— A meta total — disse a sra. Poindexter, em alto e bom som, olhando por cima dos óculos — é de cento e cinquenta mil dólares para as despesas crescentes, como salários e novos equipamentos extremamente necessários, como os de laboratório, por exemplo, e de cento e cinquenta mil dólares para reformas. Não precisamos ter esse dinheiro necessariamente até o fim da campanha, mas gostaríamos de conseguir mais compromissos de doação, com datas de doação escalonadas, para que possamos arrecadar cem mil dólares por ano nos próximos três anos. E, até o outono seguinte, gostaríamos de ter conseguido trinta e cinco alunos novos: vinte no ensino fundamental, dez na turma do primeiro ano e cinco na turma do segundo ano do ensino médio. Até agora, temos apenas quatro novos possíveis alunos do fundamental e um do primeiro ano do ensino médio, e conseguimos compromisso de doação de menos da metade do dinheiro.

Conn assoviou.

— Exatamente — disse a sra. Poindexter, que em geral não gostava de assovios. Ela começou a ler o relatório do sr. Piccolo: — "Os dias das escolas independentes estão contados, segundo muitos comerciantes, financistas e industriais da área. Nosso consultor de angariação de fundos diz que, considerando o preço atual da anuidade de uma faculdade, as pessoas relutam cada vez mais em gastar grandes somas de dinheiro com educação pré-universitária, mesmo com as escolas públicas de Nova York sendo o que são. A meu ver, isso se reflete tanto no baixo número de matrículas quanto na falta de doações, criando uma resistência constante à nossa campanha publicitária. As pessoas também sentem que as escolas independentes não conseguem mais proteger os alunos do mundo exterior. Uma ou duas pessoas com quem conversei recentemente mencionaram o caso lamentável ocorrido dois anos atrás envolvendo uma garota do último ano do ensino médio e o garoto com quem ela se casou mais tarde..."

Àquela altura, a maioria de nós sabia que a sra. Poindexter se referia a dois veteranos que ela tentara expulsar da escola, primeiro por meio do conselho estudantil, depois apelando para o Conselho Diretor, quando eu era aluna do segundo ano. Como a srta. Stevenson, que os defendera, apontou, o único crime deles foi terem se apaixonado jovens demais, mas tudo o que a sra. Poindexter conseguiu ver fora o escândalo causado pela gravidez da garota.

A sra. Poindexter continuava lendo:

— "... É a opinião de possíveis doadores ou de pais de possíveis alunos da Foster, embora antigamente os pais costumassem matricular seus filhos em escolas independentes para protegê-los dos problemas sociais supostamente desenfreados das escolas públicas, que agora esses problemas estão igualmente presentes nas escolas independentes. É esse tipo de pensamento que nossa campanha publicitária deve combater agora."

Quando a sra. Poindexter terminou de ler, ergui a mão, mas me lembrei de que eu supostamente era a presidente da assembleia, então a baixei.

— Uma amiga minha estuda em escola pública — eu disse, sentindo-me estranha por me referir a Annie daquele jeito. — E... bem, acho que eles têm mais problemas com drogas, por exemplo, do que nós, além de outras questões. Então fico imaginando se esses pais e essas pessoas têm de fato razão ao dizerem que os problemas estão igualmente presentes nas escolas independentes, mas tem uma coisa: embora a escola da minha amiga seja meio violenta, é muito mais interessante que a Foster. O que estou dizendo é que imagino que talvez algumas pessoas prefiram mandar seus filhos para escolas públicas para ampliar o horizonte deles. Acho que talvez agora haja mais pessoas do que antes que consideram escolas independentes esnobes.

— Não chegaremos a lugar algum se nossos próprios alunos não conseguem enxergar o valor da educação oferecida na Foster — disse a sra. Poindexter, severamente. — Eliza, eu não esperava isso de você!

— Não se trata de não enxergar o valor disso — Mary Lou falou, irritada. — Não foi nada disso que a Liza disse! Acho que ela só estava explicando como pensam algumas das pessoas com quem o sr. Piccolo conversou. E aposto que ela está certa. Eu costumava sair com um garoto de escola pública e ele achava a Foster esnobe. E que nós somos muito fechados.

— Ah, mas, Mary Lou, querida — disse a srta. Baxter —, nem você nem a Liza são, de fato, muito fechadas, não é? Quer dizer, se vocês duas têm... é... andado com pessoas de outras escolas, e, como disse, é o que vocês têm feito. E isso é bom — ela acrescentou depressa. — Muito bom, na verdade. — Ela lançou um olhar ansioso para a sra. Poindexter e disse em tom gentil: — Devemos nos lembrar de que não há diferenças entre nós. O Senhor criou todos nós.

— Não tenho muita certeza — disse a sra. Poindexter —, mas isso não tem nada a ver com o assunto. Nossa tarefa é apresentar as vantagens da Foster às pessoas, não ficar imaginando suas desvantagens, ou refletir sobre a influência duvidosa que alunos de outras escolas possam ter.

— Influência duvidosa! — Perdi o controle e explodi, e Mary Lou, que usara durante quase um ano o anel que o garoto da escola pública lhe dera, ficou vermelha. Conn balançou a cabeça para ela, colocou a mão no meu braço e sussurrou um: — Cuidado, Liza.

Então a assembleia degringolou — passamos muito tempo discutindo em vez de decidir o que fazer.

— Acontece que, para combater as atitudes dos outros, primeiro temos que entendê-las — Conn disse, depois de mais ou menos meia hora, mas a sra. Poindexter ainda não conseguia ver aquilo como nada além de uma crítica maldosa à sua amada Foster.

Mesmo assim, no final decidimos fazer uma grande manifestação estudantil na sexta-feira seguinte às férias de primavera, e planejamos tentar estimular cada aluno a recrutar um aluno novo ou fazer com que um adulto assumisse o compromisso de doar dinheiro.

— Mixaria; o sr. Piccolo diz que indústria, comércio e gente rica são as únicas fontes boas de dinheiro — Walt resmungou, mas a sra. Poindexter estava tão animada com o que poderíamos fazer se "toda a Foster se unisse" que, de algum modo, convenceu a maioria de nós de que éramos capazes de virar o jogo e terminar com uma campanha bem-sucedida. Sally e Walt disseram que planejariam a manifestação, e a sra. Poindexter falou que eu deveria ajudá-los, já que era a presidente do conselho estudantil; ela disse que deveríamos nos ver como um "comitê de três". Depois de muita discussão, Sally, Walt e eu decidimos fazer duas reuniões na semana seguinte, antes do início das férias, e mais uma reunião final durante o recesso, pouco antes da volta às aulas.

Então, bem quando a sra. Poindexter parecia prestes a dar a assembleia por terminada, e eu tentava me decidir sobre se era melhor fazer uma moção para encerrar a assembleia ou se devia esperar para ver se ela continuaria ignorando o fato de eu estar presidindo a sessão, a srta. Baxter ergueu a mão, e a sra. Poindexter lhe concedeu a palavra.

— Eu gostaria apenas de lembrar a todos que... — disse a srta. Baxter, agitando um de seus lenços ao puxá-lo de dentro da manga — ... e é claro que todos nós estamos cientes disso... que mais do que nunca é crucial que todos os alunos da Foster, mas principalmente os membros do conselho estudantil, tenham comportamento exemplar tanto em público quanto em âmbito privado. Estamos mais sujeitos ao escrutínio alheio do que pensamos. Minha nossa, semana passada eu estava na Tuscan's; na Tuscan's, imaginem só, aquela loja de departamento imensa, e uma vendedora perguntou se eu lecionava na Foster, e comentou que estava animada com a campanha e que a Foster era uma escola maravilhosa. — A srta. Baxter sorriu e apertou o nariz com o lenço. — Que ótimo para todos nós podermos garantir aos pais de alunos e de futuros alunos da Foster, com nossos próprios exemplos, que a Foster é um ambiente de princípios morais elevados. Até gente de fora da escola está começando a ver quanto somos especiais; e essa é uma

Annie em minha mente: a descoberta do amor

das coisas empolgantes da campanha: é uma oportunidade inspiradora para todos nós!

— Bem colocado, srta. Baxter — disse a sra. Poindexter, sorrindo para ela; a srta. Baxter deu um sorriso tímido.

— Agora sabemos por que ela fez a Baxter vir — Mary Lou sussurrou para mim e para Conn.

— Tenho certeza de que todos gostaríamos de mostrar à srta. Baxter nosso apoio e agradecê-la por ter nos lembrado de nosso dever — afirmou a sra. Poindexter, lançando olhares pela sala.

A srta. Stevenson parecia estar pensando em recolher as latas de Coca. Eu também achava uma boa ideia, então acenei com a cabeça de modo desinteressado para a sra. Poindexter e comecei a me levantar, esticando a mão para pegar a bandeja, mas a srta. Stevenson olhou feio para mim e percebi que eu estava indo longe demais.

— Obrigada, srta. Baxter — disse Sally, e começou a aplaudir, então fizemos o mesmo.

— Obrigada — disse a srta. Baxter, ainda sorrindo timidamente. — Obrigada, mas a melhor forma de agradecer será continuar mostrando ao mundo, e ajudar os colegas a mostrarem ao mundo também, que os alunos da Foster são, de fato, superiores. *Porque...* — ela começou a cantar de repente, a canção mais animada, mas também a mais ridícula do nosso repertório escolar: — *... a Foster é uma ótima escola, a Foster é uma ótima escola...*

Claro que todos a acompanhamos na cantoria.

Foi um pouco deprimente porque nenhum de nós, com exceção de Sally e, pelo menos aparentemente, Walt, estava de fato animado. E lá estavam aquelas duas senhoras, baleia e peixe-piloto, águia e pardal, com suas cabeças jogadas para trás e bocas bem abertas, cantando de olhos fechados, como se tentassem desesperadamente voltar a ter quinze anos.

11.

Mais tarde, quando cheguei em casa depois da assembleia — tentando dizer a mim mesma que não deveria ligar para Annie, pois ela precisava descansar sem ser incomodada antes da apresentação — Chad me esperava diante da porta, acenando com um envelope comprido com a inscrição *Massachusetts Institute of Technology* no canto, e, obviamente, aquela era minha carta de aceitação! É incrível o que faz com seu ego saber que alguém a quer em sua faculdade, mas quando essa faculdade é a única na qual você realmente deseja estudar, e a única que você acha que pode lhe ensinar o que deseja aprender para ser a única coisa que quer ser... bem, é como ganhar uma passagem para o resto da vida, ou para uma parte importante dela, pelo menos. Não consegui me segurar; acabei ligando para Annie, e ela tinha sido aceita em Berkeley. Decidimos ir de qualquer jeito ao Jardim Botânico do Brooklyn no dia seguinte, para celebrarmos a primavera, nossa entrada nas universidades e o início das férias na semana seguinte — as dela começavam no mesmo dia que as minhas e tinham a mesma duração, porque haveria reuniões especiais dos professores em sua escola depois da semana oficial de recesso das escolas públicas. Depois, quando desliguei o telefone e fui para a mesa de jantar, papai abriu uma garrafa de champanhe. Assim, foi uma família Winthrop bem alegre que rumou para o norte da cidade a fim de ouvir Annie cantar naquela noite.

Acho que não foi o champanhe que eu tinha bebido que fez Annie parecer tão bonita naquela noite, porque notei que a maioria das pessoas da plateia tinha uma expressão distante e sonhadora enquanto ela cantava. Para mim, era como se o concerto fosse só dela, embora houvesse mais três alunos cantando e alguém tocando piano — muito bem, mamãe dissera. Annie usava uma saia longa azul-claro de veludo cotelê que parecia veludo alemão e uma blusa creme de mangas longas, e seus cabelos desciam sobre um dos ombros, brilhando tão suavemente sob as luzes que, a certa altura, percebi que cerrava os punhos porque queria muito tocá-los.

Annie dissera que cantaria mais para mim do que para qualquer outra pessoa naquela noite, e que havia uma canção em particular que queria que eu ouvisse. Quando começou a cantar a única música de Schubert do programa, ela ergueu os olhos bem acima das cabeças da plateia, e aquele olhar especial surgiu em seu rosto, e foi como se ela colocasse tudo de si em sua voz. Ouvi-la fez meus olhos se encherem de lágrimas, embora a canção fosse em alemão e eu não entendesse nem uma palavra; aquela música fez com que quisesse me entregar a Annie por inteiro, para sempre.

— É claro que aquela foi a que cantei para você! — ela disse no dia seguinte, no Jardim Botânico, quando lhe perguntei sobre Schubert.

Havia montanhas de narcisos entre nós e nuvens de botões cor-de-rosa, e o cheiro de flores estava por toda parte. Annie cantou novamente a música de Schubert, mas desta vez em inglês:

> *Softly goes my song's entreaty*
> *Through the night to thee.*
> *In the silent woods I wait thee,*
> *Come, my love, to me...**

— Chama-se "Ständchen" — ela explicou quando terminou de cantar. — Serenata. — E acrescentou: — Senti tanto a sua falta, Liza, tendo que passar a tarde inteira ensaiando.

Dois idosos vieram na nossa direção, uma mulher carregando uma sacola de lona e um homem segurando um pequeno tripé de câmera. As mãos desocupadas estavam unidas e, quando terminaram de passar por nós, as nossas também estavam.

Caminhamos muito, de mãos dadas quando não havia ninguém por perto, e uma ou duas vezes mesmo quando havia, porque ninguém parecia se importar, e a chance de encontrarmos alguém que se importaria — família,

---

* Em tradução livre: "À noite, suplico em voz baixa uma canção a ti/ Na floresta silenciosa espero por ti/ Venha a mim, meu amor…". (N. T.)

gente da escola — parecia remota. Às vezes, Annie me dizia os nomes das flores pelas quais passávamos, e, às vezes, eu dava palpites errados de propósito. "Tulipa", disse uma vez, referindo-me a um narciso. Annie deu sua risada deliciosa, e falei "Carvalho?" ao passarmos por um monte de florzinhas brancas, e ela riu de novo, mais intensamente.

Acabamos chegando ao Jardim Japonês, a parte mais bonita do lugar, em especial na primavera, quando praticamente todas as árvores estão floridas. Sentamo-nos debaixo de uma árvore do outro lado do lago da entrada e ficamos conversando, pegando e dando uma à outra as flores que desciam rodopiando e caíam sobre nós.

Lembro-me que falamos um pouco sobre Sally, e quanto ela havia se tornado obediente, e contei a Annie sobre a assembleia extraordinária do conselho e sobre como a srta. Baxter e a sra. Poindexter haviam cantado. Falamos também sobre o recital e como aquele fora o último do qual Annie participara em sua escola. Aquilo nos levou ao assunto que andávamos evitando: a formatura e o verão, quando Annie seria orientadora em um acampamento musical na Califórnia — eu já sabia daquilo fazia um tempo, mas acho que nenhuma de nós tinha se dado conta de que ficaríamos longe uma da outra a partir de 24 de junho, quando Annie partiria para o acampamento, onde ficaria, talvez, até o Natal, supondo que nós duas voltássemos da faculdade para casa em tal ocasião. Até a chegada das cartas de aceitação das universidades, a faculdade parecia algo tão distante que nunca nos havia perturbado, algo como a velhice, talvez, mas agora era como se, tendo que encarar a realidade, quiséssemos voltar no tempo e pensar melhor nas coisas — estávamos sendo arrastadas por decisões que havíamos tomado antes de nos conhecermos e, de repente, não nos sentíamos mais tão triunfantes por termos sido aceitas quanto havíamos nos sentido no dia anterior, ao recebermos a notícia.

Estávamos sentadas juntinhas, falando sobre aquilo, e depois ficamos caladas. Alguns minutos depois, no entanto, viramos uma para a outra e, não sei como explicar isso, de verdade, mas assim que nossos olhares se encontraram soube que não queria ficar sentada com Annie em público daquele jeito, tendo que fingir que éramos só amigas, e posso dizer que ela tampouco o queria. Ambas sabíamos que, naquele momento, o problema não era não desejarmos a mesma coisa ao mesmo tempo, o problema não era o medo.

— Não temos um lugar, não é? — Annie disse, ou pelo menos acho que ela disse. Se ela falou tal coisa, provavelmente respondi "Não", mas não tenho certeza se de fato dissemos tais palavras.

Continuamos lá sentadas mais um tempo, Annie com a cabeça apoiada no meu ombro, até que algumas pessoas deram a volta no lago e vieram para o lado em que estávamos. Permanecemos sentadas, mas impedidas de tocarmos uma na outra.

Naquela noite, depois de termos passado o resto do dia andando, porque não havia nada mais que pudéssemos fazer, estava deitada na minha cama, sem conseguir dormir, pensando nela, e — isso é embaraçoso, mas é importante, acho — foi como se, de repente, algo explodisse dentro de mim, como se ela estivesse bem ali ao meu lado. Naquela época, eu não sabia que uma pessoa podia sentir aquele tipo de explosão sexual só de pensar em outra, e aquilo me assustou. Eu me levantei e andei pelo quarto por um tempo, tentando me acalmar. Perguntava-me se aquele tipo de coisa já teria acontecido com alguém, e se podia acontecer com qualquer um ou só com lésbicas e gays — e então parei de andar, aquele pensamento me atingindo com uma força que nunca tivera antes: *Você está apaixonada por outra garota, Liza Winthrop, e sabe que isso quer dizer que provavelmente é lésbica, mas não faz ideia do que isso significa.*

Desci para consultar a enciclopédia do papai e procurei HOMOSSEXUALIDADE, mas aquilo não me disse muito a respeito das coisas que eu sentia. Entretanto, o que mais me surpreendeu foi que, no longo texto daquele verbete, a palavra "amor" não era usada nem uma vez. Aquilo me deixou irritada; era como se quem quer que tivesse escrito aquela definição não soubesse que gays se amavam. Os autores de enciclopédias deveriam falar comigo, pensei enquanto voltava para a cama; eu poderia lhes contar algo sobre o amor.

Annie me abraçou e me beijou quando lhe contei a história no dia seguinte. Estávamos em seu quarto; eu tinha ido até lá para o jantar de domingo.

— Enciclopédias não são boas — ela disse, indo até o guarda-roupa e tirando de lá um livro surrado, obviamente de segunda mão. *Patience & Sarah*, dizia a capa, de Isabel Miller.

— Comprei há umas duas semanas — Annie disse, em tom de desculpas. — Eu queria te dar, mas... bem, acho que não sabia ao certo como você reagiria.

— Como eu reagiria?! — falei, magoada. — Como achou que eu reagiria? Sou algum tipo de ogro, por acaso?

— É só que você ainda não parecia ter certeza — Annie disse baixinho, afastando-se. — Eu ia mostrá-lo a você em algum momento, de verdade. Ah, Liza, não fique brava. Por favor. É um livro lindo. Apenas leia, ok?

Li o livro, e Annie o releu, e ele nos ajudou a discutir sobre a única parte de nós mesmas da qual já havíamos falado a respeito. Lemos outros livros também, na semana seguinte, tentando fingir que nunca os havíamos pegado emprestado na biblioteca, e compramos — morrendo de medo — alguns jornais e revistas voltados para o público homossexual. Era como se estivesse encontrando partes de mim em outras dessas pessoas sobre as quais eu lia. Aos poucos, fui me sentindo mais tranquila, mais completa e mais segura de mim mesma, e sabia, pelo jeito de Annie ao conversarmos e pelo que ela dizia, que ela se sentia da mesma forma.

E quando, no primeiro dia das férias de primavera, Annie foi comigo alimentar os gatos da srta. Stevenson e da srta. Widmer, de repente percebemos que enfim tínhamos um lugar para ir.

12.

Começou devagar, tão devagar que acho que nenhuma de nós percebeu no início o que estava acontecendo.

Lembro da cara de Annie quando fomos à casa pela primeira vez. Toda a alegria de seu riso peculiar estava expressa em seus olhos. Mostrei a ela os dois primeiros andares; nem passou pela nossa cabeça subir ao último — de algum modo, pareceu-nos um espaço privado. Annie adorou tudo: obviamente, as plantas e jardins externos e, acima de tudo, os gatos, mas também os tijolos aparentes, os livros, os discos e os quadros. Os gatos foram até ela imediatamente, esfregando-se nela, ronronando e deixando que ela os pegasse e acariciasse. Ela assumiu a tarefa de alimentá-los sem que sequer houvéssemos conversado a respeito.

Naquele primeiro dia, eu estava na cozinha, encostada na bancada, observando Annie alimentar os gatos, e soube que gostaria de poder fazer aquilo para sempre: ficar em cozinhas observando Annie alimentar gatos. Nossa cozinha. Nossos gatos. Lá estava ela, com seus longos cabelos negros presos numa trança que descia pelas costas, sua camisa azul para fora do jeans e seus tênis furados, tendo diante de cada pé um gato, que olhava para cima e miava.

Fui até ela, a abracei e a beijei, e aquele foi um beijo diferente de qualquer outro que havíamos trocado antes.

Lembro que ela ainda segurava a lata de comida de gato e quase a deixou cair.

Depois de um tempo, Annie sussurrou:

— Liza, os gatos. — Afastamo-nos e ela os alimentou, mas, quando terminou, ficamos lá paradas, olhando uma para a outra. Meu coração batia tão forte que tenho certeza de que Annie podia ouvi-lo. Acho que foi, em parte, para abafar aquele som que a enlacei novamente. Subimos para a sala de estar...

Lembro tão bem daquela primeira vez com Annie que ainda fico atordoada e sem ar. Lembro das mãos de Annie me tocando de novo, com delicadeza, como se receasse que eu fosse quebrar; consigo sentir sua pele macia nas minhas palmas — olho para minhas mãos agora e as vejo levemente curvadas, sinto que ganham a mesma força e suavidade que senti daquela primeira vez. Ainda consigo fechar os olhos e sentir cada movimento do corpo de Annie e do meu — desajeitado, hesitante e tímido. Mas essa não é a parte importante. A parte importante é o assombro de conhecer a intimidade e de perceber enfim que somos duas pessoas, não uma só — e também o assombro daquilo; de saber não apenas que, embora *sejamos* duas pessoas, quase podemos ser uma só, mas que, ao mesmo tempo, podemos desfrutar da singularidade uma da outra.

... Quase podemos ser uma só...

Foram maravilhosas aquelas duas semanas de férias de primavera; era como se finalmente tivéssemos não apenas um lugar, mas um mundo inteiro só nosso. Chegamos até a comprar café instantâneo e comida para o café da manhã e para o almoço, para que pudéssemos passar o dia todo na casa, até a hora de voltarmos para nossas casas de verdade para o jantar. O clima estava quente e agradável, e toda manhã, quando eu chegava, abria as janelas para deixar entrar o sol e o ar leve da primavera. Eu colocava a água do café para ferver e me sentava para esperar Annie, às vezes com um jornal; outras, só ficava esperando, sentada. E logo eu ouvia a porta se abrindo. Tínhamos só uma chave, então sempre deixava a porta destrancada de manhã; Annie podia simplesmente entrar, como se morasse lá.

Numa manhã da primeira semana, eu estava sentada em um dos dois bancos altos, perto da bancada da cozinha, observando o sol dar aos pelos do gato preto um brilho parecido com o dos cabelos de Annie. Escutei Annie abrir a porta e descer os degraus para me encontrar. Sorri, porque podia ouvi-la cantando.

— Oi. — Ela me beijou e se livrou da jaqueta de lenhador, que, àquela altura, eu sabia que ela havia herdado de um primo. — Comprei mais uns pães doces para nós — acrescentou, colocando um saco de papel sobre a bancada.

— Mas você está sem dinheiro! — Levantei-me e comecei a quebrar ovos em uma tigela.

— Está tudo bem — ela disse, abraçando-me brevemente e colocando café instantâneo nas canecas. — Humm. O café tem um cheiro ótimo, mesmo sem estar pronto!

Ri.

— Coma alguma coisa — falei, batendo os ovos.

Annie balançou a cabeça e abriu a geladeira.

— Suco primeiro. Estou morrendo de fome. Acordei às cinco e meia, e o sol estava tão bonito que não consegui dormir mais. Quis vir logo para cá.

— Talvez eu devesse te dar as chaves — falei, pensando em como seria maravilhoso chegar de manhã e encontrar Annie esperando por mim.

— Não seria certo — Annie disse. Ela serviu um pouco de suco para si; suco me deixa enjoada de manhã, e Annie já sabia disso, então não perguntava mais se eu queria. Ela tomou seu suco e depois se inclinou para o gato preto. — Bom dia, gatinho, onde está o seu irmão?

— Correndo atrás do próprio rabo debaixo da escrivaninha da srta. Widmer, da última vez que o vi. Manteiga, por favor.

Annie me entregou a manteiga com uma reverência, dizendo "Manteiga" com voz de instrumentadora cirúrgica.

No meio de sua reverência, eu a beijei de novo, e ficamos lá, esquecidas do desjejum, ao sol de início da manhã.

Por fim, comemos e lavamos a louça. Lembro que naquela manhã estávamos especialmente bobas; deve ter sido o sol. A porta dos fundos estava aberta, e a luz do sol entrava pela porta de tela, deixando os gatos agitados.

— "Havia uma velhinha que engoliu uma mosca..."* — Annie cantou, enxugando uma caneca de café. — Vamos, Liza, cante também.

— Não dá — falei. — Não consigo sustentar uma nota.

— Qualquer um consegue sustentar uma nota.

— Não consigo. Mudo de tom.

— Demonstre.

Balancei a cabeça; sempre tive vergonha de cantar.

Mas Annie continuou cantando, me ignorando, e, enquanto eu esfregava a frigideira, não resisti e acabei cantando também. Ela fingiu não notar.

---

* Trecho de uma popular cantiga infantil americana, conhecida como "There was an old lady who swallowed a fly" ou "I know an old lady who swallowed a fly". (N. T.)

Depois que terminamos de lavar a louça, levamos os gatos para fora e os observamos perseguir insetos entre os paralelepípedos. Uma mulher corpulenta usando um vestido estampado simples e um suéter masculino folgado veio bamboleando em nossa direção, olhando para nós, desconfiada.

— Katherine e Isabelle — ela disse com sotaque —, achei que elas estivessem de férias. Vocês são amigas do Benjy? É ele quem geralmente vem alimentar os gatos.

Explicamos quem éramos e ela sorriu e puxou uma cadeira de seu jardim, e ficou conversando conosco por mais de uma hora. Tentávamos sinalizar uma para a outra que precisávamos fazer algo para nos livrar dela, mas nenhuma de nós conseguia pensar em nada, e ela estava sendo tão simpática que seria grosseria da nossa parte. No entanto, Annie disse, por fim:

— Bem, vou entrar; preciso fazer o dever de casa.

A mulher assentiu e disse:

— Boa garota, jamais abandone os estudos. Também preciso ir; tenho que passar o aspirador. Se eu tivesse estudado mais quando tinha a sua idade, talvez tivesse arranjado um bom emprego, em vez de um marido, cinco filhos e uma pilha de louça para lavar.

— Ela não pareceu se importar — Annie disse ao voltarmos para dentro de casa e irmos para a sala de estar. Ela pegou sua lista de leitura de História e fui trabalhar no meu projeto de arquitetura solar que estava pela metade.

Trabalhamos em silêncio quase total até a hora do almoço — e naquele dia estava tão quente que nos arriscamos a encontrar a mulher de novo, levando nossos sanduíches de atum para o quintal dos fundos. Ela não estava lá, então Annie voltou para buscar a garrafa de vinho, que tomamos.

— Adoraria trabalhar naquele jardim — Annie disse, depois de comermos nossos sanduíches e enquanto terminávamos de beber preguiçosamente as taças de vinho que havíamos nos permitido tomar. Não, não havia mais ninguém lá fora ainda.

— Aposto que não se importariam.

Mas Annie balançou a cabeça.

— Eu me importaria, se fosse elas — ela disse. — Um jardim é algo especial, mais que uma casa. Para um jardineiro. — Ela se levantou e depois se ajoelhou nos paralelepípedos, examinando as parcas plantas que

Annie em minha mente: a descoberta do amor

começavam a crescer em volta dos crocos murchos. O sol refletia em seus cabelos, criando pequenas mechas douradas e azuladas entre os fios negros.

— Tenho tanta sorte — falei.

Ela se virou para mim e sorriu.

Só percebi que tinha dito aquelas palavras quando ela se virou, a cabeça inclinada de modo inquisidor, o rosto redondo e pequeno e seus olhos que me lançavam um olhar intenso.

— Tanta sorte — repeti, estendendo a mão.

Entramos.

Toda vez que nos tocávamos, nos olhávamos e nos abraçávamos no sofá desconfortável da sala de estar era diferente. Ainda éramos muito desajeitadas e tímidas, e ainda tínhamos um pouco de medo — mas era como se tivéssemos descoberto um novo país, em nós mesmas e uma na outra, e explorássemos juntas e devagar aquele mundo novo. Frequentemente tínhamos que parar e ficar abraçadas — beleza demais podia ser algo difícil de suportar. E, às vezes, sobretudo depois de um tempo, quando a vergonha era menor, mas ainda não conhecíamos bem a nós mesmas nem uma à outra, nem sabíamos direito o que estávamos fazendo, acabávamos rindo.

O melhor daquelas férias foi que, de algum modo, sentíamos possuir a eternidade pela frente e que ninguém poderia nos perturbar. É claro que era uma ilusão, mas estávamos tão felizes que não queríamos pensar de outro modo.

Acho que não devo ter pensado muito sobre a manifestação ou sobre a campanha de angariação de fundos. Eu tinha participado das duas reuniões do "comitê de três" realizadas antes das férias e concordado, com relutância, em preparar um discurso e ensaiá-lo em nossa última reunião — aquela durante as férias —, para que eu pudesse apresentá-lo na manifestação. Nada do que eu tinha dito foi capaz de convencer Sally e Walt de que eu seria um desastre. Walt havia conseguido um repórter de um jornal, conhecido de seu irmão mais velho, para "cobrir" a manifestação, o que não me deixava nem um pouco mais relaxada com relação ao meu discurso.

— Já pensou? "Presidente do conselho estudantil diz o que a Foster representa para ela e encoraja novos alunos a se matricularem." — Sally dissera em nossa última reunião, acho que para me seduzir com ideias de glória.

— Com um daqueles subtítulos mais abaixo — complementou Walt — dizendo "Salvem nossa escola, gritam estudantes". Ei, aposto que isso chamaria a atenção! Será que conseguiríamos alguns alunos para fazer um coro... espontaneamente, é claro.

— Não conte com discursos que ainda não foram escritos — falei, tentando parecer descontraída ou engraçada. — Nem com coros.

Não que eu tivesse a intenção de evitar o discurso; assim que ficou claro que eu teria de apresentá-lo na manifestação, tentei trabalhar nele. Na verdade, Annie e eu devíamos ter passado quase a tarde inteira naquela primeira sexta-feira tentando escrever algo que eu pudesse dizer sem soar falso. E, enquanto ela me ajudava a concluir a tarefa, realmente achei que houvesse alguns motivos que me faziam achar a Foster uma boa escola.

Mas então veio a segunda semana, e Annie e eu ficamos mais à vontade uma com a outra, e o discurso e a terceira reunião foram caindo lentamente no esquecimento.

13.

Era quase o fim das férias — manhã de quinta-feira da segunda semana — e eu não conseguia encontrar o gato laranja; quando Annie chegou, começamos a procurá-lo em todos os lugares em que ele costumava se esconder. Por fim, Annie disse que talvez ele estivesse lá em cima, e subiu para o último andar para ver se o encontrava.

É estranho, já que estávamos praticamente morando na casa àquela altura, mas nenhuma de nós tinha subido ao último andar ainda. Acho que sentíamos que era um lugar privado; que não havia problema ocuparmos o resto da residência, mas não onde a srta. Stevenson e a srta. Widmer dormiam.

Depois de ficar alguns minutos lá em cima, Annie me chamou com uma voz esquisita.

— Liza — ela disse, numa voz meio baixa e tensa. — Venha cá.

Subi os degraus estreitos e segui sua voz até o maior dos dois quartos. Ela estava de pé ao lado de uma cama de casal, com o gato nos braços, olhando para baixo, na direção de uma estante com portas de vidro cheia de livros.

Segui seu olhar.

— Minha nossa! — exclamei. — Elas são lésbicas! A srta. Stevenson e a srta. Widmer. Elas são... elas são como nós...

— Talvez não — Annie disse com cautela. — Mas...

Abri as portas de vidro e li alguns dos títulos: *Homossexualidade feminina*, de Frank S. Caprio. *Sappho was a right-on woman*, de Abbott e Love. *Patience & Sarah* — nosso velho amigo —, de Isabel Miller. *O poço da solidão*, de Radclyffe Hall.

O gato saltou dos braços de Annie e foi depressa para o andar de baixo à procura do irmão.

— É engraçado — disse Annie. — Não as conheço pessoalmente, mas, por tudo que você me contou, eu... bem, eu já imaginava.

— Isso nunca me passou pela cabeça — falei, ainda tão surpresa que não podia parar de olhar fixamente para a cama de casal e para os livros. Obviamente, a srta. Stevenson e a srta. Widmer jamais demonstraram o menor indício de serem lésbicas — e percebi que os únicos "indícios" em que conseguia pensar eram clichês que não se aplicavam a elas, como serem masculinizadas ou não andar com homens ou ter suas queridinhas entre as alunas. É verdade que uma vez a srta. Stevenson ficou irritada quando um aluno fez um comentário depreciativo sobre gays, mas eu já vira meu pai ficar zangado por causa de comentários como aquele, assim como ficava quando alguém dizia algo preconceituoso contra negros ou latinos.

Annie pegou um dos livros e começou a folheá-lo.

— Imagine comprar todos esses livros — falou. — Lembra como ficamos com receio?

Assenti.

— Puxa, alguns deles são antigos — Annie disse, voltando-se para os livros na estante. — A srta. Stevenson e a srta. Widmer devem tê-los há muito tempo.

Então ela fechou a estante, veio na minha direção e apoiou a cabeça no meu ombro.

— É terrível — ela disse — o fato de termos ficado com tanto receio de sermos vistas com livros que temos todo direito de ler. — Ela levantou a cabeça e pôs as mãos nos meus ombros; suas mãos estavam um pouco trêmulas. — Liza, não vamos mais fazer isso. Não vamos mais ter medo de comprar livros, ou sentir vergonha, e, quando os comprarmos, não vamos mais escondê-los numa estante secreta. Não é honesto, não é certo, é uma negação de... de tudo que sentimos uma pela outra. Elas são mais velhas, talvez tenham sido obrigadas a agir assim, mas... ah, Liza, não quero ter que esconder a... a melhor parte da minha vida, a melhor parte de mim.

Eu a puxei para mais perto; seu corpo todo tremia.

— Annie, Annie — falei, acariciando seus cabelos para acalmá-la. — Annie, vá com calma, meu amor; também não quero esconder, mas...

— A melhor parte — Annie repetiu furiosa, afastando-se dos meus braços. — Liza, estas férias têm sido... — Ela voltou para a estante, espalmando as mãos nas portas de vidro. — Não podemos nos trancar atrás de portas de vidro como esses livros, mas é isso que vai acontecer assim que as aulas recomeçarem; só nos veremos à tarde, aos finais de semana;

deveríamos ficar juntas o tempo todo, deveríamos... — Ela virou-se para mim novamente, com olhos muito sombrios, mas depois sorriu, um sorriso meio alegre, meio triste. — Liza, quero fugir com você, desaparecer, droga!

— E-eu sei — falei; a tristeza assumira o controle rapidamente. Abri os braços para ela. — Eu sei.

Annie jogou-se em meus braços de novo.

— Liza, Liza, não há garantias, mas... mas tenho tanta certeza quanto uma pessoa pode ter. Quero te abraçar para sempre, ficar com você para sempre, quero... — Ela sorriu, melancólica. — Também quero que, um dia, a gente seja um casal de idosas tranquilas, sentadas em cadeiras de balanço, rindo ao lembrar como não nos cansávamos uma da outra quando jovens, balançando calmamente na varanda ensolarada de alguém...

— Em *nossa* varanda ensolarada — falei. — No Maine.

— Maine?

— Maine.

Estávamos mais calmas àquela altura, e sorríamos de mãos dadas.

— Tudo bem — disse Annie. — E vamos ficar balançando, balançando e balançando, e lembrando quando éramos adolescentes e tomamos conta da casa de alguém, que posteriormente descobrimos ser um casal de lésbicas, e como ficamos tensas porque sabíamos que teríamos que passar os quatro anos seguintes separadas, estudando em faculdades diferentes, sem mencionar aquele verão em que tive de ir para um acampamento idiota...

Arrastamo-nos para fora daquele quarto — de verdade. Fomos para o outro quarto, porque precisávamos fazer alguma coisa e porque estávamos curiosas, e foi exatamente como esperávamos; o outro quarto não contava. Todas as roupas estavam nos dois guarda-roupas e nas duas cômodas do quarto grande, e na cômoda do quarto pequeno só havia itens pouco usados — casacos pesados, meias de esquiar e coisas do gênero. A cama daquele quarto era de solteiro, e os lençóis pareciam estar ali havia anos. Era só para manter as aparências.

— Não vamos fazer isso — disse Annie com firmeza quando voltamos para a cozinha, onde aquecíamos uma sopa de cogumelos. — Não vamos, não vamos. Se as pessoas ficarem chocadas, problema delas.

— Meus pais — eu disse, mexendo a sopa. — Meu irmão.

— Bem, eles vão ter que saber, não?

— Você vai direto para casa e vai dizer para a Nana que é lésbica, que somos namoradas? — perguntei do modo mais delicado que consegui.

— Ah, Liza.

— E então?

— Não, mas...

Desliguei o fogo; a sopa estava começando a borbulhar.

— Tigelas.

Annie foi até o armário.

— Tigelas.

— E se você não voltar para casa e contar a eles agora, provavelmente não vai contar mais tarde.

— Eles não vão se importar tanto quando eu for mais velha. Quando nós formos mais velhas.

Enchi as tigelas de sopa e abri uma embalagem de biscoito de água e sal que eu havia comprado no dia anterior.

— Não vai fazer diferença alguma. Vai ser igualmente difícil, agora ou depois.

— Droga! — Annie gritou de repente. — Fale por si mesma, está bem?

A tigela de sopa vacilou na minha mão; quase a deixei cair. E tive vontade de levá-la até a pia e despejar o conteúdo no ralo. Em vez disso, coloquei a sopa da minha tigela de volta na panela, estiquei a mão para pegar minha jaqueta e disse com toda a calma que pude reunir:

— Estou indo. Feche tudo se sair antes de eu voltar, ok?

— Liza, desculpe — Annie disse, sem se mexer. — Desculpe. É... é aquela cama; saber que está lá e que ficamos nesse sofá horroroso, e saber que vai levar um bom tempo até podermos ficar juntas de novo, juntas de verdade, quero dizer. Por favor, não vá. Tome sua sopa; aqui está. — Ela pegou minha tigela, foi até o fogão e a encheu de novo. — Tome... por favor. Você deve estar certa sobre os meus pais.

— E você está certa — eu disse, seguindo-a até a sala de jantar — sobre a cama.

Almoçamos quase em silêncio total, e depois subimos para a sala de estar e ouvimos música, mas Annie ficou a tarde toda sentada em uma poltrona, enquanto eu ocupava o sofá, e não mencionamos mais a cama nem nos aproximamos mais uma da outra.

No dia seguinte, sexta-feira, antes do horário em que a srta. Widmer e a srta. Stevenson deveriam chegar, limpamos a casa e nos certificamos de que estava tudo como havíamos encontrado. Então, saímos para uma longa e triste caminhada. Meus pais e Chad sairiam para jantar naquela noite, e, pela primeira vez na vida, fiquei realmente tentada a mentir para eles e dizer que passaria a noite na casa de Annie, e a pedir que ela dissesse aos seus pais que dormiria na minha casa, para que pudéssemos passar a noite juntas em Cobble Hill. Porém, não disse nada a respeito disso a Annie — embora eu ache que tenha vivido cada minuto possível daquela ideia na minha imaginação — até a manhã seguinte, quando já era tarde demais para fazer aquilo acontecer.

— Ah, Liza — Annie disse quando contei. — Gostaria que tivesse me dito. Pensei a mesma coisa.

— Teríamos feito isso, não? — falei com tristeza, sabendo que teria sido errado da nossa parte, mas sabendo também que teria sido maravilhoso poder passar a noite toda com Annie, em um quarto de verdade; poder adormecer ao lado dela, acordar ao lado dela.

— Teríamos — ela disse. E complementou: — Mas não teria sido certo. Nós... não deveríamos estar fazendo nada disso. Na casa de outra pessoa, quero dizer.

Enchi a vasilha de água dos gatos — era a penúltima vez que os alimentávamos — enquanto eles se enroscavam nas pernas de Annie, ansiosos.

— Eu sei, mas fizemos; e não vou me arrepender. Colocamos cada coisa em seu lugar. Elas não precisam ficar sabendo.

Mas eu estava errada sobre aquilo.

Choveu no sábado, muito. Planejávamos sair para caminhar mais uma vez depois de alimentarmos os gatos, ou ir ao cinema, a um museu ou algo assim. Sem dizer nada, decidimos evitar permanecer na casa, mas a chuva estava inacreditável, mais para uma chuva de outono do que para uma de primavera — fria e pesada.

— Vamos ficar aqui — Annie disse, observando a água da chuva tenebrosa escorrer pela janela da cozinha enquanto os gatos comiam. — Vamos só ouvir música. Ou ler. Nós podemos apenas ficar aqui... hum, como dizer? Comportadas não é a palavra certa. Confinadas?

— Não sei se confio em nós — acho que falei.

— Não é errado, Liza — Annie disse com firmeza. — É só que esta é a casa de outra pessoa.

— É, eu sei.

— Minha Nana devia te ver agora — ela disse. — Você é que está sendo sombria. — Ela apertou meu braço com carinho. — Eu sei. Vi *Le morte d'Arthur* na sala de jantar. Vamos. Vou ler para você uma história de cavaleiro.

Por que será que, frequentemente, quando Annie e eu ficávamos tensas por causa de coisas de adultos — querer desesperadamente fazer amor, principalmente naquele quarto, como se fosse nosso — acabávamos agindo feito bobas, como crianças? Poderíamos ter saído para caminhar, com ou sem chuva. Poderíamos ter sentado em silêncio e ouvido música, cada uma em um canto da sala, como no dia anterior. Poderíamos até ter terminado nossos deveres de casa, mas não. Annie leu para mim um capítulo do grande volume preto e dourado de rei Arthur, sendo dramática e gesticulando, e eu li um para ela, e começamos a encenar as histórias, em vez de apenas lê-las. Usamos panelas como elmos e guarda-chuvas com borrachas presas na ponta com fita adesiva como lanças, e luvas como manoplas, e corremos pela casa a manhã inteira, lutando, resgatando donzelas e enfrentando dragões feito duas crianças de oito anos. Então a época mudou; abandonamos nossos elmos de panela e Annie amarrou sua jaqueta de lenhador nos ombros como se fosse uma capa dos *Três Mosqueteiros*. Usando os guarda-chuvas como floretes, duelamos pela casa toda, subindo e descendo escadas, e acabamos no último andar da casa sem perceber onde estávamos.

— Renda-se! — gritei e fingi acertar Annie com um golpe mortal do meu guarda-chuva, e ela caiu sobre a grande cama, rindo ofegante.

— Eu me rendo! — ela gritou, e me puxou para junto de si. — Eu me rendo, *monsieur*; tenha piedade!

— Que piedade que nada! — falei, rindo tanto que continuava sem perceber onde estávamos. Lutamos por mais um minuto, ambas ainda rindo, mas então os cabelos de Annie se soltaram e caíram suavemente ao redor do seu rosto. Não pude evitar tocá-los, e voltamos depressa a ser nós mesmas. Não pensei de fato sobre onde estávamos, só brevemente; disse a mim mesma mais uma vez que ninguém precisava saber.

— Você tem cabelos bem longos para um mosqueteiro — acho que eu disse.

Annie colocou a mão na minha nuca e me beijou, e ficamos ali deitadas por alguns minutos. De novo, eu não sabia ao certo qual era a minha pulsação, meus batimentos cardíacos, e quais eram os dela.

— Não precisamos mais fingir que somos outras pessoas, nunca mais, não é, Liza? — Annie disse, baixinho.

Meus olhos começaram a arder de repente, e Annie tocou minhas pálpebras inferiores com o dedo e perguntou:

— Por que está chorando?

Beijei seu dedo.

— Porque estou feliz — respondi. — Porque ouvir você dizer isso me deixa mais feliz que praticamente qualquer outra coisa. Não. Não precisamos mais fingir.

— Enquanto nos lembrarmos disso, acho que ficaremos bem — disse Annie.

— Também acho.

Lá fora a tarde estava escura, por causa da chuva, e dentro de casa parecia que já era quase noite. Uma de nós se levantou e fechou ao máximo as cortinas, e depois acendeu uma luz no corredor. Aquela iluminação gerava um lindo brilho difuso e tocava a pele macia e suave de Annie, dando a ela um aspecto dourado. Depois dos primeiros minutos, acho que quase tudo que restava de nossa timidez desapareceu.

E então, depois de muito tempo, escutei uma batida na porta da frente e, lá embaixo, a maçaneta chacoalhava com insistência.

Querida Annie,
É tarde quando escrevo estas palavras. Lá fora, está começando a nevar; pela janela, posso ver alguns flocos grandes caindo devagar. A garota do quarto em frente ao meu diz que dezembro ainda é cedo para nevar em Cambridge, pelo menos neve em quantidade significativa. Ela diz que janeiro e fevereiro são os meses em que neva para valer.

"Conhecereis a verdade", como a srta. Widmer citava — lembra que costumávamos dizer isso uma para a outra? —, "e a verdade vos libertará".

Annie, é tão difícil lembrar de como terminou o período que passamos na casa da srta. Stevenson e da srta. Widmer; até pensar nisso é difícil. Outro dia, li em algum lugar que o amor é bom, contanto que seja sincero e generoso e que não prejudique ninguém. Que o sexo biológico das pessoas não importa quando se trata de amor; que sempre houve pessoas lésbicas e pessoas gays; que existem animais homossexuais e muitos até bissexuais; que outras sociedades aceitaram e aceitam lésbicas e gays — então talvez nossa sociedade seja atrasada. Minha cabeça acredita nisso, Annie, e consigo aceitar a maioria dessas afirmações no meu coração também, mas continuo tendo dificuldade com uma delas: <u>contanto que não prejudique ninguém</u>.

Annie, acho que foi isso que me fez parar de te escrever em junho passado.

Será que desta vez vou te escrever; quer dizer, vou mandar esta carta? Comecei a escrever outras e as joguei fora.

Não sei se vou postar esta, mas acho que vou guardá-la por um tempo...

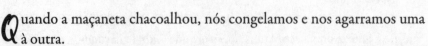

14.

Quando a maçaneta chacoalhou, nós congelamos e nos agarramos uma à outra.

Jamais consegui esquecer a expressão da Annie, mas essa é a única coisa sobre ela que eu gostaria de poder esquecer — o medo, o terror e a dor, quando o que havíamos acabado de vivenciar tinha sido maravilhoso, apenas paz e amor.

— Não é nenhuma delas — sussurrei para Annie, olhando de relance o relógio sobre a mesa de cabeceira. O relógio mostrava seis e meia, e a srta. Stevenson e a srta. Widmer haviam dito que chegariam por volta das oito.

— Talvez se ficarmos em silêncio — Annie sussurrou, ainda agarrada a mim, e notei que ela tremia.

— Abra esta porta — ordenou uma voz alta de mulher. — Abra agora mesmo, ou vou chamar a polícia.

Minhas pernas pareciam ser feitas de pedra, assim como meus braços. De algum modo, beijei Annie; de algum modo me afastei dela e estiquei a mão para pegar minhas roupas.

Ela se sentou, segurando o lençol em volta do corpo. Um gatinho, pensei, é exatamente assim quando está assustado e ao mesmo tempo tentando mostrar valentia.

— Fique aqui — falei. — Sou eu a pessoa que deveria estar alimentando os gatos; não tem problema eu estar aqui. — Estava vestindo meu jeans, tentando abotoar a camisa; não havia tempo para vestir mais nada.

A maçaneta chacoalhou mais uma vez e ouvi novas batidas na porta.

— Só um minuto — eu disse com a voz mais calma que consegui. — Estou indo.

— Liza, eu vou também — Annie insistiu. — Você não pode ir sozinha.

— Vai ser pior se estiver lá, não percebe? — sussurrei, furiosa, empurrando-a, e sua expressão partiu meu coração. — Estou indo — falei em voz alta.

Annie esticou a mão e apertou a minha com força.

— Você está certa — disse ela. — Mas tome cuidado. E... Liza? Você também estava certa antes. Eu não chegaria em casa e contaria aos meus pais.

Tentei sorrir para ela, e então desci correndo a escada, descalça, tentando achar uma desculpa para o meu cabelo bagunçado e procurando não tropeçar nos elmos de panelas que ainda estavam espalhados pelo chão.

Acendi a luz, abri uma fresta da porta e disse "Pois não?", tentando soar casual, mas minha voz estava tão trêmula que com certeza entregou quanto eu estava assustada.

Parada nos degraus estava a srta. Baxter e, atrás dela, olhando para meus pés descalços e para minha camisa não abotoada devidamente, estava Sally.

Acho que por um minuto ficamos apenas olhando umas para as outras. Então a srta. Baxter apoiou-se no batente da porta e exclamou:

— Ah, Deus do céu, Liza! Você está bem? — Ela passou por mim e entrou, correndo os olhos pelos dois cômodos, e daí acho que ela viu a luz acesa no corredor do último andar, que obviamente nem Annie nem eu tivemos frieza suficiente para pensar em apagar; a srta. Baxter lançou-se em direção à escada.

Corri e entrei na frente dela, sem nem ao menos tentar ser educada, mas ela me empurrou para o lado.

Foi terrível, como um pesadelo absurdo e medonho. Assim que a srta. Baxter começou a subir, imaginei que Annie provavelmente teria levantado, e rezei para que tivesse se escondido no armário ou algo assim.

— Não pode ir lá em cima! — gritei para avisar Annie, mas então Sally apontou para uma cabeça na escada e disse com uma voz engasgada:

— O que... quem é aquela?

Olhei para cima e vi Annie, com o rosto pálido, as pernas nuas e descalça, vestindo apenas sua jaqueta de lenhador, passar correndo, tentando, imagino, esconder-se no quarto menor, mas era tarde demais.

— Pare! — gritou a srta. Baxter — Quem... quem é você? Eliza...?

— É... u-uma amiga minha — gaguejei. — Está tudo bem, srta. Baxter. Ficamos tomando conta dos gatos da srta. Stevenson e da srta. Widmer nestas férias, nós...

Mas a srta. Baxter, agora com uma expressão de anjo vingador, já estava na metade da escada.

Annie em minha mente: a descoberta do amor

— Desça! — gritei, enlouquecida, temendo que ela pudesse bater em Annie devido à sua fúria justiceira; Annie, percebendo que tinha sido vista, encolheu-se, incerta, no topo da escada, mas a srta. Baxter passou por ela e entrou no quarto principal.

Annie veio para o andar de baixo e parou ao meu lado, agarrando minha mão. Notei que Sally ficou olhando para nossas mãos unidas, mas percebi que, àquela altura, não fazia mais diferença.

Ficamos as três lá paradas, escutando a srta. Baxter andar de um lado para o outro, bisbilhotando.

— Meu Deus, meu Deus — ouvimos a srta. Baxter dizer em tom de lamento enquanto ia de um quarto para o outro.

Olhei impotente para Annie.

Sally continuava nos encarando.

— F-fui até sua casa — ela disse, afinal, como alguém num sonho. — Achei que talvez você estivesse doente ou algo assim, já que não veio à reunião hoje cedo...

— Minha nossa! — exclamei. Eu havia me esquecido completamente da terceira reunião do comitê, aquela em que eu deveria ensaiar meu discurso.

— Chad disse que você estava aqui — Sally continuava falando —, mas bati, toquei a campainha e chamei...

— Não ouvimos — Annie disse sem necessidade.

— ... e, quando ninguém veio atender à porta, embora parecesse haver uma luz acesa em algum lugar do último andar e talvez até aqui embaixo, fiquei preocupada, achando que poderiam ser ladrões ou que algo pudesse ter acontecido a você, e eu não sabia o que fazer, até que lembrei que a srta. Baxter morava aqui perto, então procurei o nome dela na lista de moradores que fica no portão de entrada e ela estava em casa, e disse que era melhor vir aqui dar uma olhada antes de chamarmos a polícia, por isso batemos à porta e... e... Liza — ela falou, olhando para Annie —, você e ela, vocês não... não é?

— Pelo amor de Deus, Sally! — Acho que foi o que eu disse.

Então a srta. Baxter voltou lá para baixo e Sally piorou ainda mais as coisas ao cair no choro e começar a se lamentar:

— Ah, Liza, Liza, você era minha amiga, e... e você...

— Por um instante, temi que fosse encontrar rapazes lá em cima — sussurrou a srta. Baxter, tremendo, de fato, enquanto passava um braço maternal em volta de Sally. — Mas o que encontrei... oh, Deus meu! É muito, muito pior; embora eu devesse saber — ela se lamentou, apertando o lenço na testa. — Eu deveria ter percebido logo. — Balançou a cabeça bruscamente, como que para se livrar de algo desagradável, e depois falou com firmeza: — Eu quase gostaria de ter encontrado rapazes. Sodoma e Gomorra ficam bem aqui, Sally. — Ela olhou para mim com repulsa crescente. — Temos que encarar a verdade. Há muitas coisas feias, pecados e hedonismo nesta casa, o que sempre temi. E pensar... — ela disse, olhando para mim como se eu fosse uma rã — ... que a presidente do conselho estudantil é uma... uma...

Estava tão irritada, tão desiludida àquela altura que apenas olhei bem nos olhos dela, ignorando Sally, e disse:

— Uma lésbica? Que se... — Consegui me controlar bem a tempo. — E daí?

Foi naquele instante que escutei a srta. Stevenson e a srta. Widmer subindo os degraus da entrada e largando as malas no chão do lado de fora da porta, perguntando uma à outra de forma bem audível, mas ainda sem alarme, por que as luzes estavam acesas. Então perceberam que a porta não estava trancada e, enquanto todas nós continuávamos congeladas dentro da casa, a srta. Widmer disse:

— Acho que deveríamos chamar a polícia, Isabelle.

Mas a srta. Stevenson respondeu:

— Bobagem. Liza provavelmente deixou a porta aberta por engano. Talvez ela ainda esteja aqui, afinal, chegamos cedo. — Então ela chamou: — Liza?

— Ah, você não vai querer chamar a polícia, srta. Stevenson — disse a srta. Baxter. — Sou eu, Miranda Baxter.

As duas entraram. A srta. Stevenson quase deixou cair sua mala, e a srta. Widmer, subitamente muito lívida, deixou cair a dela.

— Boa noite, srta. Baxter — a srta. Stevenson disse friamente, olhando à sua volta. — Sally... Liza... — Ela lançou um olhar inquiridor para Annie.

A srta. Baxter fungou e conduziu Sally na direção da porta.

— Isabelle Stevenson e Katherine Widmer — disse ela, falando como se estivesse tentando ser um juiz proferindo uma sentença, ou como se tentasse ser a sra. Poindexter, a baleia em pessoa. — Receava que o relacionamento de vocês duas fosse... imoral e anormal. Não vou constranger a

Annie em minha mente: a descoberta do amor

todas nós com detalhes, mas somos vizinhas e sempre foi bem claro para mim que vocês não mantinham em casa a mesma distância que mantinham uma da outra na escola, mas naturalmente eu esperava estar enganada. Ah, torci tanto para que estivesse enganada! E tentei não notar o que... o que estava diante do meu nariz... E dizia a mim mesma que, contanto que não afetasse os alunos, eu seria benevolente e ficaria calada, eu não atiraria a primeira pedra...

Então, se me lembro bem, a srta. Stevenson olhou para a srta. Widmer e disse com ironia:

— Bom para você, Miranda. Quanta consideração.

— Mas agora... chego aqui e encontro essas duas... essas duas moças praticamente... *in flagrante delicto*... que vieram, com a permissão de vocês, alimentar seus gatos e, claro, considerando o tipo de coisas que vocês leem... nem vou chamar aquilo de literatura... também com o consentimento de vocês, vêm usando sua casa como um... um lugar de encontros amorosos, um lugar onde... — a srta. Baxter pegou seu lenço e o pressionou contra a testa; dava para ver que ela suava e que talvez soubesse que estava dizendo coisas horríveis, mas que achava que tinha de dizer aquilo mesmo assim — ... um lugar para se entregarem a... a desejos anormais...

— Ok — disse a srta. Stevenson, com raiva no olhar —, acho que já basta, Miranda.

— Calma, Iza — acho que a srta. Widmer disse, pousando a mão no braço da srta. Stevenson.

— Ouça — falei em um tom que imediatamente me pareceu alto demais —, fui eu que me ofereci para alimentar os gatos. Elas não me pediram para vir. Elas nem conhecem... — percebi bem a tempo que talvez fosse melhor não dizer o nome de Annie — ... minha amiga aqui. Eu nem sabia...

— Liza — a srta. Stevenson me interrompeu. Ainda bem, porque acho que, na minha confusão, estava começando a dizer que não sabia que a srta. Stevenson e srta. Widmer eram lésbicas. — Liza, quanto menos disser, melhor. — Ela não falou aquilo de forma muito amigável, e me senti pior do que quando a srta. Baxter e Sally chegaram sem aviso.

— Tudo bem, Miranda — a srta. Stevenson estava dizendo, sua voz retesada feito um leão na coleira. — Importa-se em nos dizer rapidamente, antes de ir embora, o que estava fazendo aqui, para início de conversa?

Então a srta. Baxter falou sobre Sally, que ainda olhava fixamente para Annie e para mim, como se cada uma de nós tivesse no mínimo umas cinco cabeças, como se fôssemos bestas do apocalipse.

— E esta pobre criança — a srta. Baxter choramingou, quase sufocando Sally com seu abraço protetor —, esta garota boa e desconsolada que tem se empenhado tanto e dedicado tanto tempo à campanha da Foster nesses últimos meses... Esta criança que talvez tenha sido desorientada e insensata algumas vezes, mas que é, graças ao bom Deus, normal, que vive um amor de uma garota normal por seu jovem namorado... Esta criança acabou sendo arrastada para esta coisa feia, para este... este ninho de...

— Mas — protestei, irritada —, mas não tem nada de feio, não há nada...

A srta. Baxter fez com que eu me calasse com seu olhar.

— Ah, minha querida... — ela disse à Sally —, percebe agora por que Liza não pôde ser uma boa amiga de verdade e não a denunciou por aquele seu equívoco infeliz no outono passado? Receio que imoralidade em uma ocasião leve à imoralidade em outras. É uma lição que todos nós podemos aprender...

— Ah, pelo amor de Deus! — explodiu a srta. Stevenson, enfim perdendo o controle. — Miranda, não ficarei aqui parada enquanto você...

A srta. Widmer abriu a porta de entrada depressa.

— Acho que está na hora de ir embora, Miranda — ela disse calmamente. — Você também, Sally.

— Ah, sem dúvida, Sally, vá! — disse a srta. Baxter, fazendo-a sair primeiro. — E se vocês tiverem um pingo de decência, mandarão essas duas para casa também. Liza e a... *amiga* dela. — Ela deu um sorrisinho. — São menores de idade, imagino.

Eu queria bater nela pela forma como ela dissera "amiga".

— Por que não tenta descobrir, Miranda? — a srta. Stevenson disse entredentes.

— Elas também são pessoas que, no mínimo, têm o direito de contar sua versão da história — disse a srta. Widmer. — A alguém que tente escutá-las.

Olhei para Annie, que estava em um canto perto da escada, segurando a jaqueta de lenhador apertada em volta do corpo. Era de lã, e lembro-me de ter pensado, totalmente sem relevância, que devia estar arranhando sua pele, mas Annie não parecia notar. Ela também não parecia achar que merecia um ouvinte amistoso mais que eu. Os elmos de panelas, eu ficava pensando, e a cama; como vamos contar a elas sobre a cama?

— Creio que saibam — disse a srta. Baxter enquanto a srta. Widmer segurava a porta aberta para ela e para Sally — que é meu dever relatar este incidente à sra. Poindexter.

— Sim, sabemos — disse a srta. Stevenson, com frieza.

Então elas se foram e a porta foi fechada, e a srta. Widmer, que estivera tão calma até então, vacilou um pouco e encostou-se na porta. A srta. Stevenson pôs a mão em seu ombro e disse:

— Aguente firme, Kah. Já passamos por coisa pior.

Depois se virou para mim.

Eu queria tocá-la ou, pelo menos, esticar a mão para ela e, por um instante, até me passou pela cabeça a ideia absurda de me jogar aos seus pés implorando "Nos perdoe! Me perdoe!". Queria que ela explodisse, que gritasse loucamente como gritara na sala de artes uma vez, quando alguém escondera o desenho de um aluno não muito popular e outro aluno derramara tinta preta "acidentalmente" sobre o trabalho — mas ela não fez nada disso. Só olhou de um jeito sombrio para mim e então para Annie, e depois de novo para mim, e disse:

— Que tal começarmos com uma apresentação, Liza?

— Isabelle — disse a srta. Widmer —, por favor. Não vamos...

— Katherine, o que temos aqui — falou a srta. Stevenson —, junto a outras coisas, é uma séria quebra de confiança. Não importa quanto tenha parecido atraente... — ela disse, olhando com severidade para mim — ... e acho que a esta altura você sabe que a srta. Widmer e eu podemos imaginar exatamente quão atraente tenha parecido, não tem desculpa para o que você e sua amiga fizeram em nossa casa. Não tem desculpa.

— Não, srta. Stevenson — falei, me sentindo péssima —, sei que não tem. Sinto muito.

— Também sinto muito — disse Annie, entrando na conversa de seu canto, perto da escada. — Nós duas sentimos. Foi péssimo o que fizemos, errado... é terrível, principalmente... principalmente porque vocês são como nós... quer dizer...

Ela estava toda atrapalhada; eu queria ajudá-la desesperadamente, mas não era capaz de pensar.

— Vocês não são nem um pouco como nós — a srta. Stevenson falou, recolhendo uma panela do chão. — Mesmo em nossos piores momentos, acho que nunca, jamais trairíamos a confiança de alguém, não desse jeito... não de um modo que pudesse dar a uma... uma pessoa como Miranda Baxter permissão para... para... — Vi quando ela se afastou que seus punhos estavam cerrados, e, horrorizada, percebi que ela estava lutando para conter as lágrimas.

A srta. Widmer tocou seu braço.

— Ah, deixe disso, Isabelle! — ela disse com uma candura impressionante. — Aos dezessete? — Virou-se para nós. — Por que não sobem e se vestem? Encontro vocês lá em cima.

Assenti dolorosamente, e a srta. Stevenson afastou-se mais. Então a srta. Widmer prosseguiu, tão gentil quanto antes:

— Isabelle e eu vamos para a cozinha preparar chocolate quente. Deem a nós, e a vocês também, uns quinze minutos. Depois talvez possamos falar sobre isso como seres humanos racionais.

Por um instante, achei que Annie fosse abraçar a srta. Widmer, mas em vez disso, ela simplesmente segurou sua mão e a apertou com força.

A srta. Widmer conduziu Annie e a mim na direção da escada.

— Quinze minutos — ela disse. — Venha, Iza. Chocolate quente.

— Chocolate quente! — ouvi a srta. Stevenson exclamar enquanto elas desciam para a cozinha e nós subíamos para o último andar. — Eu preciso é de um uísque, não de chocolate quente, droga!

— Então, querida, beba uísque — escutei a srta. Widmer dizer, e depois não conseguimos ouvir mais nada.

15.

Tínhamos nosso chocolate quente, e a srta. Stevenson e a srta. Widmer tinham seus drinques, mas apesar de, durante um ou dois minutos, parecer que conseguiríamos conversar, tal impressão não durou muito.

A srta. Widmer foi a primeira a se dar conta de que a apresentação que a srta. Stevenson havia sugerido nunca ocorrera; quando descemos para a cozinha, ela estendeu a mão para Annie e disse:

— Sou Katherine Widmer, como Liza provavelmente já lhe disse, e aquela é Isabelle Stevenson.

— O-oi — Annie gaguejou. — Meu nome é Annie Kenyon. Sou... sou amiga da Liza.

A srta. Widmer deu um sorrisinho e respondeu:

— Não me diga!

Todas caímos na risada.

E rimos de novo quando Annie e eu explicamos, um tanto constrangidas, como havíamos usado as panelas como elmos. Depois disso, porém, todas nós ficamos rígidas, Annie e eu nos escondendo atrás de nossas xícaras, e a srta. Stevenson e a srta. Widmer, atrás de seus copos. A srta. Widmer e Annie tentaram falar, mas a srta. Stevenson só ficou lá sentada, não exatamente furiosa, mas tampouco amigável, e eu não consegui dizer nada. Por fim, depois de uns dez minutos, a srta. Widmer falou:

— Ouçam, acho que estamos chateadas demais para fazer esse tipo de coisa esta noite. Por que vocês duas não vão para casa e voltam amanhã, para o almoço, talvez, ou...?

A srta. Stevenson olhou feio para a srta. Widmer, e ela continuou rapidamente:

— Ou depois do almoço... seria melhor. Digamos... por volta das duas?

Annie olhou para mim, e eu fiz que sim, e então a srta. Widmer nos acompanhou até a porta de entrada.

— Trocamos os lençóis — Annie disse, encabulada, vestindo novamente sua jaqueta de lenhador. — Podemos levar os lençóis e lavá-los para vocês.

— Está tudo bem — disse a srta. Widmer, embora parecesse um tanto surpresa. — Mas obrigada por oferecer.

Ela sorriu, como se tentasse nos convencer de que ficaria tudo bem, mas notei que sua mão tremia ao abrir a porta, e conduzi Annie para fora depressa.

Acompanhei Annie até o metrô, mas estávamos aborrecidas demais para conversar. Annie me abraçou rapidamente antes de passar a catraca.

— Amo você — ela sussurrou. — Consegue se agarrar a isso?

— Estou tentando. — Nem sei ao certo se eu disse a Annie que a amava, mas sei que pensei tal coisa, e sei que pensei nisso aquela noite inteira e que não pude dormir.

A srta. Stevenson e a srta. Widmer pareciam mais calmas no dia seguinte, pelo menos externamente, mas Annie e eu estávamos muito nervosas.

A srta. Stevenson atendeu à porta usando jeans e uma camisa respingada de tinta sobre uma blusa de gola alta; seus cabelos estavam presos para trás e havia, fiquei feliz em ver, um pincel em sua mão.

— Oi — ela disse, um pouco severa mas sorridente, parecendo mais relaxada e portando-se mais como o habitual, pelo menos o habitual que eu conhecia. Ela largou o pincel. — Entrem. Kah! — ela chamou escada acima. — Liza e Annie chegaram.

— Desço já — a srta. Widmer respondeu, e a srta. Stevenson nos conduziu à sala de estar. O gato laranja, que estava deitado sobre uma pilha organizada de jornais de domingo, pulou no colo de Annie assim que ela se sentou; lá ele deitou enrodilhado, ronronando.

— Ele gosta de você — observou a srta. Stevenson, timidamente, tirando a camisa manchada de tinta e jogando-a no cômodo da frente.

— Também gosto dele — respondeu Annie, acariciando o gato.

Então a srta. Widmer desceu a escada, também usando jeans, e mais uma vez pensei nelas como dois pés de sapatos velhos e confortáveis, e me perguntei se Annie e eu um dia seríamos daquele jeito.

— Bem — disse a srta. Widmer, sentando-se no sofá —, acho que nenhuma de nós sabe de fato por onde começar. — Ela sorriu. — É estranho, mas a primeira coisa que me vem à cabeça é perguntar: como vocês dormiram na noite passada?

— Terrivelmente — respondeu Annie, sorrindo. — Você também, Liza, não foi?

Assenti.

— Bem — disse a srta. Widmer mais uma vez —, pelo menos todas nós vamos começar exaustas da mesma forma. Que tal um café, um chá ou algo assim?

Annie e eu dissemos que sim, e, enquanto a srta. Widmer descia para a cozinha, a srta. Stevenson continuou lá sentada conosco durante alguns segundos intermináveis de silêncio, e depois também foi para o andar de baixo.

— Ah, Deus — Annie disse assim que ela saiu. — Isso vai ser um horror.

O gato preto entrou na sala, com seu rabo oscilando suavemente, e tentou empurrar seu irmão do colo de Annie. Encontrei um camundongo de *catnip* debaixo da mesinha de centro e estava esticando a mão para pegá-lo quando a srta. Stevenson e a srta. Widmer voltaram com o chá e um prato grande de biscoitos que nenhuma de nós comeu.

— O que vocês disseram aos seus pais? — a srta. Stevenson perguntou, abruptamente, assim que terminamos de tomar uma xícara de chá.

— Nada — respondemos ao mesmo tempo.

— Seus pais sabem... é... sobre vocês?

Annie e eu nos entreolhamos.

— Não — respondi. — Quer dizer, não contamos a eles nem nada do tipo.

— Vez ou outra levamos bronca por chegar em casa tarde ou por não ter ligado para avisar que íamos demorar — Annie falou —, e o pai de Liza já disse algumas coisas sobre "amizades exclusivas" e tudo o mais, mas é só.

— Eles precisam saber — disse a srta. Widmer, delicadamente. — Pelo menos os seus precisam, Liza. A sra. Poindexter não vai fazer segredo disso.

— Foi errado vocês terem usado nossa casa desse jeito — acrescentou a srta. Stevenson, colocando sua xícara sobre a mesinha de centro. — Sabem disso, imagino. Mas... bem, acho que uma das coisas de que me lembrei ontem à noite, com a ajuda da Kah — ela olhou para a srta. Widmer —, é quanto é difícil ter dezessete anos e estar apaixonada, principalmente quando se é lésbica. Eu estava brava demais ontem para raciocinar direito, mas... bem, acho que devo dizer que, apesar de tudo que falei sobre confiança, a srta. Widmer e eu bem que poderíamos ter feito a mesma coisa quando tínhamos a idade de vocês.

— Principalmente — disse a srta. Widmer — se tivéssemos uma casa à nossa disposição, o que não tínhamos.

Os olhos de Annie encontraram os meus, e depois ela se virou para a srta. Stevenson e a srta. Widmer e disse:

— Quer dizer que... que vocês se conhecem há tanto tempo assim?

— Sim — respondeu a srta. Stevenson —, mas essa é outra história. Receio que, no momento, precisemos falar sobre o que vai acontecer agora. — Ela tateou os bolsos, como se procurasse alguma coisa. A srta. Widmer apontou para um maço de cigarros sobre a mesinha de centro; a srta. Stevenson pegou o maço e acendeu um cigarro. — Imagino que temos dois problemas distintos. Um é a acusação que vai ser feita contra vocês duas, o que, na verdade, quer dizer contra você, Liza, já que a Annie não estuda na Foster. É por isso que é melhor você decidir bem depressa o que vai dizer aos seus pais. E também temos a acusação que será feita contra nós, contra Kah e eu.

Continuamos conversando por uma hora ou mais, discutindo o assunto e tentando prever o que aconteceria, bem como qual seria a melhor maneira de lidarmos com aquilo. Acho que a conversa ajudou; pelo menos, fez com que nos sentíssemos melhor, mas não fez nenhum bem, de fato.

Depois que saímos de Cobble Hill, Annie e eu fomos para o calçadão de Promenade e caminhamos até dar a hora de Annie ir para casa.

— Acho que você deveria contar aos seus pais, Liza — ela disse.

— Eu sei — falei, incomodada. — Mas como? Isto é, o que vou dizer a eles? Que Sally Jarrell e a srta. Baxter flagraram Annie e eu fazendo amor na casa da srta. Widmer e da srta. Stevenson, sendo que eu estava lá supostamente para alimentar os gatos delas?

— Se continuar enfiando as mãos cada vez mais fundo nos seus bolsos — disse Annie, com jeito, parando na minha frente e puxando minhas mãos para fora —, vai ficar sem bolsos. Ouça... — ela disse, me olhando nos olhos —, não tenho o direito de dizer nada, porque até o momento não há nenhum motivo concreto para eu contar tudo aos meus pais, e acho que não vou contar, apesar do que eu disse antes. Mas...

— Por que não? — interrompi. — Por que simplesmente não conta?

— Porque acho que isso os magoaria — Annie respondeu. — Pensei a respeito, e acho que isso os magoaria.

— Eles ficariam magoados em saber que você me ama? — falei com amargura, jogando sobre ela a minha dor.

— Não, eles ficariam magoados em saber que eu sou lésbica. Eles gostam de você, Liza; sabe disso. Nana ama você. E eles entendem o amor pelas amigas, mas não entenderiam o fato de eu ser lésbica; só não faz parte do mundo deles.

— Então quer dizer que, no fim das contas, você vai passar sua vida toda se escondendo, não é? Mesmo depois de ter dito tudo aquilo lá na casa, quando encontramos os livros? — Sabia que estava sendo maldosa, mas não pude me conter.

— Não sei o que vou fazer o resto da vida — disse Annie, irritada. — Só sei o que vou fazer agora. E agora não vou contar. Não sei por que você não consegue entender, já que também não parece que vai contar aos seus.

— Mas você quer que eu conte — afirmei, tentando não gritar; como sempre, havia outras pessoas no calçadão. Um velhinho olhou para nós com curiosidade ao passar. E então eu disse, as palavras me surpreendendo e quase ao mesmo tempo não me surpreendendo nem um pouco: — Veja, talvez eu não queira contar a eles até ter certeza. De que sou lésbica, quero dizer.

Por um instante, Annie ficou me olhando.

— Talvez essa também seja a minha razão — ela disse. — Talvez eu também não tenha certeza.

Ficamos lá paradas.

— Liza — Annie falou —, eu só disse que achava que você deveria contar a seus pais porque vai ser um inferno na sua escola, e alguém vai contar a eles, de um jeito ou de outro, então bem que poderia ser você, mas realmente não me diz respeito. — Ela acrescentou: — Principalmente porque, de repente, nenhuma de nós tem certeza. — Ela virou-se e começou a andar depressa na direção da Clark Street, como se estivesse indo para o metrô.

Tudo em que conseguia pensar naquele momento era que Annie estava se afastando de mim, brava, e que eu não aguentava aquilo. De repente, percebi que provavelmente poderia aguentar qualquer coisa, menos que ela me deixasse, então corri atrás dela e pousei a mão em seu ombro para fazê-la parar.

— Desculpe — falei. — Annie... por favor. Sinto muito. Pelo amor de Deus, você é minha namorada; é claro que te diz respeito. Tudo relacionado a mim te diz respeito. Annie, eu... eu amo você; é loucura, mas essa é a única coisa de que eu *tenho* certeza. Talvez... bem, a outra coisa, sobre ser lésbica, ser rotulada dessa maneira, talvez eu ainda precise me acostumar com isso; mas, Annie, eu amo você de verdade.

Annie deu um sorriso tímido e nos abraçamos bem no calçadão de Promenade.

— Ainda não estou acostumada a ter uma namorada — sussurrei em seus cabelos. — Não estou acostumada a ter alguém que me complete desse jeito.

— Eu sei — Annie disse. — Também não estou. — Ela sorriu e afastou-se um pouco, tocando meu nariz com a ponta do dedo. — Esta é a segunda vez em dois segundos que você me chama de namorada. E a terceira em dois dias. Gosto disso.

— Eu também.

— Isso deve provar algo — falou Annie.

E então caminhamos mais um pouco, querendo ficar de mãos dadas, mas não ousando fazê-lo, apesar de termos acabado de nos abraçar diante do que parecia ser metade do Brooklyn.

Não decidimos nada com relação aos meus pais, e me dei conta, ao chegar em casa, de que não poderia dizer nada a eles com Chad por perto, ou não queria dizer, e ele ficou por perto a noite toda. Quando estávamos todos indo dormir e surgiu a chance de contar, convenci a mim mesma de que poderia esperar até o dia seguinte, para ver o que a sra. Poindexter faria.

Não tive que esperar muito. Assim que entrei pela porta principal, a srta. Baxter acenou para mim de sua mesa, chamando-me para o escritório.

Tentei encará-la como se eu não tivesse do que me envergonhar, nada que me deixasse constrangida, mas nem precisava ter me dado ao trabalho, pois ela nem olhou para mim.

— A sra. Poindexter quer falar com você — ela disse, taciturna, olhando para os papéis sobre sua mesa.

— Obrigada — respondi.

Ela não disse "De nada".

Obviamente eu não estava surpresa pela sra. Poindexter querer falar comigo, embora não esperasse que fosse me chamar tão cedo. Eu também esperava vê-la brava, mas não foi assim que a encontrei ao entrar em sua sala marrom e feia.

Ela vestia preto de novo, mas desta vez sem renda. E estava afundada em sua cadeira — geralmente mantinha a postura ereta, fosse sentada ou em pé, e Chad e eu com frequência brincávamos dizendo que ela devia ter engolido uma trena quando criança assim que atingiu um metro de altura. No entanto, naquele dia, seus ombros estavam caídos e ela segurava a cabeça com as mãos, e não ergueu os olhos quando entrei.

Fiquei lá parada um minuto, sem saber o que fazer. A única coisa que se movia em toda a sala era o ponteiro do relógio na parede, e mesmo assim se movia tão devagar que parecia não sair do lugar.

— Sra. Poindexter? — falei, enfim. — Queria me ver?

Seus ombros tremeram e ela suspirou, como se emergisse das profundezas de si mesma, e finalmente olhou para cima.

Eu estava tão chocada que me sentei sem esperar pelo convite. Seus olhos estavam vermelhos nos cantos, como se ela tivesse chorado ou não tivesse dormido, e cada ruga de seu rosto enrugado parecia mais funda que antes, como se alguém tivesse realçado as linhas com um lápis.

— Eliza — ela disse, bem baixinho. — Eliza, como pôde fazer isso? Seus pais... a escola! Ah... — ela gemeu. — Como *pôde*?

— Sra. Poindexter, e-eu não queria... — gaguejei estupidamente.

Ela suspirou de novo, de forma audível desta vez, balançou a cabeça e esticou a mão para pegar um lenço na caixa sobre sua mesa e assoar o nariz.

— Não sei por onde começar — continuou ela. — Simplesmente não sei por onde começar. Esta escola a educou desde que era pequenininha... tão pequenininha... Como pôde agir tão mal, como pôde ser tão... tão ingrata. Não consigo acreditar. Simplesmente não consigo acreditar, Eliza!

— Ingrata? — falei, desnorteada. — Sra. Poindexter... e-eu não sou ingrata. A Foster fez muito por mim e... e sempre adorei a escola. Não sou ingrata. Não entendo o que isso tem a ver com... com qualquer outra coisa.

A diretora apoiou de novo a cabeça nas mãos e seus ombros tremeram.

— Sra. Poindexter, a senhora está bem?

— Não — ela disse levantando a cabeça depressa —, não, é claro que não estou bem! Como eu poderia estar bem, se a Foster não está? Você... aquelas professoras... bem quando... — Ela colocou as mãos espalmadas sobre a mesa, como que para se firmar, e sua voz voltou ao tom normal. — Eliza, você tem dezessete anos, não?

Assenti.

— Idade suficiente para saber o que é certo e o que é errado. Na verdade, até agora, tem demonstrado um grande senso de moralidade, com exceção daquele estúpido incidente no outono passado. Talvez seja uma surpresa para você, mas — ela deu um sorriso triste — sempre senti uma espécie de admiração por seu posicionamento contra a regra de denúncia. Obviamente, na minha posição, nunca pude apoiá-la com relação a isso, e é claro que nunca pude concordar com o seu posicionamento, porque a experiência me ensinou que não se pode confiar na maioria dos jovens. Mesmo assim, sempre admirei seu idealismo, mas agora você... você...

Ah, Deus, pensei, *por que ela não grita logo comigo?*

— Eliza — ela acrescentou, olhando pela janela —, conheci Henry Poindexter, meu querido marido falecido, quando tinha dezessete anos. Se não fosse minha rígida educação baseada em preceitos religiosos e a dele, teríamos sido... fracos e cometido um erro grave poucos meses depois de nos conhecermos. Entende o que estou dizendo?

Fiz que sim mais uma vez, surpresa, tentando não rir de nervoso diante da ideia de que a sra. Poindexter um dia tivesse demonstrado algo parecido com paixão — ou diante da simples ideia de que ela um dia tivesse sido jovem. Então me dei conta de que ela não me via de onde estava, e respondi:

— Entendo.

— Portanto, entendo o apelo que... o sexo... pode ter para pessoas jovens e inexperientes. Não entendo o... o apelo do... — ela enfim se virou e me encarou — ... sexo anormal, mas é claro que estou ciente de que paixonites e experimentações adolescentes são um prelúdio para a normalidade. No seu caso, acabei de ficar sabendo de sua amizade insensata e intensa com alguém de fora da escola bem a tempo...

Senti meu corpo todo ficar tenso.

— Sra. Poindexter — falei —, não é...

Ela me cortou.

— Eliza, terei que suspendê-la — ela disse, quase gentil —, o que a deixará sujeita a uma audiência de expulsão, obviamente. Você sabe que tenho autoridade para agir sem o parecer do conselho estudantil em casos extraordinários. Quando estiver mais calma, você concordará comigo que este é um caso extraordinário. Creio que compreenderá que, se não fosse pela campanha de angariação de fundos, poderíamos lidar com essa situação com mais cautela, mas se um pio... um pio sobre esse escândalo for além dos muros desta escola... — Sua voz vacilou e ela fechou os olhos um instante; então se recompôs e continuou: — Um escândalo público seria o fim não só da campanha da Foster, mas também da própria Foster.

Ela olhou séria para mim, mas eu não sabia o que dizer.

— E é claro — ela prosseguiu — que você deve ser punida por usar a casa de outra pessoa como... como usou, independentemente de quão... encorajada pelas proprietárias você tenha sido...

— Mas... mas a srta. Stevenson e a srta. Widmer não... — falei, horrorizada.

Ela me ignorou. Fechou os olhos mais uma vez e falou rápido, como se estivesse recitando... como se houvesse escrito aquelas palavras e as memorizado na noite anterior:

— Você compreende — ela disse mecanicamente, sem nem demonstrar mais raiva — que não pode continuar sendo presidente do conselho estudantil e que seria imprudente e prejudicial, tanto para você quanto para os outros alunos, que retornasse à escola antes de esse assunto ser resolvido. Sally e Walt pediram que você fosse removida completamente da iniciativa estudantil de angariação de fundos...

Estava tudo entalado na minha garganta: palavras, raiva, lágrimas.

Ela ergueu a mão; seus olhos agora estavam abertos.

— Portanto, peço que vá imediatamente ao seu armário e junte seus livros e seus pertences; entregue o texto do seu discurso a Sally, que vai revisá-lo, se necessário, e apresentá-lo sexta-feira na manifestação, à qual você não deve, em hipótese alguma, comparecer. Vai acontecer uma audiência da diretoria para discutir sua expulsão e sobre quais registros constarão no seu histórico escolar, porque, para sermos justos com os alunos e professores do MIT, suas... tendências, se estiverem solidamente estabelecidas, o que não acredito, já que você é muito jovem, precisam ser conhecidas. E para sermos justos com você também; ouso dizer, para garantirmos que seja encorajada a buscar ajuda profissional. Você será avisada sobre a audiência da diretoria; vai poder comparecer e falar em seu nome, e, como esse assunto é muito sério, pode trazer um advogado também, além dos seus pais, é claro. O Conselho Diretor, em tal ocasião, vai decidir especificamente se o MIT deve ou não ser informado. Eliza — ela acrescentou —, isso tudo é para o seu próprio bem e pelo bem da Foster. Não espero que você compreenda isso agora, nem que perceba quanto é difícil para mim agir com tanta rigidez, mas não tenho escolha, e talvez um dia você me agradeça. Eu, sinceramente, espero que sim, não porque eu queira agradecimento, mas porque quero acreditar que você vai ser... vai ser curada, vai recuperar seu senso moral... o que for necessário para ser uma pessoa correta novamente. — Ela esticou a mão para pegar o telefone.

Ah, meu Deus, pensei, entrando em pânico, *deveria ter contado à mamãe e ao papai ontem à noite!*

— Agora vou ligar para os seus pais, embora me desagrade fazê-lo. Sei que é meu dever, e rezo para que eles consigam ajudá-la. E então você verá que minha intenção é ser totalmente justa. — Ela começou a discar e disse: — Pode ir agora. — Mais uma vez, não olhou para mim.

A srta. Baxter ergueu os olhos quando saí do escritório da sra. Poindexter e passei pela sala principal. Quando baixou os olhos mais uma vez, notei, ainda atordoada, que seus lábios se mexiam, como se rezasse.

Annie, o que significa ser justo? Acho que estavam tentando me ajudar na escola; acho que até mesmo a sra. Poindexter pensou que estivesse me ajudando, principalmente ao falar sobre imoralidade, mas o que é imoralidade, afinal? E o que significa de fato ajudar alguém? Ajudar alguém a ser como todos os outros, ou ajudar essa pessoa a ser ela mesma?

E imoralidade não tem a ver mais com prejudicar pessoas? Imagino que se Sally tivesse furado as orelhas das pessoas contra a vontade delas, isso seria imoral, mas da forma como ela agiu só foi tolice pura e simples. Usar a casa da srta. Stevenson e da srta. Widmer sem permissão... isso as prejudicou e foi imoral, além de desonesto, mas...

Liza parou e amassou a carta que estava escrevendo para Annie; mas então a pegou de volta e a desamassou, escondendo-a debaixo da agenda em sua escrivaninha.

Mas, pensou, olhando para a neve úmida, *para aquilo que usamos a casa... também foi imoral?*

Até agora, tenho dito que sim, devido ao sofrimento e ao prejuízo que aquilo causou...

Antes de voltar para casa naquela manhã, desci ao subsolo para esvaziar meu armário. Felizmente, não havia muitos alunos por lá na primeira aula. Ainda assim, havia alguns perambulando — incluindo Walt. Tentei evitá-lo, mas ele me deu uma espécie de sorriso obsceno, como se, embora não me quisesse mais na campanha, agora me considerasse um dos rapazes; quase podia imaginá-lo me perguntando como Annie era na cama. Então, quando achei que outros alunos também estavam me olhando de um jeito esquisito, disse a mim mesma que estava sendo paranoica, que Walt provavelmente me dera um sorriso constrangido.

Mas, quando cheguei ao meu armário e o abri, um bilhete, que obviamente tinha sido enfiado lá pela fenda de ventilação, caiu aos meus pés.

"LISA SAPATA", dizia.

Não cheguei em casa antes da metade da manhã, porque fiquei andando pelo calçadão de Promenade, adiando o encontro com mamãe.

Assim que passei pela porta, pude ver que ela havia chorado, mas foi ótima comigo, não posso negar. Ela tentou se recompor depressa e passou seus braços em volta de mim diante da porta de entrada, sem dizer nada, e continuou me abraçando durante muito tempo. Depois me levou para a sala, nós nos sentamos no sofá e ela disse:

— Querida, querida, vai ficar tudo bem. Um dia, vai ficar tudo bem, acredite em mim.

Apoiei a cabeça no seu colo e, por um tempo, ela apenas acariciou meus cabelos, mas depois pôs a mão debaixo do meu queixo e ergueu meu rosto com delicadeza.

— Liza — ela disse —, sei como é não ter nenhuma amiga próxima e de repente ter uma; aconteceu comigo também quando eu era mais nova que você. O nome dela era June, e ela era tão linda que eu precisava me policiar para não ficar olhando fixamente para ela às vezes. Nós nos amávamos muito, como você e Annie; talvez não tão intensamente ou não com tanta... tanta exclusividade, mas muito. Uma noite... — Mamãe desviou os olhos, corou um pouco e disse timidamente: — Uma noite, June e eu dormimos na mesma cama. Na casa dela. E nós... nós nos beijamos. E por um tempo, fingimos que uma de nós era um garoto, até que nos pareceu algo tão... tão bobo e começamos a rir tanto que paramos com aquilo. Querida, muitas garotas fazem esse tipo de coisa. Garotos também. Talvez os garotos o façam mais que as garotas. Isso não quer dizer nada, a menos que... bem, imagino que eu não precise desenhar, você já é quase adulta. Mas, o que acho que estou tentando dizer é que as emoções, aquelas relacionadas ao sexo, podem ser meio confusas na sua idade. Isso é normal. E é normal experimentar...

Não pude evitar; sabia que ou eu saía de lá ou diria coisas que não devia porque estava com raiva e depois me arrependeria. Ela estava tornando impossível, impossível para mim, dizer a verdade. Eu nem tinha certeza de se queria, de qualquer modo, mas como podia pensar a respeito naquele momento? Livrei-me dela e corri para o banheiro, onde deixei a água fria correr até estar quase congelando, e depois a joguei no rosto várias vezes. Eu tentava pensar; tentava desesperadamente pensar, mas só havia uma palavra na minha mente, e essa palavra era "Annie".

Quando voltei à sala de estar, mamãe estava sentada perto da janela, observando as folhas novas da árvore ginkgo lá fora.

— Veja — ela disse, apontando para um pequeno pássaro cinza que voava depressa por entre os galhos. — Acho que ela está construindo um ninho. — Ela voltou-se para mim e pôs as mãos nos meus ombros. — Liza — ela disse e olhou-me nos olhos —, quero que me conte a verdade, não porque eu queira me intrometer, mas porque preciso saber. As coisas podem ficar muito desagradáveis, você sabe disso. Não podemos enfrentar esta situação com mentiras, querida. Então... você e Annie... foram além da experimentação... usual, sei que é uma palavra ruim, mas acho que sabe do que estou falando. Aconteceu mais alguma coisa entre vocês... mais do que eu disse que aconteceu entre mim e June?

Os olhos dela estavam sombrios; havia medo neles, tanto medo e tanto sofrimento, e amor também, que... não me orgulho em dizer isto, não há desculpa — eu menti para ela.

— Não, mãe — falei, tentando fitá-la tranquilamente. — Não aconteceu.

O alívio no rosto da mamãe foi quase físico. Eu não havia percebido que ela parecia mais velha quando cheguei em casa, mas agora tinha voltado a parecer consigo mesma. Ela parecia até um pouco contente, pelo menos em comparação com antes, e deu um tapinha carinhoso no meu ombro, dizendo:

— Bem, então é isso. Vamos tentar falar sobre o que de fato aconteceu e sobre por que a srta. Baxter e a Sally entenderam errado o que tenham visto...

Foi bom o papai ter chegado pouco depois, porque eu não conseguia me concentrar nas perguntas da mamãe. Tudo que podia fazer era dizer repetidamente a mim mesma: *Você mentiu para ela. Você mentiu para sua própria mãe pela primeira vez na vida. Você mentiu...*

Quando papai chegou — mamãe havia ligado para ele no escritório, descobri depois, e ele pegara um táxi para casa, sem querer perder tempo no metrô... Quando ele chegou, parecia desgostoso.

Mamãe levantou-se do sofá de imediato — eu não consegui me mexer — e disse:

— Está tudo bem, George. Liza não sabe ao certo por que a srta. Baxter e Sally ficaram tão confusas, mas tudo não passa de um terrível engano. Imagino que tanto a srta. Baxter quanto a sra. Poindexter tenham exagerado, em particular a sra. Poindexter; sabe como ela está ficando velha, e a campanha está tão...

Mas percebi na hora que papai não estava prestando atenção em nada daquilo; ele nem a ouvia. Mamãe sentou-se de novo no sofá ao meu lado, e papai olhou para mim, bem na minha cara, com seus olhos castanhos e sinceros, e indagou:

— Liza?

E, ai, meu Deus, falei:

— Pai... quer que eu busque uma bebida para você?

— Não, obrigado — ele respondeu.

Foi para a cozinha e preparou drinques para si mesmo e para a mamãe.

— Ouça — papai disse com cautela, sentando-se em uma poltrona —, é difícil dizer isso. Nem sei como tocar no assunto, mas eu... em primeiro lugar, quero que saiba que estou do seu lado, seja lá o que decida fazer. Liza, você terá meu apoio, qualquer que seja a verdade. Você é minha filha... vim repetindo isso para mim mesmo sem parar enquanto estava no táxi, a caminho de casa: ela é minha filha, minha...

— George... — mamãe começou a falar, mas ele a ignorou.

— Você é minha filha — ele repetiu. — Amo você. É isso que importa, Liza, sempre. — Ele deu um sorriso fraco. — Com furos nas orelhas e tudo. — Seu sorriso desapareceu. — Mas tenho que te dizer, Liza... e falei à sua mãe ainda menos do que já disse a você, com exceção daquela noite quando você chegou tarde, que, por mais que eu goste da sua amiga Annie e admire o talento dela, tenho até mesmo um carinho por ela, não deixo de notar como seu sentimento por ela é intenso, como é intensa a relação de vocês...

Parecia que pingentes de gelo se formavam no meu estômago.

— George — mamãe disse mais uma vez. Ela havia tomado apenas um gole da bebida e a segurava como se houvesse se esquecido por completo do copo, que parecia poder escorregar a qualquer momento de sua mão sem que ela percebesse. — George, amizades adolescentes são assim: intensas, bonitas. — Ela passou o braço em volta de mim. — Não estrague isso. Esta é uma situação terrível para Liza, para todos nós; e deve estar sendo terrível para Annie também. E pense na srta. Stevenson e na srta. Widmer.

— Sim — meu pai disse um pouco sombrio —, pense na srta. Stevenson e na srta. Widmer.

Minha mãe parecia surpresa; os pingentes de gelo do meu estômago se espalharam devagar para o resto do meu corpo.

— Sempre pensei naquelas duas — papai disse. E então botou o copo na mesa com força. — Ah, veja, que diferença faz se duas professoras da Foster são lésbicas? Elas são ótimas professoras, além de boas pessoas, até onde eu sei. A srta. Widmer principalmente; veja os poemas que Chad escreveu este ano, veja como Liza subitamente melhorou em Inglês. Que se dane o resto. Não me importo com a vida privada que elas tenham, com a vida privada de ninguém, pelo menos eu... — Ele pegou seu copo de novo e deu um longo gole. — Que diabos, Liza! Sempre achei que eu fosse... bem, que eu lidasse bem com coisas como homossexualidade, mas agora, quando descubro que minha própria filha talvez seja...

— Ela não é; ela disse que ela e Annie são só amigas — mamãe insistiu.

Eu queria contar ao papai naquele instante; queria tanto contar, que já estava formando as palavras. E, se eu já não tivesse mentido para a mamãe, se estivéssemos só nós dois, acho que teria contado.

— Liza — meu pai disse —, eu falei que apoiaria você e vou apoiar. E, no momento, posso ver que todos nós estamos aborrecidos demais para continuarmos discutindo esse assunto, então daqui a um ou dois minutos vamos sair para almoçar; você, sua mãe e eu. Mas, querida, sei que não é elegante dizer isso, mas... bem, talvez seja porque eu ame tanto sua mãe, você e Chad que eu tenha que dizer que nunca achei que pessoas gays fossem muito felizes; sem filhos, para início de conversa, sem uma família de verdade. Querida, você provavelmente será uma ótima arquiteta, mas quero que também seja feliz de outras formas, como sua mãe é; que tenha um marido e filhos. Sei que pode ter as duas coisas...

Eu sou feliz, tentei dizer a ele com meu olhar. *Sou feliz com a Annie; ela e meu trabalho são tudo de que preciso; ela também é feliz... nós duas éramos felizes até isso acontecer...*

Tivemos um almoço farto e demorado, tentando ficar alegres e falando de tudo, menos do que havia acontecido. Então minha mãe me levou para fazer compras, dizendo que poderíamos aproveitar para comprarmos roupas novas para quando eu fosse para o MIT. Mas, no fundo, acho que ela me levou para que papai estivesse sozinho em casa quando Chad voltasse da escola.

No caminho de volta para o apartamento, mamãe e eu paramos em uma peixaria e ela comprou peixe-espada, que eu adoro, e preparou todos os meus pratos preferidos naquela noite, como se fosse meu aniversário. Apesar de tudo, foi uma refeição tensa, com Chad falando apenas quando alguém lhe dirigia a palavra — ele nem me olhou nos olhos, nem quando estávamos falando um com o outro, o que não aconteceu muito.

Depois do jantar, liguei para Sally. Eu não sabia bem o que diria — algo do tipo sinto muito por você ter descoberto daquele jeito, mas ela desligou na minha cara.

Mais tarde naquela noite, quando Annie ligou, eu estava tão exaltada que tudo que consegui fazer foi chorar ao telefone. Então ela ligou de novo depois e falou com mamãe, que disse sim, vai ficar tudo bem, todos nós passamos por isso, e coisas do tipo. Imagino que não tenha sido muito tranquilizador.

Quando acordei na manhã seguinte, o sol brilhava por trás da cortina da minha janela, e, por um segundo, só por um segundo, tudo estava bem. Eu havia sonhado — um sonho lindo sobre morar com Annie — e, ao acordar, acho que de fato esperava vê-la ao meu lado. Porém, claro, ela não estava lá. E então tudo começou a desmoronar de novo — a expressão de choque de Sally, de Chad, da mamãe e do papai — e senti como se o ar fosse pesado e me esmagasse, e fosse impossível respirar. Tentei imaginar como seria se as pessoas sempre reagissem a Annie e a mim daquele jeito — sendo magoadas por nós, ou tendo pena de nós; se preocupando ou se sentindo ameaçadas por nós; ou até mesmo rindo de nós. Aquilo não fazia sentido algum e era injusto, mas também era horrível.

Eu podia ouvir mamãe andando pelo apartamento, e não queria vê-la, então continuei na cama por um tempo, observando a luz do sol tremeluzindo por trás da cortina, tentando não pensar em mais nada. Daí me lembrei de que ainda precisava entregar a Sally meu discurso. Eu me vesti, querendo acabar com aquilo o quanto antes.

Antes de encontrar Sally — decidi esperá-la do lado de fora da escola —, passei por dois alunos do terceiro ano em frente ao edifício principal, e um deles dizia algo do tipo: "é melhor ter aula com a srta. Widmer em qualquer dia do que com uma substituta velha e enrugada". O outro disse: "Sim, mas aquela que arranjaram para dar aula de Arte não é tão ruim. Quer dizer, pelo menos ela é jovem".

Não ouvi mais nada; ou deixei de prestar atenção ou eles pararam de falar. É claro, disse a mim mesma, a srta. Widmer e a srta. Stevenson haviam sido suspensas como eu. Se eu teria uma audiência, elas provavelmente também teriam.

E lá estava Sally. É estranho, lembro de tudo como se fosse um esboço, Sally e eu como silhuetas, olhando uma para a outra nos degraus.

— Oi — falei; ou cumprimentei de forma hesitante, mas Sally só me olhou. Então eu disse bruscamente: — Aqui está o discurso. Sinto muito por ter esquecido dele ontem. Posso ajudá-la a reescrever, se quiser.

Foi como se ela não tivesse me ouvido. Continuava me olhando, balançando a cabeça e ignorando o discurso, que eu ainda lhe estendia.

— Como você pôde? — ela disse baixinho. — Como você *pôde*... com uma *garota*? Não consigo acreditar... Quer dizer, imagine se alguém tivesse descoberto, alguém de fora da escola. Walt disse que isso poderia acabar com a campanha. As pessoas deveriam se controlar se... se sentem dessa forma. É tão... é tão nojento.

Eu estava esperando para lhe dizer que eu sentia muito por ela ter ficado tão aborrecida, mas fiquei muito irritada.

— Não tem nada a ver com você, Sally — eu me peguei dizendo. — Você não precisa sentir nojo.

Mas ela continuava balançando a cabeça.

— Ah, sim, não tem nada a ver comigo. Tudo que uma pessoa faz afeta as demais. Tudo. Veja só as orelhas furadas.

Tentei dizer que eram duas coisas diferentes, que furar orelhas não era o mesmo que amar alguém, e que ela estava estabelecendo as ligações erradas.

Mas, quando coloquei meu discurso em suas mãos, ela disse:

— Amor! Luxúria, você quer dizer. Leia a Bíblia, Liza. A srta. Baxter me mostrou o trecho que fala disso. Leia Levítico, leia Romanos 1:26.

Não sei o que eu disse depois. Talvez não tenha dito nada. Não sei se eu ainda conseguia falar àquela altura.

No entanto, eu me lembro de que fui para casa e li Levítico e Romanos, e que chorei de novo.

16.

Uma das piores coisas que aconteceram naquela primeira semana foi que a sra. Poindexter fez perguntas a Chad.

Quando voltou da escola na quarta-feira, Chad não falou comigo; ele parecia estar me evitando, e eu não fazia ideia do porquê. Ele também não falou muito no jantar, mas, depois, enquanto mamãe e papai assistiam à TV, ele foi até o meu quarto, abriu a porta e, sem se sentar ou olhar de fato para mim, disse que a sra. Poindexter o havia chamado ao seu escritório naquela manhã. Contou que ela havia lhe perguntado, de forma não muito discreta, sobre mim e Annie e sobre outras garotas — se eu tinha mais amigas que amigos, se ele já tinha me visto tocando uma garota, principalmente Annie — e coisas do tipo. E, ainda sem me olhar nos olhos, ele disse que respondera "Não" a todas as perguntas sobre garotas e "Não sei" às perguntas sobre garotos; em outras palavras, ele fez o que podia para salvar minha pele sem ter que mentir.

Nenhum de nós disse mais nada depois disso, mas ele enfim olhou para mim, assustado, magoado, constrangido e cheio de dúvidas, e eu lembro de ter pensado: *É o meu irmão mais novo que está aqui na minha frente, o menino que sempre confiou em mim*, e soube que não poderia mentir para ele como havia mentido para mamãe e papai. Ele disse:

— Liza, continuarei dando as mesmas respostas à sra. Poindexter, mas uma vez vi você e Annie de mãos dadas, e com certeza você passou muito tempo com ela na casa da srta. Stevenson e da srta. Widmer. Isso é verdade?

— É — respondi e tentei explicar. Depois que terminei de falar, ele ficou calado durante um tempo considerável.

— Você acha que precisa ser assim? — ele finalmente falou.

Foi minha vez de ficar calada, mas depois de um minuto eu respondi:

— Acho que eu *sou* assim.

Chad assentiu com tristeza, mas sem desprezo, e depois me abraçou e saiu. Mais tarde naquela noite, eu o ouvi chorando em seu quarto.

E então lá estava Annie — o sofrimento que vi em seu rosto. Ela jamais falou disso. Lembro que ela faltou às aulas e veio até o Brooklyn na tarde daquele dia em que encontrei Sally nos degraus, sem nem ligar antes, pois temia que eu lhe dissesse para não vir. Mamãe tinha ido para a loja, e, quando abri a porta e vi Annie lá parada, tudo que fiz foi me agarrar a ela, principalmente assim que vi seus olhos e notei que o sofrimento ainda estava lá. Eu não queria pensar como tinha sido para ela ver a srta. Baxter subindo a escada e a encontrando daquele jeito, ter Sally e a srta. Baxter paradas e olhando-a como se achassem que ela era uma prostituta.

— Liza, Liza — ela disse, acariciando meus cabelos —, você está bem?

— Acho que sim — respondi. — E você, Annie, está?

— Ninguém sabe com certeza que eu sou lésbica, exceto você, a srta. Stevenson e a srta. Widmer — falou baixinho, tocando meu rosto. — Nem conto Sally e a srta. Baxter. Ninguém está fazendo nada contra mim. Talvez eu *devesse* contar aos meus pais; eu só queria poder dividir com você esse fardo.

— Fico feliz por não poder dividir esse fardo comigo — afirmei. — E fico feliz que não tenha contado aos seus pais.

— Liza... não deixe que isso mude as coisas. Isso não vai mudar as coisas, vai? Entre nós, quero dizer?

— É claro que não.

Mas eu estava errada. Seis meses sem escrever — é uma mudança.

E isso significa que menti para Annie. O pior de tudo foi que menti para Annie também.

Sexta à tarde, mais ou menos na hora em que a manifestação deveria acontecer na Foster, mamãe praticamente me arrastou para fora de casa, para o Museu do Brooklyn. Não me lembro de nada do que vimos lá. Não que eu ainda me importasse com a manifestação; não me importava, pelo menos não muito, mas me importava com o meu discurso. Embora eu tivesse ficado nervosa com relação a apresentá-lo, havia trabalhado nele com Annie, então ele era dela também.

— O discurso foi bom, Liza — Chad disse quando mamãe e eu chegamos em casa por volta das seis e meia. — Sally não foi tão bem quanto você teria ido, mas o discurso foi bom. Havia dois repórteres lá, e um deles disse que tinha sido um bom discurso. Ele disse para a sra. Poindexter que deve servir para conseguir bastante dinheiro. Acho que a Sally não mudou muita coisa.

Depois de agradecê-lo, corri para o meu quarto e fechei a porta com força.

No sábado, recebi uma carta da sra. Poindexter informando que a audiência da diretoria seria na terça seguinte, 27 de abril, à noite.

Às vezes, acho que a audiência da diretoria foi pior do que a invasão da casa da srta. Stevenson e da srta. Widmer pela srta. Baxter; às vezes, não sei ao certo.

O salão parecia diferente naquela terça-feira à noite, com a diretoria nele — talvez porque fosse noite. A audiência tinha que ser naquele horário porque a maioria dos integrantes trabalhava durante o dia.

As únicas pessoas lá que eu já conhecia eram a sra. Poindexter, a srta. Baxter e, obviamente, a srta. Stevenson e a srta. Widmer. Elas tinham uma advogada ao seu lado, uma mulher meio alta que usava um vestido cinza com um broche de pássaro na gola. Não sei por que notei aquele broche, mas fiquei olhando para ele quase todo o tempo enquanto nós — meus pais e eu — aguardávamos para entrar.

Meus pais não haviam chamado um advogado. Acho que ficaram com vergonha. Mamãe disse que não achava que precisássemos de um, porque, no fim das contas, eu não tinha feito nada, certo? Papai apenas desviou o olhar ao ouvi-la dizer tal coisa. Depois da audiência, ele disse que contrataria um advogado se a diretoria realmente me expulsasse ou se decidissem incluir qualquer tipo de registro negativo no meu histórico escolar.

Eu queria ir falar com a srta. Stevenson e com a srta. Widmer enquanto todos nós esperávamos para entrar no salão, mas papai não me deixou. Ele pediu desculpas, mas disse que não era uma boa ideia. No entanto, ele e mamãe sorriram para a srta. Stevenson e para a srta. Widmer, e depois todos ficamos parados rígidos no corredor, esperando. A srta. Stevenson e a srta. Widmer e a advogada delas estavam sentadas no banco de madeira. A sra. Poindexter e a srta. Baxter já estavam lá dentro.

Imagino que aquela seria a sensação de estar preso na areia movediça, quando você sabe que não vai conseguir escapar, principalmente se se debater muito. Eu também me sentia como se estivesse observando meu próprio sonho. Estava lá na audiência, mas ao mesmo tempo não estava; eu disse coisas, ouvi o que outras pessoas disseram, mas era como se eu estivesse bem longe. A única coisa que me parecia bem real era um pensamento que não me saía da cabeça: *Somos Annie e eu que essas pessoas sentadas em volta desta mesa, feito bonecos de papelão, estão julgando; Annie e eu. E, no fundo, tudo que fizemos, e que elas acham que é errado, foi nos apaixonar.*

— Aguente firme — meu pai disse, entrando no salão entre mim e minha mãe, quando fomos chamados. A srta. Stevenson e a srta. Widmer começaram a nos seguir, mas a mulher que havia nos chamado acenou para que elas permanecessem em seus assentos.

Devo ter parecido bem dócil, entrando no salão com meus pais; sei que me sentia mais assustada que nunca. Mamãe tinha me obrigado a usar um vestido e, para tentar deixar meu cabelo arrumado, ela havia me mandado passar condicionador, o que eu nunca tinha usado antes, então nem o meu cheiro era meu de fato, não o do meu cabelo, pelo menos. A srta. Stevenson e a srta. Widmer também usavam vestidos, mas usavam esse tipo de roupa na maioria das vezes; saias, pelo menos, mas de repente percebi que era como se nós três estivéssemos tentando dizer: "Viram só? Somos mulheres. Usamos vestidos". Deus meu, que ridículo!

Assim que entrei no salão, toquei o anel que Annie me dera, para dar sorte, e tentei me lembrar das palavras de "Invictus". A primeira pessoa que notei foi a srta. Baxter. Ela estava lá sentada parecendo muito solene, respeitável e virtuosa, como se tivesse acabado de ser canonizada. Estava perto da ponta da mesa mesa comprida em volta da qual todos se sentavam nas assembleias do conselho estudantil. Os integrantes da diretoria estavam sentados dos dois lados da mesa, e também pareciam muito solenes, mas não tão sagrados, e havia uma cadeira vazia reservada para mim de frente para a srta. Baxter, e cadeiras para mamãe e papai atrás da minha. Lembrei-me de Sally sussurrando no outono passado, naquela mesma sala: "Parece um daqueles tribunais da TV", e naquele momento parecia ainda mais. "A Inquisição", Annie diria mais tarde.

A sra. Poindexter, com um bloco de notas amarelo, estava sentada sob o retrato de Letitia Foster, na cabeceira da mesa. A srta. Baxter estava sentada perto dela, no assento imediatamente próximo à cabeceira. Na outra extremidade da mesa, de frente para a sra. Poindexter, estava sentado um homem gordo de cabelos prateados com óculos de armação pequena que parecia enterrada em seu rosto. Seu nome, ele me disse, era sr. Turner, e ele era o presidente do Conselho Diretor. Sei que lá estava também uma tal de srta. Foster, uma parente distante da fundadora da escola. A srta. Foster era muito velha e não disse nada; nem sei ao certo se ela escutava alguma coisa. Havia uma mulher ruiva de rosto pálido — a mais jovem dentre eles, acho, embora parecesse ser de meia-idade. Ela foi a única pessoa que sorriu para mim quando entrei na sala. Ao lado dela estava um homem usando blusa de gola alta e jaqueta esportiva de veludo cotelê verde. Havia mais uma ou duas pessoas, mas não me lembro mais delas.

E então começou.

O sr. Turner pediu à srta. Baxter que contasse com suas próprias palavras o que vira, e me disse para ouvir com atenção. Ela falou algo do tipo:

— Sim, claro; mas... ah, meu Deus... você entende que é difícil falar dessas coisas.

— Que eu me lembre, foi você quem registrou a reclamação original junto à sra. Poindexter — afirmou a mulher ruiva, meio seca, o que me fez gostar dela imediatamente.

Então, enquanto a sra. Poindexter colocava os óculos e examinava suas anotações, a srta. Baxter — a srta. Baxter com seus lenços rendados, a srta. Baxter que dizia o tempo todo que deveríamos acreditar no melhor das pessoas, a srta. Baxter que dissera que existia todo tipo de gente e que o Senhor criou todos nós — a srta. Baxter contou com uma extravagância inacreditável o que vira. Foi horrível. Fez parecer que éramos monstros, não duas pessoas apaixonadas. Aquilo foi o pior de tudo, mais uma coisa que jamais conseguirei esquecer, não importa quanto eu queira. Era como se todos supusessem que amor não tinha nada a ver com aquilo, que o que acontecera não passava de "uma entrega aos desejos carnais" — acho que a srta. Baxter realmente usou essas palavras.

A srta. Baxter disse ainda que eu estava "seminua" quando fui atender à porta, e que Annie tinha "fugido às pressas e com culpa" do quarto, "vestindo apenas uma camisa preta e vermelha" — sua jaqueta de lenhador, que, claro, ficava tão comprida nela que parecia um casaco.

— O que mais você viu? — perguntou o sr. Turner; a sra. Poindexter sorriu para a srta. Baxter por cima dos óculos.

— Bem — disse a srta. Baxter —, é claro que achei que deveria fazer uma busca, considerando minhas suspeitas de longa data com relação às duas mulheres mais velhas. Fazer aquilo me entristecia, mas obviamente eu não tinha escolha. Eu não fazia ideia do que encontraria, mas achei que talvez houvesse outras... outras pessoas jovens de... de inclinação similar em algum lugar, então subi a escada. Devo dizer que a casa estava uma bagunça.

A "bagunça", percebi, era por causa dos guarda-chuvas e panelas. E parte de mim queria rir daquela fala absurda — "pessoas com inclinação similar"; soava tão absurdo quanto "pessoas com inclinação judaica": "Tenho inclinação ao lesbianismo". Só que não foi engraçado. Mesmo depois, quando tentei contar a Annie, também não foi.

— Srta. Baxter, por favor, limite suas observações somente ao que viu envolvendo as duas mulheres *jovens* — disse o sr. Turner, o que achei muito justo.

A sra. Poindexter inclinou-se e sussurrou algo para a srta. Baxter, apontando para seu bloco de notas. A srta. Baxter gaguejou um pouco e disse:

— Bem, elas... Liza, ao atender à porta, parecia muito envergonhada. Ela segurava a camisa fechada sobre seus... sobre seu peito, e era óbvio que não vestia mais nada por baixo, e começou a corar. Depois, ela ficava olhando para a outra garota... Qual era o nome dela?

A sra. Poindexter tirou os óculos e olhou direto para mim, e de repente eu não tinha uma gota de saliva na boca. Já havia prometido a mim mesma que não diria o nome da Annie, considerando que o Conselho Diretor não tinha nada a ver com ela, e mamãe e papai concordavam comigo. Papai inclinou-se para a frente, mas a mulher de cabelos vermelhos disse depressa:

— A outra garota não nos diz respeito, pois não estuda na Foster.

— Enfim... — disse a srta. Baxter —, Liza, ela ficava olhando para a garota, e a pobrezinha da Sally Jarrell disse algo como "Ah, meu Deus", e eu certamente não a culpo; quer dizer, que choque terrível deve ter sido para ela, sobretudo porque ela e Liza são amigas, e porque Sally já está envolvida de forma profunda e madura com um rapaz...

— Srta. Baxter — o sr. Turner disse, cansado —, por favor, limite-se a dizer apenas o que aconteceu, não o que pensou a respeito, ou o que outra pessoa pensou a respeito.

A srta. Baxter pareceu magoada.

— Eliza subiu a escada correndo — ela disse, choramingando um pouco — e tentou me impedir, à força, de continuar andando pela casa, o que só fez aumentar minha certeza de que havia mais alguma coisa acontecendo.

Quase saltei da cadeira, mas papai pôs sua mão no meu ombro.

— Você terá sua vez, Liza — ele sussurrou. — Fique calma.

A srta. Baxter prosseguiu:

— Mas como obviamente senti que era meu dever... expor aquelas mulheres de uma vez por todas para que todos soubessem o que elas são... é claro que àquela altura eu apenas suspeitava... continuei avançando pela casa e... e, bem, o resto tem mais a ver com as mulheres do que com as garotas, embora de fato não saiba como podem chamar aquelas pessoas de mulheres.

A srta. Baxter recostou-se na cadeira, sem sorrir, mas com ar de beata, como se tivesse certeza de que ninguém poderia discordar dela. No entanto, o sr. Turner parecia enojado, e a mulher ruiva parecia querer esmagar a srta. Baxter com o salto de seu sapato, como se ela fosse um inseto repugnante. A sra. Poindexter tinha um sorriso infame no rosto.

— Eu gostaria de acrescentar — ela disse — que agradeço à srta. Baxter por ter tido a coragem de trazer esse assunto horrendo a mim. É claro que não hesitei...

O homem de jaqueta de veludo inclinou-se para a frente, seu lápis pousado sobre um bloco de notas amarelo.

— Srta. Baxter — ele disse, ignorando a sra. Poindexter —, estou certo em deduzir que você está muito mais preocupada com as duas mulheres do que com as garotas? Em confirmar suas... — ele consultou suas anotações — ... "suspeitas de longa data" em relação às duas professoras?

O sr. Turner pareceu um pouco incomodado, mas não disse nada.

— O que eu falei — disse a srta. Baxter — foi que durante anos eu tinha o pressentimento de que as coisas não eram como deveriam ser entre aquelas mulheres, de que havia uma... uma relação anormal e triste entre elas. Se duas garotas jovens, uma delas aluna da Foster, estivessem... bem, sendo imorais... — nessa parte quase pulei da cadeira novamente — ... na casa delas, e se de fato vi uma delas correndo seminua do quarto, eu podia presumir que talvez houvesse mais jovens na casa, talvez alunas da Foster, também usando a casa para indecências, com o consentimento, acredito, da srta. Stevenson e da srta. Widmer. Achei que era meu dever esclarecer aquilo.

A sra. Poindexter assentiu enfaticamente.

A mulher de cabelos vermelhos resmungou algo irônico que parecia ser "Uma verdadeira orgia", mas não tenho certeza absoluta de se foi isso que ela disse.

— E, quando subi a escada — continuou a srta. Baxter —, encontrei a... é... a cama indiscutivelmente desfeita, e, ao mesmo tempo, vi os livros que mencionei na... é... reclamação formal... livros terrivelmente obscenos...

— Srta. Baxter — disse a ruiva —, viu realmente as duas garotas tocando uma à outra de um jeito sexual?

— Bem — a srta. Baxter falou —, elas ficaram lá paradas de mãos dadas enquanto eu...

— Eu disse de um jeito sexual. De um jeito aberta, inequivocamente sexual. Ficar de mãos dadas, principalmente numa situação estressante, não me parece ser muito significativo.

— Bem — disse a srta. Baxter, lançando um olhar incomodado para a sra. Poindexter —, bem, de um jeito assim... é... abertamente, talvez não, mas era claro como o dia o que elas tinham feito. Como falei, a cama estava desfeita, e havia...

— Entendo — a mulher ruiva falou. — Obrigada.

— Mais alguma pergunta para a srta. Baxter? — perguntou o sr. Turner, olhando à sua volta, para os integrantes da diretoria.

— Eu gostaria apenas de lembrar ao conselho — a sra. Poindexter disse irritada; ela não tinha olhado para mim ou para os meus pais nem uma vez — que a srta. Baxter trabalha nesta escola há dez anos, e que seu histórico é impecável.

— A srta. Stevenson e a srta. Widmer trabalham nesta escola há quinze anos, estou certa? — perguntou a ruiva.

— A srta. Stevenson e a srta. Widmer — disse a sra. Poindexter —, em especial a srta. Stevenson, foi ficando cada vez mais permissiva com o passar dos anos. Na verdade, a srta. Stevenson...

— Por favor — disse o sr. Turner —, não estamos discutindo as professoras agora. — Então ele se virou para mim, e acho que o espasmo nos cantos de sua boca foi uma tentativa de sorriso tranquilizador. — Eliza — ele falou e senti que meu estômago quase saiu pela boca.

"Alma indomável", tentei dizer a mim mesma; "sangra mas ainda está erguida", e toquei o anel de Annie novamente. Respirei fundo para me acalmar, mas nada disso adiantou muito.

— Liza, se preferir. Obrigado por ter vindo. Sei que vai ser difícil para você, e muito provavelmente embaraçoso. Todavia, tenho que lhe dizer que seria melhor se você falasse, em vez dos seus pais. Claro que eles podem auxiliá-la e que, se a qualquer momento vocês três acharem que não podem continuar sem um advogado, postergaremos a audiência para quando tiverem contratado um.

Eu estava um pouco confusa, principalmente devido ao nervosismo, e acho que papai deve'ter percebido, porque puxou sua cadeira para perto da minha e disse:

— Senhor, posso explicar à minha filha que o que está sendo dito é que, se ela quiser um advogado, ou se nós quisermos, a audiência pode ser interrompida até que possamos voltar com um advogado?

O sr. Turner sorriu e disse:

— Certamente, sr. Winthrop, e agradeço por tê-lo feito de forma tão sucinta. Tentarei usar... é... um palavreado mais simples.

Obviamente me senti uma idiota, o que não ajudou nem um pouco.

— Liza — retomou a mulher ruiva —, resumindo, o que queremos é a sua versão do que aconteceu quando a srta. Baxter bateu à porta. Pode nos contar?

Eu não sabia por onde começar, então passei a língua pelos lábios, pigarreei e fiz tudo que as pessoas costumam fazer para ganhar tempo. Eu não queria mais mentir, mas também não queria contar tudo. Por fim, percebi que ela não havia perguntado o que tinha acontecido *antes* da chegada da srta. Baxter, então relaxei um pouco.

Contei que tinha acontecido mais ou menos como a srta. Baxter dissera, só que ela havia começado a subir a escada antes de ter visto Annie, e que eu não achava que a havia "impedido à força" de continuar andando pela casa, embora eu tivesse tentado pará-la. De qualquer modo, quanto mais eu falava, mais percebia que era óbvio que eu estava deixando muita coisa de fora — e sentia cada vez mais que não importava o que eu dissesse, não faria muita diferença. A sra. Poindexter e a srta. Baxter repudiavam o que éramos, muito mais do que o que havíamos feito. Assim que percebi isso, achei que estava tudo acabado.

— Liza — disse o sr. Turner, delicadamente —, a srta. Baxter mencionou que você parecia... é... não completamente vestida. É verdade?

— Bem... — comecei a dizer; eu sentia meu rosto ficando vermelho. — Sim, em parte. Mas...

— O que estava vestindo, querida? — a ruiva perguntou.

— Camisa e calça jeans — respondi.

— Como a srta. Baxter observou — disse a sra. Poindexter —, era óbvio que ela não usava mais nada por baixo.

— Sra. Poindexter — interveio o sr. Turner, irritado —, esta jovem permitiu que a srta. Baxter falasse sem interrupção. Acho que o mínimo que podemos fazer é retribuir a gentileza.

A sra. Poindexter resmungou, mas infelizmente deixou claro seu ponto de vista, e pude ver os lápis tomando nota.

— E sua amiga? — perguntou a mulher de cabelos vermelhos. — O que ela vestia?

— Uma... uma jaqueta de lenhador — gaguejei.

— Só isso? — perguntou o homem de jaqueta de veludo. Ele parecia surpreso.

Senti minha garganta fechar e olhei desesperada para minha mãe, que tentou sorrir para mim, acho. Mas, ai, meu Deus, aquilo foi pior; foi terrível, olhar para ela e ver o sofrimento em seu rosto; ver também que ela estava tentando ser forte por mim.

Eu não conseguia falar, então assenti. Podia ver meu pai se remexendo na cadeira ao meu lado e pensei que, naquele momento, ele devia ter percebido que eu havia mentido para ele, mesmo que mamãe não tivesse percebido, ou que ela não quisesse perceber.

A sra. Poindexter levantou-se, caminhou até a outra ponta da mesa e disse algo para o sr. Turner. Ele balançou a cabeça e disse alguma coisa. Então toda a diretoria, exceto a srta. Baxter, que permaneceu imóvel, começou a sussurrar. Minha mãe olhou feio para a srta. Baxter, e meu pai esticou a mão e segurou a minha.

— Aguente firme — ele falou baixinho para mim, embora eu soubesse o que ele devia estar pensando e sentindo. — Lembre-se de que, não importa o que acontecer, não será o fim do mundo. — Mas então ele e minha mãe se entreolharam e deu para notar que achavam, sim, que seria.

— Liza — o sr. Turner disse, gentil —, receio que eu precise perguntar por que você e sua amiga estavam... é... parcialmente vestidas.

Naquele momento, minha mãe, que geralmente é calada, levantou-se num pulo e disse:

— Pelo amor de Deus! Minha filha já disse ao pai dela e a mim que não estava acontecendo nada de impróprio! Liza é uma garota sincera, uma garota sincera até demais. Ela nunca mentiu para nós. Não sabe como são as adolescentes? Estão sempre lavando os cabelos umas das outras e vestindo as roupas umas das outras... coisas desse tipo. Poderia haver milhões de motivos para elas não estarem totalmente vestidas, um milhão de motivos...

— Adolescentes não saem por aí experimentando jaquetas de lenhador! — gritou a sra. Poindexter, vindo para o nosso lado da mesa, em direção à mamãe. — E nunca achei que sua Liza tivesse algum interesse nos cabelos. Para falar a verdade, muitas vezes achei que sua filha Eliza...

— Sim? — gritou minha mãe. Ela parecia prestes a voar na garganta da sra. Poindexter. Papai esticou a mão e agarrou seu braço, mas ela o ignorou.

— Senhoras, senhoras! — disse o sr. Turner, ficando em pé. — Já chega! Sei como isso pode ser carregado de emoções. Eu avisei, sra. Poindexter, o que poderia acontecer se lidássemos com este assunto desse jeito. Em todo caso, não podemos tolerar esse tipo de comportamento da parte de ninguém.

Todos se sentaram novamente, furiosos, inclusive a sra. Poindexter, e eu ainda precisava responder à pergunta.

— Liza — continuou a diretora, meio rabugenta —, responda à pergunta. Por que você e a outra garota estavam parcialmente vestidas?

Olhei para o papai e depois para o sr. Turner. Não sei de onde saiu, só sei que eu disse:

— Acho que é aqui que digo que não quero responder sem um advogado.

— Posso observar — disse a sra. Poindexter com frieza — que essa declaração em si pode ser interpretada como admissão de culpa?

O sr. Turner pigarreou, irritado, mas, antes que pudesse dizer alguma coisa, a mulher ruiva colocou o lápis sobre a mesa com força.

— Acho que isso é completamente absurdo — disse ela. — Sem falar que é muito, muito cruel e totalmente distorcido! O que esta jovem faz em seu tempo livre com seus amigos é assunto dela e de seus pais, não nosso. Devo dizer que eu ficaria preocupada se fosse a mãe dela, mas, como membro da diretoria desta escola, tenho coisas mais importantes com que me preocupar. — Ela olhou para a sra. Poindexter e sua voz baixou um pouco. — Sinceramente, sra. Poindexter, esta... esta vingança me lembra de um incidente ocorrido uns anos atrás, aquele envolvendo um garoto e uma garota do último ano do ensino médio. Vocês todos se lembram disso, tenho certeza. Talvez, naquele caso, ainda fizesse um pouco de sentido o envolvimento da escola, já que, por causa do estado da garota, os alunos naturalmente ficariam sabendo da situação, mas não vejo sentido neste caso, nem a possibilidade de este incidente chegar a público, que é o que vocês parecem temer, e prejudicar a campanha de angariação de fundos. Na verdade, acho que é muito mais perigoso as pessoas ficarem sabendo da situação resultante desta audiência ridiculamente anacrônica do que ficarem sabendo do incidente em si. O mais importante — ela disse, olhando para os membros da diretoria e depois para a srta. Baxter e para a sra. Poindexter —, com ou sem campanha de angariação de fundos, é saber se a conduta de Liza afetou adversamente os outros alunos, ou se algo de errado aconteceu no horário de aula ou dentro da escola. Obviamente, essa última hipótese não se aplica, e, quanto à primeira... sem dúvida é lamentável que Sally Jarrell possa ter sido exposta a algo que a perturbou, mas ela é tão criança quanto Liza, e está claro para mim que Liza não envolveu Sally intencionalmente em seu comportamento. Hoje em dia, a maioria das pessoas é razoavelmente esclarecida quanto à homossexualidade, e por certo não houve erro intencional neste caso, nenhuma tentativa de...

— Há as professoras — a sra. Poindexter disse baixinho. — Existe a questão da influência; a influência incontestável que os professores têm sobre os alunos...

— Isso é outro assunto — a ruiva disse, irritada —, e obviamente de gravidade muito maior.

O sr. Turner falou:

— Acho que devemos verificar se Liza deseja nos dizer mais alguma coisa e, depois, tendo em mente que ela pediu um advogado e que a presença dela aqui é voluntária, passaremos a tratar do assunto das duas professoras. Podemos chamar Liza futuramente, tenho certeza, se for preciso, presumindo que ela queira responder a outras perguntas.

A sra. Poindexter contraiu os lábios e torceu com raiva a correntinha de seus óculos.

— Concordo — disse a mulher de cabelos vermelhos —, e peço desculpas por minha explosão, sr. Turner, mas é que tudo isso me parecia tão, tão terrivelmente desnecessário que não consegui me conter. Simplesmente não vejo que importância pode ter o que as duas garotas fizeram ou deixaram de fazer. O que importa é a influência que as professoras podem ter ou não sobre elas, bem como sobre os outros alunos da Foster.

Acho que devo ter ficado encarando-a, pois me lembro de ela ter me dado um de sorriso tímido, como um pedido de desculpas. *É importante!*, eu queria gritar; era como se de repente ela tivesse me traído — a única pessoa do conselho em quem eu confiava e que eu achava que me entendia. Sabia que ela estava tentando ser justa com todo mundo, não apenas comigo, mas... ai, Deus, eu queria me levantar e gritar: *Ninguém nos influenciou! A srta. Stevenson e a srta. Widmer não têm nada a ver com isso. O que fizemos foi por iniciativa própria; nós nos amamos! Vocês não conseguem entender? Por favor... ninguém? Nós nos amamos — só nós duas —, sem mais ninguém envolvido.*

Mas embora a maioria dessas palavras estivesse na minha mente quando o sr. Turner olhou para mim e disse "Liza, há mais alguma coisa que gostaria de dizer?", tudo que fiz foi balançar a cabeça e sussurrar:

— Não, senhor.

E muito, muito mais tarde, pensei no que Annie dissera sobre as montanhas, e senti que eu ainda tinha uma série delas para escalar.

17.

Lembro muito pouco do que aconteceu nos dias seguintes. Sei que vi Annie apenas duas vezes, e nas duas ocasiões estávamos tensas e caladas, como se todos os temores, todas as barreiras, que tínhamos no início houvessem voltado a se interpor entre nós.

O envelope branco, comprido e fino chegou no sábado, enquanto Chad e eu assistíamos ao jogo do Mets em casa. Chad desceu para buscar a correspondência durante um intervalo comercial. Eu continuei lá sentada, ociosamente me perguntando se um dia eles reformulariam aquela propaganda idiota de cerveja, sofrível de ver e exibida pela milionésima vez, quando escutei a chave girando na fechadura e a voz de Chad dizendo:

— Liza, acho que chegou.

Ele me entregou o envelope — da Foster —, e juro que ele estava mais assustado que eu. Ele não havia falado muito sobre como estava a escola naquelas últimas semanas em que eu ficara afastada, mas tinha a impressão de que não tinha sido um período fácil para ele. Sally, ele dissera casualmente, não falava mais com ele. Mesmo ela sendo do último ano e ele estando apenas no segundo, sempre haviam tido uma relação cordial o bastante para se cumprimentarem nos corredores e coisas do tipo. O doce e maravilhoso Chad! Uma tarde, ele chegara em casa um pouco depois do horário normal, com sangue no nariz e em seu cabelo cheio e desgrenhado. Ele correu direto para o papai; nem falou comigo. Nem ele nem papai me contaram o que havia acontecido, mas tenho quase certeza de que sei o que aconteceu, e pensar a respeito disso ainda me embrulha o estômago.

— Não vai abrir? Quer que eu saia? Vou voltar para o jogo — ele disse, voltando a se posicionar diante da TV.

É estranho, mas não senti praticamente nada ao olhar para aquele envelope antes de abri-lo. Talvez porque, àquela altura, eu não quisesse mais voltar à Foster, mesmo se eles dissessem que eu poderia e, de certa forma, eu temia não ter sido expulsa tanto quanto temia ter sido. A única coisa com que me lembro de ter ficado preocupada foi o MIT, e com a diretoria, se eles notificariam o MIT caso me expulsassem e qual justificativa dariam para isso.

Ouvi a torcida gritando na TV — o Mets havia completado um *run*. No entanto, Chad não comemorou, e em geral dava para ouvir seus gritos lá da metade do corredor, do lado de fora do nosso apartamento.

Enfiei meu dedo sob a aba do envelope e o abri tão facilmente que torci para que a cola não tivesse soltado no caminho e a carta não tivesse caído na frente de todo mundo nos correios.

> *Prezada srta. Winthrop,*
> *É com satisfação que o Conselho Diretor da Foster Academy informa que...*

— Chad — falei. — Está tudo bem.
Chad me abraçou e gritou:
— Oba!
Depois se afastou, e devo ter parecido pálida ou algo assim, porque ele meio que me fez sentar na poltrona do papai e perguntou se eu queria uma aspirina ou outra coisa.

Balancei a cabeça, mas mesmo assim ele buscou um copo d'água para mim e, depois que bebi um pouco, ele disse:
— Não vai ler o resto da carta?
— Leia você — falei.
— Tem certeza?
Assenti.
Então Chad leu em voz alta:

> *Prezada srta. Winthrop,*
> *É com satisfação que o Conselho Diretor da Foster Academy informa que, após a devida deliberação referente à audiência disciplinar realizada em 27 de abril deste ano, não encontramos motivo para tomar alguma medida no seu caso, seja ela de qualquer tipo, disciplinar ou outro.*
> *A sra. Poindexter concordou em mantê-la em seu cargo de presidente do conselho estudantil. Nada referente à audiência constará no*

seu histórico escolar e nada será informado a qualquer faculdade à qual você tenha se candidatado ou na qual tenha sido aceita.

Com os votos de um futuro próspero,

Atenciosamente,

John Turner, presidente do Conselho Diretor

— Há um bilhetinho também — disse Chad, segurando a nota —, dizendo que você pode voltar à escola na segunda-feira.

— Mal posso esperar — falei secamente.

— Lize?

— Hã.

Ele parecia muito confuso.

— Liza, isso significa... você sabe. Significa que você não é... era...? Mas achei que... você sabe.

— Minha nossa, Chad! — foi tudo o que falei, tudo que consegui dizer. E então saí da sala para ligar para Annie, deixando meu pobre irmão mais novo ainda mais desnorteado que antes.

Depois que liguei para Annie, tentei ligar para a srta. Stevenson e para a srta. Widmer várias vezes, mas não consegui falar com elas. Tentei novamente no domingo, e Annie e eu até pensamos em ir à casa delas, mas Annie lembrou que seria mais sensato não deixar que ninguém, principalmente a srta. Baxter, nos visse lá, pelo menos até tudo se acalmar um pouco.

Segunda-feira foi o primeiro dia realmente quente que tivemos, quase como se fosse verão, mas eu sabia que não era aquilo que me fazia suar quando cheguei com Chad à escola. Eu queria entrar com confiança, como se nada tivesse acontecido, mas, assim que subimos a escada, soube que não conseguiria agir desse modo.

— Se quiser entrar sem mim, não tem problema — eu disse a Chad.

— Ficou maluca? — respondeu ele. E então ele segurou, de fato, a porta aberta para mim, e olhou feio para dois alunos do segundo ano que deram uma espécie de risadinha dissimulada.

— Boa sorte, mana — ele sussurrou. — Grite se precisar de mim. Tenho um soco de esquerda que derruba qualquer um.

Imagino que eu o tenha deixado embaraçado ao fazê-lo, mas o abracei no meio do corredor.

A Foster me pareceu um lugar totalmente desconhecido quando caminhei pelo corredor naquele dia e desci até o meu armário. Acho que tive essa impressão, principalmente, porque sentia que não podia mais confiar nas pessoas de lá, e, de algum modo, aquilo fazia até as paredes decadentes e familiares parecerem potencialmente hostis.

Lá estavam as mesmas salas, as mesmas pessoas, as mesmas escadas, a mesma madeira escura e o mesmo cheiro asfixiante, o mesmo refeitório com os vasinhos de violeta do jardim da escola em cada mesa, o mesmo quadro de avisos no qual Sally havia pregado seu anúncio de brincos, décadas atrás, meu velho armário surrado...

Será que havia mais um bilhete dentro dele?

Não havia.

Dois alunos foram até seus armários enquanto eu colocava minhas coisas de volta no meu, eu os cumprimentei e eles responderam ao cumprimento, mas obviamente foi meio estranho e embaraçoso tanto para mim quanto para eles. Entretanto, Valerie Crabb, que fazia aula de Física comigo, tentou. Ela estendeu a mão para mim e disse "Bem-vinda de volta, Liza. Se precisar de ajuda com a matéria de Física, é só dizer". Foi muita gentileza dela.

Mas então entrei no banheiro feminino e não foi muito legal. Ninguém disse nada específico, mas uma garota me cumprimentou bem alto, como se fosse um aviso:

— Oi, LIZA!

E ela e outra aluna, que estavam penteando os cabelos, saíram imediatamente, e alguém que havia acabado de entrar em uma das cabines deu descarga e saiu depressa, sem nem lavar as mãos ou olhar para mim.

Falei a mim mesma que seria ótimo ter o banheiro todo só para mim toda vez que quisesse usá-lo, mas não pude me convencer.

Depois, enquanto ia para a aula de Química, encontrei Walt.

Ele parou bem no meio do corredor quando eu ainda estava a alguns passos de distância e estendeu a mão para mim.

— Olá, Liza — ele disse, todo sorridente. — Ei, é muito bom tê-la de volta. Estou falando sério. Muito bom.

Tentei trocar meus livros de braço para apertar sua mão, já que ele a estendia insistentemente.

— Oi, Walt — falei, e recomecei a andar.

Ele apertou o passo e começou a andar do meu lado.

— Ouça, Liza — ele disse. — Espero que não deixe que isso... bem, você sabe, que isso a afete. Quer dizer, é claro que a Sally ficou chateada, mas quero que saiba que tem o meu apoio desde sempre. Consigo entender a reação da Sally, mas... bem, não vou abrir mão de uma amiga só por causa de um... probleminha sexual ou algo assim. Quer dizer, a meu ver, esse é como qualquer outro tipo de deficiência...

Felizmente, havíamos acabado de chegar ao laboratório, e ainda bem que a primeira aula de Walt era Latim, não Química.

Não percebi que na aula de Química as únicas pessoas sentadas perto de mim eram garotos, principalmente porque, quando a turma se dividiu para realizar um experimento, minha parceira de laboratório, que era uma garota brilhante e muito vívida chamada Zelda, que queria ser médica e raramente sorria, começou a me perguntar coisas. Ela começou de forma inocente, dizendo:

— Bem-vinda, Liza. Falo isso com sinceridade.

Agradeci, tentando não dar muita importância àquilo, como ela parecia estar dando, e comecei a imaginar quantas páginas eu teria que deixar em branco no meu caderno para os experimentos que havia perdido e que teria que compensar.

Zelda estava preparando nosso equipamento, sem olhar para mim, mas então disse com uma voz esquisita, meio engasgada:

— Se quiser falar sobre isso a qualquer momento, Liza, ouvirei com prazer.

Ergui os olhos e, quando vi o rosto dela, os pingentes de gelo começaram a se formar novamente no meu estômago.

— Obrigada — falei com cautela —, mas prefiro não dizer nada.

Seu rosto parecia bem sério, mas seus olhos, não.

— Liza, posso perguntar uma coisa?

— Claro — falei, relutante.

— Bem... acho que você me conhece bem o bastante para saber que não tenho nenhum interesse sexual nisso nem nada do tipo, certo?

Os pingentes de gelo no meu estômago ficaram mais gelados; dei de ombros, sentindo-me encurralada.

— Bem... — Zelda começou a dizer —, como serei médica e tudo mais...

Foi naquele momento que percebi que havia outros alunos, a maioria garotas, mas alguns garotos também, aglomerados em volta da nossa mesa, como se de repente todos tivessem ido até lá para pedir um tubo de ensaio emprestado ou fazer uma pergunta — mas eram alunos demais para aquilo.

Zelda continuou falando, como se não estivessem lá, mas dava para notar que ela estava bem ciente da presença deles.

— Eu estava pensando — disse ela, suavemente — se você poderia me dizer, do ponto de vista científico, é claro, como é que duas garotas *fazem* na cama...

A situação melhorou, embora tenha levado um tempo até algumas garotas voltarem a se sentar perto de mim na sala. Foi engraçado, de certo modo. Na Foster, não tínhamos um assento designado, e, como eu disse, não notei isso na aula de Química naquela primeira manhã, mas à tarde aquilo já havia ficado bem óbvio. Quando percebi o que estava acontecendo, passei a chegar intencionalmente um pouco atrasada nas aulas, para que pudesse escolher perto de quem me sentaria e, talvez, para mostrar às garotas que eu não as estupraria no meio da aula de Matemática ou algo assim. Não sei; provavelmente estou exagerando, mas as coisas me pareceram um pouco desanimadoras no início.

Entretanto, acho que somando tudo, tenho que dizer que, para cada aluno que agia com malícia — e realmente houve poucos —, havia no mínimo dois, como Valerie e todos os outros que me cumprimentavam normalmente de um jeito simpático, que compensavam a atitude ruim dos demais. Mary Lou Dibbins, por exemplo, veio até mim e disse:

— Graças a Deus, você voltou. A Angela não é capaz nem de começar a confrontar a sra. Poindexter nas assembleias do conselho.

Havia uma garota na aula de História que apenas sorriu, veio até mim e, como se nada tivesse acontecido, perguntou se eu tinha uma caneta para emprestar. E havia Conn, e o que ele me disse.

Isso aconteceu mais tarde naquele primeiro dia, antes que eu fosse ler o quadro de avisos no corredor principal. Um aviso tinha sido publicado, ao meio-dia, pela sra. Poindexter, cancelando as duas assembleias seguintes do conselho estudantil — o que significava que, apesar do que Mary Lou tinha dito, eu provavelmente só presidiria mais uma, já que os exames finais se aproximavam. Ver aquele aviso foi como uma última coisa ruim acontecer em um daqueles dias em que nada dá certo. Conn veio até mim enquanto eu estava lá parada, e é claro que notou como eu me sentia, o que fez tudo ficar em parte pior e em parte melhor.

— A vida — ele observou, olhando para o quadro de avisos e não para mim — é um grande penico cheio de você sabe o quê, que atinge todas as pessoas erradas. Mas... ficou sabendo da sra. Poindexter?

— Não — falei, através da névoa úmida que eu tinha diante dos olhos. — O que tem ela?

— Vai deixar a escola no fim do ano. Decisão do Conselho Diretor. O pessoal da escola ainda não está sabendo, mas tem uma carta com jeito de documento oficial na secretaria, sobre a qual acabei de ver a srta. Baxter chorando. Algo a ver com "frequentes demonstrações de falta de bom senso e reação exagerada a incidentes triviais". E ainda "extrapolação contínua de autoridade a ponto de minar os princípios democráticos". Além disso, talvez você gostará de saber que, na sexta à tarde, o sr. Piccolo anunciou que os compromissos de doação estão começando a ser feitos de fato. — Conn pôs a mão no meu braço, ainda olhando para o quadro de avisos. — Liza, ouça. O MIT vai ser ótimo; você sabe disso, não?

Consegui assentir, e Conn deu um tapinha carinhoso no meu braço e acrescentou:

— Não se esqueça disso.

E então ele teve a sensibilidade de se afastar, enquanto eu continuava lá parada. Naquele momento, o fato de a sra. Poindexter deixar a escola em breve não pareceu ter muita importância, mas importava que obviamente ela havia sido expulsa pelo Conselho Diretor, e que, embora a audiência disciplinar evidentemente não fosse o único motivo, sem dúvida fora um deles. O problema era que eu só conseguia pensar *isso também é culpa minha*, porque, naquele exato momento, eu não queria afetar a vida de ninguém, nem mesmo a da sra. Poindexter. Eu só queria ser tão anônima e sem importância quanto um calouro que acaba de entrar na escola, desde o primeiro dia até a formatura.

Mas decidi, já que aquela era minha primeira e única aula vaga aquele dia, fazer o que tinha em mente quando parei diante daquele quadro de avisos: ir à sala de artes para ver a srta. Stevenson e descobrir como havia sido a audiência dela e da srta. Widmer — a minha aula de Inglês era a última do dia, então eu ainda não tinha visto a srta. Widmer.

Mas lá estava uma mulher desconhecida mexendo nos armários de suprimentos da srta. Stevenson. Ela olhou para mim, sem expressão, assim que entrei, e disse:

— Pois não? Posso ajudá-la? Não creio que haja aula aqui neste horário, há? — A mulher riu de um jeito simpático enquanto ia até a prancheta da srta. Stevenson e pegava um cronograma. — Imagino quanto tempo vou levar para decorar os horários e os lugares... Algum problema?

A srta. Stevenson deve estar gripada novamente, eu disse a mim mesma enquanto saía depressa da sala; *apenas teve que faltar.*

Acho que corri todo o corredor até a sala da srta. Widmer. Uma aula estava sendo dada na sala naquele momento, mas Sally estava do lado de fora da classe, parada junto ao bebedouro.

— Se está procurando a srta. Widmer — Sally disse com um sorrisinho —, lamento dizer que você não vai encontrá-la aqui.

— Mas ela deveria ter voltado hoje — falei, ainda totalmente confusa. — Assim como eu. Quer dizer, recebi a notificação no sábado, então ela deve...

— Tenho certeza de que ela também recebeu a dela no sábado, Liza — Sally disse quase compreensiva. — E é por isso que ela não está aqui.

Acho que eu disse "Ah, meu Deus" e comecei a me afastar.

Mas Sally veio atrás de mim.

— Liza — ela disse —, ouça. Talvez você não acredite em mim, mas... bem, sinto muito mas tive que fazer o que fiz. Também sinto muito por ter perdido a cabeça e... bem, eu gostaria de ajudá-la, Liza. Walt conhece um médico muito bom, um psiquiatra, quer dizer...

Tentei afastá-la e provavelmente disse algo curto e grosso como "Não preciso da sua ajuda", mas ela não me largava. Tudo que eu conseguia pensar era que tinha que ligar para a srta. Stevenson e para a srta. Widmer.

— Escute, Liza, a diretoria tinha que fazer isso, não percebe? Mesmo que não houvesse uma campanha de angariação de fundos, eles teriam que demitir a srta. Stevenson e a srta. Widmer. Ter professoras como aquelas... é meio como eu ter causado aquelas orelhas infeccionadas, não é? Só que muito pior. Quer dizer, isso acaba com a possibilidade de as pessoas... se casarem e terem filhos, e uma vida sexual sadia e normal... e de serem simplesmente felizes e bem ajustadas. Meu ponto é... bem, pense na influência que os professores têm. — Ela sorriu com tristeza. — Ah, Liza, pense em si mesma, pense em como foi influenciada por elas! Você sempre gostou da srta. Stevenson, especialmente; você quase a idolatrava...

Juro que me controlei para não sacudi-la.

— Eu não a idolatrava! — gritei. — Eu gostava das duas, assim como a maioria dos alunos também gostava. Eu nem sabia que elas eram... quer dizer, eu não... — gaguejei por mais alguns segundos, ponderando que talvez ainda fosse arriscado dizer com todas as letras que elas eram lésbicas. Em vez disso, falei: — Sally, eu seria lésbica de qualquer jeito, você não consegue entender? Eu já era lésbica antes de ficar sabendo qualquer coisa a respeito delas. — Então ouvi as palavras saindo da minha boca: — Eu provavelmente sempre fui lésbica. Você sabe, nunca gostei de garotos daquele jeito...

— Lésbica — Sally disse baixinho. — Ah, Liza, que palavra triste! Que palavra terrivelmente triste. A srta. Baxter me disse isso e ela tem razão. Mesmo com relação a drogas, bebidas e outros problemas desse tipo, a maioria das palavras são mais abertamente negativas: chapado, bêbado de dar dó...

Acho que foi então que eu segurei o braço de Sally — não para sacudi-la, mas para fazê-la calar a boca. Eu me lembro de tentar manter a voz firme.

— Não é um problema — disse eu. — Não é algo negativo. Não percebe que é de amor que você fala? Você está falando do que eu sinto por outro ser humano e do que ela sente por mim, não de algum tipo de doença da qual você precisa nos salvar.

Sally balançou a cabeça.

— Não, Liza. Isso não é amor. É imaturo, como uma paixonite, ou algum tipo de problema mental, ou... ou talvez você tenha medo de garotos. Eu também tinha um pouco de medo antes de conhecer Walt. — Ela sorriu, quase envergonhada. — Eu tinha mesmo, Liza, embora isso pareça engraçado, mas ele é... ele é tão compreensivo e... e, bem, quem sabe você também não conheça um cara como ele um dia e... e... ah, Liza, não quer estar pronta para isso quando esse dia chegar? Um psiquiatra pode te ajudar, Liza, tenho certeza... Puxa, disseram na audiência que...

Olhei fixamente para ela.

— Você estava na audiência?

— Ah, sim — ela disse, parecendo surpresa. — Na audiência da srta. Stevenson e da srta. Widmer. Achei que soubesse... Cheguei pouco depois que você e seus pais foram embora. Eu ia falar na sua também, mas acharam que eu não deveria, já que sou da sua turma e que somos amigas e tudo mais, então concordei, mas a sra. Poindexter quis que eu falasse sobre que tipo de influência a srta. Stevenson e a srta. Widmer tinham sobre os alunos, sobre você, principalmente.

— E você disse o quê?

— Bem, eu tinha que dizer a verdade, não é? Eu disse a eles que você as idolatrava, porque é isso mesmo, Liza. Não importa o que você diz; você sem dúvida idolatra a srta. Stevenson. E eu disse que talvez você tivesse pensado que o que elas faziam era certo e que você meio que... bem, queria ser como elas e tudo mais...

— Ah, meu Deus! — falei. Pensando sem parar...

Está nevando, Annie, Liza escreveu — mas o eco das palavras de Sally e de suas próprias palavras interrompeu seus pensamentos: Pensando sem parar... pensando sem parar... em quê?

Ela escreveu novamente, tentando encontrar as palavras certas:

> A neve aqui no *campus* é tão branca, tão pura. Uma vez, quando eu era pequena... Eu já te contei isso? Vi numa revista uma imagem de algo terrível, escuro e deformado, um tipo de aquecedor a vapor pequeno e fora de moda, mas que tinha uma cabeça e pés largos com garras. Alguém, talvez minha mãe, disse brincando: "Viu só? É assim que você fica por dentro quando se comporta mal". Jamais me esqueci daquilo.
>
> E é assim que tenho me sentido desde a primavera passada.

Pensando sem parar... pensando sem parar agora em...

> Annie, se eu tivesse participado daquela outra audiência, eu poderia ter falado a verdade — bem, talvez eu as tivesse salvado —, se eu tivesse participado. E, mesmo na minha própria audiência, eu poderia tê-las ajudado; eu poderia ter dito — eu queria ter dito — que elas não tinham me influenciado em nada, que eu sempre tinha sido lésbica...

Liza vestiu a jaqueta; ela saiu e ficou parada na margem deserta do rio Charles, observando a neve cair preguiçosamente nas águas.

Se eu não fosse lésbica, ela pensou quando sua mente clareou; *se nada tivesse acontecido naquela casa, naquele quarto...*

— Mas que diabos! — disse em voz alta. — Você é lésbica, Liza, e algo aconteceu naquela casa, e aconteceu porque você ama Annie de um modo que não amaria se não fosse lésbica. Liza, Liza Winthrop, você é lésbica.

Siga em frente, Liza, ela disse a si mesma, caminhando. *Escale aquela última montanha...*

18.

As lembranças vêm envoltas em nuvens, dispersas. Lembro de ter ido com Annie até Cobble Hill no fim da tarde daquele primeiro dia de retorno à escola, o dia em que Sally me contou que a srta. Stevenson e a srta. Widmer tinham sido demitidas.

Mais uma vez, chovia. Lembro disso também, e não havia ninguém em casa naquela pequena residência com jardim na entrada e nos fundos.

Lembro que Annie olhou para cima, parada na porta de entrada, e disse:

— Não consigo odiar, Liza, você consegue?

Não entendi a que ela se referia e perguntei o que ela queria dizer com aquilo, e ela respondeu:

— Eu receava odiar esta casa, mas não consigo. Gosto tanto daqui. Tanta coisa que aconteceu aqui foi linda.

E Annie me beijou, na chuva, parada na entrada da casa escura.

A porta da frente estava aberta quando voltamos lá no sábado, e havia caixas de papelão por todo lado, e a "obra de arte" da srta. Stevenson, que ficava na sala de artes estava encostada em um canto, e os gatos estavam em caixas de transporte, para que não escapassem naquela confusão e se perdessem. A casinha em Cobble Hill estava sendo despojada de tudo que a fazia parecer acolhedora, adorável e habitada.

A srta. Widmer estava no jardim dos fundos, removendo uma planta do solo e obviamente tentando parecer mais corajosa do que se sentia. A srta. Stevenson, vestindo um jeans velho, empacotava seus últimos livros.

— Oi, vocês duas — ela disse (e até sorriu) quando entramos.

O que fiz então foi algo de que jamais me arrependerei: eu a abracei. Ficamos abraçadas durante um minuto bem longo e depois ela me afastou, sorrindo, e disse:

— Ah, veja, não é tão ruim. Temos sorte. Temos uma casa no interior; e íamos nos aposentar, de todo modo. Eu já vinha falando em me dedicar mais a sério à pintura, e Kah... bem, ela sempre quis ter uma grande horta e criar galinhas, e escrever poesia em vez de ler poemas dos outros. Agora podemos...

— Vocês são professoras! — lembro-me de ter dito. — São professoras tão boas, boas para os alunos...

— Bem, fizemos isso por mais de vinte anos. Muita gente muda de carreira hoje em dia.

Mas olhei para Annie, e ela olhou para mim, e nós duas sabíamos que o que de fato importava era que, provavelmente, aquelas duas mulheres maravilhosas e corajosas nunca mais voltariam a lecionar.

Annie, hoje fui lá fora e, na neve acumulada no pátio perto do meu dormitório, fiz o monstro da minha infância, e desejei que você estivesse comigo. Meu monstro de neve era puro, branco e inocente, e, ao olhar para ele, Annie, percebi de repente que ele jamais seria feio e escuro como o monstro da minha infância, porque sua inocência vem do que ele é, não necessariamente do que ele faz. Ainda que às vezes as ações dele sejam ruins, covardes ou bobas, ele continua sendo bom, e não maldoso. Ele pode ser bom, corajoso e sábio, contanto que continue tentando.

E então, Annie, destruí o monstro, e desejei novamente que estivesse comigo...

Annie e eu saímos naquele último sábado para buscar almoço para todas nós: sanduíches de rosbife e refrigerantes. Foi como um piquenique dentro de casa, entre caixas e malas, e todas tentamos ficar alegres — mas isso só funcionou por um tempo.

— Espero que todas gostem de rosbife — Annie disse.

— Humm. — A srta. Stevenson mordeu seu sanduíche. — Delicioso! — Ela acenou com seu sanduíche para nós. — Comam, vocês duas. Ah, parem de agir feito dois coelhos assustados. Está tudo bem. Há muitas coisas injustas no mundo, e gays com certeza recebem seu quinhão, assim como as outras pessoas; além do mais, isso realmente não tem importância. O que importa é o amor verdadeiro, duas pessoas que se encontram. Isso é que é importante, não se esqueçam.

Annie sorriu para mim, e senti sua mão apertando a minha, e acho que nós duas percebemos ao mesmo tempo quanto era agradável estar sentada lá, com pessoas que eram como nós, de mãos dadas. Mesmo assim, no fundo, eu ainda me sentia péssima.

— S-sei que você está tentando fazer com que nos sintamos melhor — falei —, mas pensar que vocês não... não podem mais lecionar...

A srta. Widmer enfiou um guardanapo usado em um saco de papel e disse:

— Deveríamos contar a elas, Isabelle, sobre quando éramos jovens.

— Quando éramos jovens, e nossos pais descobriram a nosso respeito — a srta. Stevenson falou, assentindo —, bem, começaram a suspeitar, eles nos disseram que não poderíamos nos ver nunca mais...

— Nossa! — disse Annie.

— Sim, mas obviamente continuamos nos vendo mesmo assim — a srta. Widmer falou.

— Nós nos encontramos às escondidas durante mais de um ano... — disse a srta. Stevenson. — Foi horrível. E fomos pegas algumas vezes; uma vez, mais ou menos como vocês duas, como Kah me lembrou muito bem aquele dia, quando eu estava irritada demais para conseguir lembrar sozinha.

— Então sabemos como é — a srta. Widmer disse suavemente. — Como é se sentir suja num momento em que você quer se sentir maravilhosa e se sente maravilhosa, nova, pura e cheia de amor, cheia de vida...

A srta. Stevenson levantou-se e foi até a janela. Depois se inclinou e tocou o nariz do gato laranja através das grades de sua caixa de transporte.

— Vejam bem — ela disse baixinho —, não posso mentir para vocês e dizer que perder nossos empregos desse jeito é fácil. Não é, mas o que estou dizendo é que vai ficar tudo bem; nós ficaremos bem. E queremos que também fiquem.

A srta. Widmer inclinou-se para a frente.

— Isabelle fez parte do Corpo Feminino do Exército durante um tempo — ela disse. — Entre o ensino médio e a universidade. Alguém achou umas cartas que eu tinha mandado para ela. Sabem a Inquisição? O exército é muito pior do que o breve exemplo que tivemos na Foster, garanto a vocês! Mas sabem de uma coisa? Embora Isabelle tenha sido dispensada, e embora por um tempo parecesse que nenhuma faculdade a aceitaria, uma acabou aceitando, e, depois de um tempo, quando ela já havia conseguido seu primeiro trabalho como professora e já estava lecionando fazia mais de um ano, aquilo tudo não tinha mais importância, não do ponto de vista prático, pelo menos. E... — a srta. Widmer sorriu carinhosamente para a srta. Stevenson — ... o importante é que superamos aquilo também, e que ainda estamos juntas.

A srta. Stevenson deu um tapinha afetuoso na mão da srta. Widmer, veio até onde eu estava e pôs as mãos nos meus ombros.

— Devo dizer ainda — ela lançou um olhar para a srta. Widmer, que assentiu — que Kah quase me deixou depois que eu fui dispensada. Ela sofreu mais do que eu, Liza, porque culpou a si mesma por ter escrito aquelas cartas para mim... embora fosse eu quem as tivesse deixado à vista. Ela ficou pensando que, se não tivesse escrito aquelas cartas...

— ... se eu não fosse lésbica — a srta. Widmer disse baixinho.

— ... nada daquilo teria acontecido. Nada de julgamento marcial, nada de dispensa...

— Levei anos para perceber — disse a srta. Widmer — que não tinha sido culpa minha, que não tinha sido a minha homossexualidade que tinha feito Isabelle ser dispensada, e sim uma injustiça por parte de outras pessoas que usaram isso como desculpa.

Annie apertou minha mão e sussurrou:

— Viu?

— Acho — continuou a srta. Widmer — que eu tive primeiro que aceitar que era lésbica, para só então perceber que a dispensa não tinha sido culpa minha. — Ela deu uma risadinha. — É por isso que gosto tanto daquela citação que diz que a verdade libertará. E é isso mesmo, sabe, qualquer que seja a verdade.

A srta. Stevenson disse algo, mas não lembro quais foram suas palavras.

Acho que ela deu alguma desculpa esfarrapada sobre voltar a lecionar.

E eu me lembro mais ou menos de como a srta. Stevenson olhou para mim, como se estivesse tentando ver o que se passava dentro da minha cabeça.

Ela pôs as mãos em meus ombros novamente, ainda olhando para mim daquele jeito, olhando bem no fundo dos meus olhos.

E então ela disse...

A srta. Stevenson disse...

— Liza, Liza, esqueça nossos empregos; esqueça disso por enquanto. Pense no seguinte: o pior que poderia acontecer comigo e com a Kah seria ficarmos separadas. Ou tão esgotadas, tão aflitas pela culpa e tão devastadas que não conseguíssemos continuar juntas. Qualquer outra coisa...

— Qualquer outra coisa é apenas ruim — disse a srta. Widmer. — Mas não pior que isso. Sempre dá para superar coisas ruins.

— Vocês não fizeram nada contra nós — pontuou a srta. Stevenson, gentil.

— Se vocês duas não se lembrarem de mais nada disso — acrescentou a srta. Widmer —, lembrem apenas de uma coisa, por favor: não... não se culpem pelas reações das pessoas que ignoram quem somos.

— Não deixem a ignorância vencer — disse a srta. Stevenson. — Deixem que o amor vença.

Liza afastou a cadeira, seus olhos indo da última parte de sua carta longa e fragmentada para a foto de Annie, lembrando, enquanto a neve caía do outro lado da vidraça, de como a neve havia caído no calçadão de Promenade, quase um ano antes, quando elas haviam trocado anéis.

Consultou seu relógio de pulso; eram apenas seis da tarde na Califórnia. Hora do jantar.

Não vou pensar nisso, ela disse a si mesma, levantando-se. *Já pensei o suficiente. Vou simplesmente seguir em frente e fazer o que tem de ser feito.*

Ela encontrou a primeira carta que Annie havia mandado de Berkeley e anotou o número de telefone do seu dormitório; juntou todo trocado que tinha e pegou emprestado quatro moedas de vinte e cinco centavos da garota do quarto em frente. Quando chegou à cabine telefônica no primeiro andar do dormitório, sua boca estava seca e seu coração, aos pulos; ela precisou repetir "Annie Kenyon" duas vezes para a... telefonista? Aluna? Quem quer que houvesse atendido ao telefone de forma impessoal do outro lado da linha.

E então lá estava a voz de Annie, a milhares de quilômetros de distância, dizendo com certa curiosidade:

— Alô?

Liza fechou os olhos.

— Annie — ela disse. — Annie, é a Liza.

Silêncio. E depois:

— *Liza?* Liza, ah, meu Deus! É mesmo você? Liza, onde você está? Eu só...

— Eu... sim, sou eu. Estou no MIT. Eu... Annie, sinto muito. Não escrevi para você... — Liza se pegou rindo. — Minha nossa, que coisa idiota para se dizer! Annie... Annie... você vai para casa no Natal?

Uma risada — uma risada lenta, deliciosa, de puro deleite.

— Claro que sim. Liza... não estou acreditando! Tem um cara que conheço, ele é de Boston, e ele quer visitar não sei quem em Nova York. Ele se ofereceu para trocar de passagem comigo. Eu tinha contado a ele sobre nós, meio por cima, e ele perguntou se eu queria trocar de passagem com ele, se eu queria... bem, tentar vê-la. Eu disse que não sabia, que tinha que pensar. Nossas férias começam amanhã. Eu... eu estava tentando criar coragem para ligar para você. Liza, ainda está aí?

— Eu... sim. Annie... desculpe. E-estou chorando... é tão bom ouvir sua voz de novo.

— Eu sei, também estou chorando.

— Troque de passagem com ele, por favor. Podemos ir para casa juntas. Minhas férias só começam daqui a alguns dias. Vou te encontrar no aeroporto, só me passe o número do voo. Annie?

— Sim?

— Annie, a srta. Widmer estava certa. Lembra aquilo, sobre a verdade libertar? Annie... agora estou livre. Amo você. Amo tanto você!

E num sussurro nítido ela disse:

— Também amo muito você, Liza. Ah, meu Deus! Também amo você!

Uma conversa com Nancy Garden

Kathleen T. Horning: Quando você se deu conta de que era lésbica? Como soube?

Nancy Garden: Foi um processo gradual. Quando criança, eu sentia que era diferente das outras garotas, de algum modo que não conseguia compreender. Eu desejava ter nascido menino e, quando fui ficando mais velha, passou a ser desconfortável pensar em mim mesma como mulher ou me imaginar casada com um homem. Eu não me interessava em namorar garotos nem ir a bailes com eles, mas só fui saber alguma coisa sobre homossexualidade no ensino médio. Não sei ao certo em que ordem as coisas aconteceram, só que, mais ou menos na mesma época em que uma garota que estudava na sala em frente à minha e eu começamos a desenvolver uma amizade intensa e romântica — começamos a nos apaixonar, na verdade —, li numa revista um artigo sobre homens gays; foi a primeira vez que ouvi falar de homossexualidade. Não muito tempo depois, a mãe da minha amiga achou uma carta que eu havia escrito para a menina e, com base nisso, disse que achava que eu era lésbica. Quando Sandy, minha amiga, me contou isso, lembrei daquele artigo, e, de repente, meu amor por Sandy e mais um monte de incidentes e sentimentos da minha infância e do início da adolescência pareceram se encaixar; percebi que provavelmente eu era lésbica. Aquilo certamente fazia muito mais sentido para mim do que ser hétero!

Com base no artigo e na reação da mãe de Sandy à carta, soube que ser lésbica não era algo bem aceito, mas aquilo não importava. Como eu disse, fazia sentido. No entanto, apesar de todos os indícios e do fato de eu me identificar como lésbica assim que cheguei à conclusão de que provavelmente era isso mesmo, durante muito tempo não aceitei a ideia totalmente. Acho que eu queria que houvesse algum tipo de sinal místico, como a voz de Deus me dizendo de repente: "Você é lésbica!" ou algo assim. Sandy e eu passamos muito tempo negando que éramos lésbicas, tanto para nós mesmas quanto uma para a outra, mesmo depois de termos tocado uma à outra, nos beijado e jurado amor eterno. Era uma situação estranha e dolorosa para nós duas, estar apaixonada e ter certeza de que aquilo era certo. Embora eu soubesse que ser lésbica explicava muitos sentimentos e atos meus do passado e do presente, embora eu soubesse que amava Sandy, embora eu não acreditasse que ser homossexual fosse imoral ou doença, e embora eu não me importasse em ser diferente da maioria das outras garotas, eu ainda queria algum tipo de comprovação definitiva. Não sei se é porque, no fundo, eu *estivesse* lutando contra aquilo (eu certamente não achava que estivesse) ou se é porque, em algum momento, eu havia gostado mesmo de alguns homens e aquilo me confundia. De qualquer modo, namorar aqueles homens me parecia algo surreal, como se eu estivesse fingindo e tentando ser "normal". Apesar disso, do ensino médio em diante, independentemente de quem estivesse na minha vida, homem ou mulher, Sandy sempre tinha sido a pessoa mais importante do mundo para mim, aquela com quem eu queria passar o resto dos meus dias.

KTH: Como era a situação para gays e lésbicas quando você era adolescente?

NG: Bem desoladora. Fui adolescente na década de 1950, quando a maioria dos homossexuais ainda estava no fundo do armário. Sair do armário era muito arriscado; uma pessoa podia ser expulsa se estivesse na escola ou na universidade; os pais renegavam os filhos homossexuais ou os mandavam para psiquiatras para que fossem "curados"; gays adultos podiam perder seus empregos se alguém descobrisse ou se simplesmente houvesse a suspeita de que eram homossexuais. Na melhor das hipóteses, a homossexualidade era vista como uma doença mental; na pior, como algo ruim, imoral ou criminoso. Qualquer criança que fosse considerada gay obviamente sofria nas mãos das demais. Ninguém sabia o significado especial da palavra *gay* exceto os homossexuais e o pessoal das artes, é claro.

Usava-se o termo *fairy*[*] para os garotos e *lezzie*[**] para as garotas, enquanto *queer*[***] era usado para designar ambos os sexos e são palavras que ouvi muito durante minha juventude.

Não demorou muito para os pais de Sandy lhe dizerem para não se encontrar mais comigo fora da escola; sua mãe me considerava "má influência" e lésbica, mas Sandy e eu estávamos apaixonadas, e continuamos nos encontrando, e sendo pegas, e nos vendo novamente, e sendo pegas novamente. A certa altura, seus pais ameaçaram mandá-la para um curso de secretariado em vez da faculdade se ela continuasse se encontrando comigo, e, embora felizmente o diretor da nossa escola tivesse garantido à Sandy, que é muito inteligente, que ela iria para a universidade de qualquer jeito, aquilo ainda assim foi devastador. Foi uma época terrível, tão difícil que, uma vez, eu estava dirigindo o carro da minha mãe com Sandy ao meu lado, numa rua que terminava em um muro de pedras, e pensei que, se eu jogasse o veículo contra o muro, talvez nós duas morrêssemos. E então ficaríamos juntas para sempre, imaginei, e aquele momento horrível que estávamos vivendo chegaria ao fim. Apesar disso, desviei do muro a tempo, e fico muito feliz por tê-lo feito, já que Sandy e eu, depois de termos ficado juntas e separadas durante alguns anos, finalmente nos unimos de forma permanente. E, em 2004, como moramos em Massachusetts, pudemos nos casar legalmente — depois de trinta e cinco anos de união.

---

[*] Em tradução livre: fada. O termo é considerado ofensivo para se referir a homens gays. (N. T.)

[**] Palavra ofensiva para designar mulheres lésbicas.

[***] Em tradução livre: estranho. O termo era amplamente usado de modo pejorativo para se referir a pessoas que não eram cisgêneras nem heterossexuais. Entretanto, a comunidade LGBTQIAP+ ressignificou a palavra ao lhe atribuir uma conotação positiva. Hoje é considerado um termo guarda-chuva que contempla outras designações para pessoas que não se enquadram nos padrões normativos da sociedade. (N. T.)

KTH: Você conseguia encontrar livros ou outras fontes de informação sobre homossexualidade naquela época?

NG: Havia pouca coisa nos anos 1950. E, se o simples fato de procurar esses livros já era assustador, imagine comprá-los ou pegá-los na biblioteca; e se alguém visse? As enciclopédias diziam que éramos doentes ou imorais, condenados à solidão e à promiscuidade. Quando finalmente tomei coragem de procurar "homossexualidade" no catálogo de uma biblioteca pública — não havia computadores naquela época —, encontrei alguns livros adultos na lista, mas estavam sempre indisponíveis. Era uma forma sutil de censura, tenho certeza. Alguns livros adultos disponíveis naquela época ou um pouco mais tarde — alguns de Mary Renault, por exemplo — continham personagens que pareciam ser gays, mas isso não era dito abertamente. Talvez essa fosse a única forma de as editoras publicá-los, ou de os escritores ousarem escrevê-los. No terminal rodoviário local, eu costumava encontrar — quando tinha certeza de que não havia ninguém olhando — alguns romances de banca baratos cujos títulos e capas extravagantes deixavam claro de que se tratava de histórias lésbicas. Esses livros geralmente terminavam com a personagem lésbica morrendo em um acidente de carro, sendo mandada para uma instituição psiquiátrica ou virando hétero, mas por fim acabei encontrando um livro que me ajudou: *O poço da solidão*, de Radclyffe Hall, publicado na Inglaterra na década de 1920. É uma história sobre uma lésbica masculinizada; o enredo abrange grande parte de sua vida, desde o nascimento. *O poço da solidão* era famoso; foi levado a julgamento sob a acusação de obscenidade tanto na Inglaterra quanto nos Estados Unidos, e foi oficialmente banido na Inglaterra durante anos. Eu devorei esse livro (que, a propósito, não é nem um pouco obsceno), embora seja, em grande parte, muito melodramático e tenha um desfecho triste; mas, no fim, ficou uma grande sensação de busca por justiça e compreensão, e essas coisas me fizeram jurar que um dia eu escreveria um livro que representasse minha comunidade e que tivesse um final feliz. *Annie em minha mente: a descoberta do amor* foi esse livro!

Durante muito tempo, quando eu era adolescente, não havia ninguém com quem eu pudesse conversar sobre ser lésbica; não era seguro. Sandy e eu falamos com alguns amigos sobre o fato de não podermos nos ver, mas não contamos a eles que nos amávamos, e era bem óbvio que a maioria dos adultos não entenderia. Em retrospecto, imagino que alguns deles talvez entendessem, principalmente minha mãe e a mãe de uma boa amiga nossa, mas achamos que tínhamos que mentir para proteger a nós mesmas e a nossa relação. Quando ainda estávamos no ensino médio, finalmente conheci alguns gays na temporada de verão do curso de teatro — eu estava bastante envolvida com teatro naquela época. Um dos gays que conheci na companhia era um garoto da minha idade, e eu conseguia conversar com ele. Foi um grande alívio!

KTH: Como soube que ele era gay?

NG: Ele e eu nos assumimos gays um para o outro uma madrugada, e ficamos sentados nos fundos do teatro a noite inteira, falando sobre nós mesmos, nossos sentimentos e nossos problemas. Foi ele quem me contou o significado especial da palavra *gay*. Realmente não me lembro como a conversa começou, ou como nos reconhecemos e como passamos a confiar um no outro, mas sei que foi o que aconteceu, sem dificuldade. Naquele tempo, algumas pessoas héteros acreditavam que os gays tinham formas especiais de reconhecer uns aos outros — um aperto de mão secreto, por exemplo; mas, se havia tais formas, o que duvido muito, eu certamente não as conhecia! Aprendi mais tarde que os gays às vezes diziam que eram "entendidos" ou "amigos da Dorothy" (uma referência a *O mágico de Oz*) como uma forma de indicar que eram gays.

Meu amigo me falou de mais uns dois ou três gays da companhia de teatro, e, quando voltei para a escola, suspeitei de que alguns professores meus fossem gays (anos depois, descobri que estava certa). Acho que também devo ter ficado em dúvida sobre alguns alunos, mas não tenho certeza de ter colocado tal ideia em palavras para mim mesma. Como passei a achar que essas pessoas talvez fossem gays? Talvez porque não se encaixassem nos estereótipos de gênero — mais fortes nos anos 1950 do que atualmente — de aparência, comportamento e interesses, mas de forma alguma esses eram sinais claros. Nós somos de todos os tamanhos, formatos e tipos, e apenas alguns de nós são nitidamente gays.

KTH: Quantos anos você tinha quando contou aos seus pais que era lésbica?

NG: Minha mãe morreu quando eu tinha vinte e um anos, e nunca contei a ela com todas as palavras, embora eu quisesse e certamente pudesse ter contado. Ela era uma mulher sábia e compreensiva, e éramos muito próximas. Ela sabia o que a mãe de Sandy achava, e escreveu uma carta dizendo que não concordava em manter a mim e Sandy separadas. (Infelizmente, isso piorou as coisas, mas a intenção da minha mãe tinha sido boa.) Tentei contar sutilmente que eu era lésbica. Lembro de ter dito a ela que beijar um rapaz com quem eu estava saindo (contra vontade; para disfarçar e manter as aparências) era diferente de beijar Sandy. Acho que ela disse algo como "Sem dúvida", mas naquela época eu tive quase certeza de que ela não havia entendido que eu estava, na verdade, tentando dizer que eu preferia beijar Sandy. Lembro também de estar parada na porta do meu quarto, olhando para minha mãe e cantando uma música popular que tinha a palavra *gay* na letra. Sei que ela sabia que eu havia lido *O poço da solidão*. Na verdade, ela disse que também o havia lido, mas não acho que tenhamos discutido o livro em detalhes, apesar de eu me lembrar vagamente de ela dizer que tinha achado a história triste. Acho que ela estava esperando que eu lhe fizesse confidências, por respeito à minha privacidade e porque sabia o que eu estava passando.

Contei à minha tia favorita, irmã da minha mãe, um tempo depois que minha mãe morreu, e antes de contar ao meu pai. Só contei a ele quando *Annie* foi publicado, o que não aconteceu antes dos meus quarenta e poucos anos; eu temia que a verdade o magoasse. Eu também receava sua reação, porque ele não era uma pessoa que entendia ou era solidária com os gays, mas eu não queria que ele ficasse sabendo por outras fontes, por uma resenha de *Annie* ou por alguém que ele conhecesse e que houvesse lido o livro.

KTH: Como contou a ele?

NG: Contei a ele e à minha madrasta uma noite. Não me lembro das palavras, só que falei de *Annie*, de Sandy e do meu amigo gay do grupo de teatro. (Ele e eu ainda éramos bons amigos, e meu pai o conhecia — em algum momento, durante o período em que Sandy e eu ficamos separadas, esse meu amigo e eu chegamos até a falar em nos casarmos, mas eu disse a ele que o trato seria desfeito se Sandy voltasse para mim.)

Minha madrasta já vinha suspeitando fazia tempo, e ela não tinha problema quanto a isso, mas temia a reação do meu pai. Ele ficou muito chateado quando lhe contei, e com medo de ele e minha mãe terem feito algo errado com relação à minha criação — uma reação compreensível, embora falsa, que muitos pais têm. Meu pai também ficou aborrecido porque sempre quis netos. É claro que nos dias de hoje isso seria possível, mas naquele tempo os casais gays raramente tinham filhos, a menos que um dos dois já tivesse sido casado antes com alguém hétero. Apesar de tudo, meu pai adorava Sandy, e isso o ajudou a entender que eu era lésbica. No entanto, depois daquela primeira noite, ele sempre evitou tocar no assunto. Acho que ele estava em negação ou tentando estar, e sei que estava profundamente desapontado. Durante muito tempo, ele não colocou *Annie* ao lado dos meus outros livros, como se temesse que alguém fosse pegá-lo e ver do que se tratava; para ele, era uma vergonha sem fim ter uma filha lésbica, mas ele continuou sendo gentil e simpático com Sandy, e ele e eu continuamos tendo uma relação, embora fosse difícil e complicada. Teria dado na mesma se eu tivesse contado a ele antes.

KTH: O que a inspirou a escrever *Annie em minha mente: a descoberta do amor*?

NG: *O poço da solidão.* Meus anos no ensino médio. Minha vontade de contar a verdade sobre as pessoas gays — que não somos doentes nem maus; que podemos nos apaixonar e nos apaixonamos e levamos vidas felizes, saudáveis e produtivas.

KTH: Como era para gays e lésbicas na época em que você escreveu *Annie em minha mente: a descoberta do amor*?

NG: Escrevi *Annie* no fim dos anos 1970, começo da década de 1980. Com certeza, a situação era melhor do que na década de 1950; o movimento de direitos dos homossexuais já havia percorrido um longo caminho àquela altura, e a Revolta de Stonewall, em 1969, tinha tornado o movimento mais forte e mais persistente, e a comunidade gay, menos invisível.

Mas o clima para muitos jovens não era muito melhor do que nos anos 1950, embora a Associação Americana de Psiquiatria e a Associação Americana de Psicologia tivessem dito que homossexualidade não era doença. Não havia alianças entre gays e héteros, linhas diretas para ajudar adolescentes gays e lésbicas em dificuldade — na verdade, poucas pessoas percebiam ou aceitavam que adolescentes *podiam* ser gays. A homossexualidade adolescente ainda era vista por muita gente ou pela maioria das pessoas leigas como uma fase de desenvolvimento ou como "atraso de desenvolvimento". Alguns adultos, certamente mais do que na década de 1950, sabiam que não era bem assim, como a mulher ruiva que aparece na audiência da escola de Liza, mas havia outros que estavam mais para sra. Poindexter e para a srta. Baxter. Infelizmente, ainda há.

KTH: Havia muitos livros para adolescentes com personagens gays ou lésbicas quando você era jovem ou nos anos 1980?

NG: Não havia muitos livros escritos especificamente para adolescentes nos anos 1950, não como hoje em dia, embora houvesse vários livros infantis. A maior parte dos livros de ficção adolescente quando eu estava no ensino médio consistia em séries como *Nancy Drew* e *Hardy Boys*, ou romances ou livros sobre esportes.

Havia muitos livros adolescentes no início dos anos 1980, quando *Annie* foi publicado, mas poucos que tratavam de homossexualidade; não havia muitos livros sobre gays nem para adultos, em comparação com os dias de hoje, mas havia duas peças conhecidas que Sandy e eu lemos com empolgação quando éramos adolescentes: *Chá e simpatia*, na qual um garoto gay é seduzido por uma mulher hétero com a intenção de provar para o próprio garoto que ele também era hétero, e *Calúnia*, na qual uma lésbica que ama em segredo outra mulher acaba se matando quando alguém suspeita de que as duas eram amantes, mas obviamente essas peças não foram escritas para adolescentes.

KTH: Como eram os livros?

NG: O primeiro livro para adolescentes que tratava de homossexualidade foi *I'll get there. It better be worth the trip*, do falecido John Donovan, publicado em 1969. Há uma cena revolucionária nesse livro, na qual Davy, o protagonista, e seu melhor amigo, Altschuler, estão brincando com o cachorro de Davy, e de repente o clima muda e os dois garotos se beijam. Aquilo os assusta e perturba a amizade deles por um tempo, mas no fim eles decidem não se preocupar com o que aconteceu, o que foi uma atitude muito saudável para mostrar em um livro para jovens adultos naquele tempo.

Depois de *I'll get there*, houve alguns livros nos anos 1970 nos quais o personagem gay geralmente era um parente adulto ou um amigo ou um colega de classe do protagonista heterossexual, e a maior parte da história — se a homossexualidade era um problema ou não — focava em como o protagonista hétero se adaptava ao personagem gay. Em *Ruby*, de Rosa Guy, publicado em 1976, há o que se pode considerar um relacionamento lésbico explícito entre duas garotas. Foi importante e ousado — acho que também foi o primeiro romance adolescente focado em personagens gays negras — mas as garotas não tinham noção real de sua homossexualidade; o leitor não tem a impressão de que elas são, de fato, lésbicas. Nos poucos livros que focavam em relacionamentos entre adolescentes mais nitidamente reconhecidos como homossexuais, tais relacionamentos, na maioria das vezes, eram vistos como uma fase de desenvolvimento, ou terminavam em rompimento ou morte.

Happy endings are all alike, de Sandra Scoppettone, publicado dois anos depois de *Ruby*, foi uma exceção importante. *Happy endings* foi o primeiro romance adolescente a ter uma personagem principal claramente lésbica (ou gay); a protagonista lésbica de Scoppettone está apaixonada por outra garota, mas ela é estuprada e espancada por um garoto homofóbico em uma cena devastadora e avassaladora, e sua namorada termina com ela por causa disso. Bem no finalzinho, entretanto, há indícios de que as garotas podem ter voltado. Não é de fato um final feliz, mas é esperançoso, e isso, somado a uma protagonista nitidamente lésbica, faz de *Happy endings* um livro verdadeiramente revolucionário.

KTH: Qual a sua opinião sobre a atual situação da literatura gay para adolescentes?

NG: Acho que a literatura gay de hoje em dia é muito saudável. Há novos autores extremamente talentosos, e alguns deles parecem estar realmente comprometidos com a literatura gay. E mais editoras que antes estão lançando livros para adolescentes que mostram personagens gays e lésbicas como parte normal da vida de pessoas heterossexuais, o que também tem sido visto em livros adultos, é claro. Além disso, fico especialmente contente em ver que a tendência, pelo menos agora, parece ser de mais personagens gays e lésbicas. Isso é ótimo e espero que continue assim! Espero ainda que em breve tenhamos protagonistas transgêneros e também mais personagens bissexuais e em questionamento.

Atualmente, jovens LGBTQ (lésbicas, gays, bissexuais, transgêneros e queer) estão saindo do armário cada vez mais novos, e é maravilhoso ver que agora temos livros infantojuvenis e para adolescentes mais jovens que os representam. Também é maravilhoso que mais livros — romances e também livros ilustrados — estejam sendo criados para crianças que têm duas mães ou dois pais — livros melhores e em maior número! Há ainda alguns livros para crianças pequenas que combatem estereótipos de gênero.

Um avanço especialmente importante em muitos — talvez na maioria — dos novos livros gays para adolescentes é a forma como a homossexualidade em si é tratada, e isso tanto reflete quanto encoraja o que vem acontecendo entre os próprios adolescentes. Hoje em dia, muitos dos adolescentes LGBTQ rejeitam rótulos ou vêm criando termos mais fluidos ou inclusivos para si mesmos; muitos sentem que não tem problema ser gay ou lésbica, bi ou trans ou queer, ou qualquer outra combinação que não seja estritamente heterossexual. Muitos deles se assumem com orgulho e se recusam a serem vistos como vítimas. Sim, jovens LGBTQ ainda enfrentam homofobia, bullying e sérios problemas de rejeição, e tudo isso machuca profundamente; muitos jovens LGBTQ ainda enfrentam conflitos sobre se assumirem para si mesmos, para suas famílias e seus pares, mas atualmente são muito menos propensos a serem derrotados por essas coisas ao terem que encará-las. Essa autoaceitação maior e mais forte se reflete em muitos desses livros mais recentes. E isso, tanto na literatura quanto na vida, é simplesmente lindo!

KTH: O que diferenciou *Annie* dos outros livros sobre adolescentes gays que havia no mercado vinte e cinco anos atrás?

NG: *Annie* foi o primeiro romance adolescente a ter tanto uma protagonista jovem lésbica (ou gay) quanto um final definitivamente feliz. No mesmo ano de publicação de *Annie*, o romance *Dance on my grave*, de Aidan Chambers, foi publicado — o primeiro, acho, a ter um protagonista masculino gay e seu amante, mas o amante morre no final.

Para ser justa, devo dizer que, além do fato de que ter um final triste, durante anos, foi a única forma que os autores tinham de escrever sobre homossexualidade e ter seus livros publicados, mostrar os homossexuais como vítimas, às vezes era uma tentativa de mostrar a crueldade com que pessoas gays geralmente eram (e às vezes ainda são) tratadas, não uma forma de dizer implicitamente que as pessoas gays eram fracas ou mereciam punição. Acredito também que o livro de Scoppettone foi o primeiro a mostrar uma jovem lésbica tentando superar um tratamento homofóbico, em vez de ser destruída por ele. Fiquei decepcionada quando o li pela primeira vez, pois o estupro é tão devastador que tende a obscurecer o tom esperançoso do final. No entanto, senti-me extremamente encorajada pelo fato de *Happy endings* ter uma protagonista realmente lésbica.

KTH: Quanto tempo você levou para escrever *Annie*?

NG: Por um lado, acho que dois ou três anos; por outro, entre dez e quinze ou mais. *Annie* teve muitos antecessores. Minha primeira tentativa, além de poemas sofríveis e algumas tentativas vergonhosamente pessoais de escrever peças, foi um romance adulto chamado *For us also*. Comecei a escrevê-lo na faculdade e trabalhei nele de forma inconstante durante muitos anos. Felizmente, nunca tentei publicá-lo. Assim como *O poço da solidão*, *For us also* era melodramático e, do ponto de vista estilístico, era uma espécie de combinação de *O poço* com a Bíblia. Pelo menos serviu para me ensinar muito sobre como não escrever um romance!

Minha tentativa seguinte foi um romance para jovens adultos sobre duas adolescentes que se apaixonam e percebem que são gays. O título era *Summerhut*, e fiquei emocionada quando um editor demonstrou interesse em publicá-lo, mas, depois que revisei o livro algumas vezes para ele, o romance foi rejeitado. Então escrevi *Good moon rising*, outra história de amor e de saída do armário sobre duas jovens lésbicas. A história era ambientada no teatro. Eu não achava que o livro funcionasse, talvez porque estivesse escrevendo sobre duas coisas que me eram muito caras — teatro e ser gay —, e geralmente é difícil fazer isso bem. Coloquei *Good moon* na gaveta e me esqueci dessa história, até uns sete ou oito anos depois da publicação de *Annie*, quando a revisei e atualizei. Foi publicada em 1996.

Em um dia chuvoso, depois de ter guardado *Good moon* na gaveta, eu estava sentada na cozinha da casa que é minha e de Sandy, tomando sopa de tomate no almoço, e as palavras "Está chovendo, Annie" surgiram na minha cabeça. Sei que parece estranho, mas algo me dizia que essa deveria ser a frase de abertura do livro, embora eu não soubesse quem dizia "Está chovendo, Annie" nem quem era Annie. Entretanto, foi assim que *Annie em minha mente: a descoberta do amor* nasceu.

KTH: O que foi mais difícil ao escrever a história?

NG: Lembrar a mim mesma que eu tinha que me concentrar em contar a história, não subir num caixote e fazer um discurso para os meus leitores! Discursei muito em *For us also* e em *Summerhut*, pois tinha uma ânsia enorme de passar minha mensagem aos leitores. "Pessoas gays são muito legais", eu queria gritar; "não somos doentes ou más ou imorais, e podemos nos apaixonar, exatamente como os héteros; é cruel nos vitimar ou rir de nós, ou nos excluir", mas não dá para dizer esse tipo de coisa de forma tão direta ou forçar os personagens a dizerem essas coisas quando se está escrevendo ficção!

KTH: Algum personagem foi baseado em pessoas reais?

NG: Não diretamente. A maioria dos personagens em todos os meus livros é uma combinação de mim mesma, pessoas que conheci ou observei, pessoas a respeito das quais li e pessoas que imaginei. Acho que tem muito de mim em Liza, e há fragmentos de outras pessoas em alguns dos outros personagens de *Annie* também, mas nenhum deles é uma cópia fiel de alguém real.

KTH: Por que a srta. Widmer e a srta. Stevenson não protestaram quando foram demitidas?

NG: Acho que elas não queriam passar pelo que isso exigiria. Elas já tinham sofrido com o julgamento marcial da srta. Stevenson anos atrás e com suas consequências. Acredito que elas queriam apenas reconstruir suas vidas com tranquilidade, fazer outras coisas que sempre gostaram de fazer e viver juntas e em paz. Claro que protestar contra a demissão provavelmente causaria tanto estardalhaço que as impediria de lecionar em outro lugar, se um dia quisessem voltar a dar aulas. Se elas não fizessem um escândalo sobre a demissão e eventualmente se candidatassem a outros empregos, é possível que, considerando a mudança dos tempos, a Foster não admitisse para nenhuma outra escola que havia demitido a srta. Widmer e a srta. Stevenson porque eram gays. Nos anos 1980, poucas escolas admitiriam que tinham gays ou lésbicas em sua equipe!

KTH: O que você acha que aconteceu com Annie e Liza?

NG: Acho que continuaram a se encontrar sempre que podiam, e que foram morar juntas depois que terminaram a faculdade. Imagino que Annie ainda cante e Liza ainda projete edifícios, e aposto que continuam próximas de suas famílias. Quem sabe até estejam criando dois filhos!

KTH: Você teve dificuldade para ter seu livro publicado?

NG: Surpreendentemente, não! Ele foi rejeitado pelo mesmo editor que havia rejeitado *Summerhut*; ele era da primeira editora que procurei. Eu não quis mandar o livro para a Farrar, Straus and Giroux (FSG), que naquela época havia publicado *Fours crossing*, o primeiro livro da minha série de fantasia. Eu disse à minha agente, Dorothy Markinko, que não achava que a FSG fosse querer publicar um romance lésbico de alguém que havia acabado de escrever uma história de fantasia, mas Dorothy disse "Besteira", ou algo nesse sentido, e mandou *Annie* para a FSG. Margaret Ferguson, minha editora querida e absurdamente talentosa, que acho que na época era editora-assistente ou editora-associada, aparentemente foi a primeira pessoa na FSG a ler o livro, e diz a lenda que ela foi correndo até seu superior e disse: "Temos que publicar este livro!". Ele concordou, e Margaret (que entendeu desde o início o que eu pretendia ao escrever *Annie*) e eu fizemos uns catorze ou quinze livros juntas.

O livro mais recente que fiz com Margaret, publicado esta primavera, é *Hear us out! Lesbian and gay stories of struggle, progress, and hope — 1950 to the present*. É dividido em seções, e cada seção representa uma década e contém dois contos. São histórias sobre adolescentes gays e lésbicas, e cada seção traz como introdução um ensaio sobre direitos e questões de gays e lésbicas daquela década. Tentei, tanto nos contos quanto nos ensaios, identificar algumas das mudanças das quais você e eu falamos anteriormente, e, sobretudo, mostrar a mudança gradual ao longo dos anos, de nos sentirmos e sermos vistos como vítimas para nos sentirmos e sermos vistos como "gays com orgulho".

KTH: Como as pessoas reagiram a *Annie* quando o livro foi publicado pela primeira vez? E dez anos depois? E vinte anos depois?

NG: Para minha surpresa e alegria, a maioria das resenhas de *Annie* foi boa quando o livro foi publicado pela primeira vez. Eu estava preocupada, achando que talvez o assunto tratado fosse um problema, mas quase todas as reações foram positivas. A primeira objeção registrada — o primeiro pedido de remoção do livro de uma biblioteca — foi só em 1988, em uma biblioteca de Portland, no Oregon. (Isso até onde eu sei. De acordo com a Associação Americana de Bibliotecas, há entre quatro e cinco objeções reais e banimentos para cada uma registrada.) No entanto, só fiquei sabendo da objeção em Portland anos depois.

Uma das coisas realmente legais que aconteceram pouco depois que *Annie* foi publicado foi que uma das resenhistas me contou que havia pedido à sua filha de dezesseis anos que lesse o livro, e, embora a garota no início tivesse dito "Ah, mãe, não quero ler sobre *essas* pessoas", depois que terminou a leitura ela disse "Nossa, elas são como qualquer outra garota!".

Nos anos 1990, muitas outras objeções foram feitas contra *Annie*, incluindo uma significativa, da qual falarei mais tarde. Até onde eu sei, depois disso não foi feita mais nenhuma; acho que umas sete foram registradas, além daquela significativa.

Annie figurou em diversas listas de "Melhores" durante anos, desde que foi publicado, inclusive na lista da Associação Americana de Bibliotecas dos 100 "Melhores dos melhores" livros para adolescentes de 1966 a 1999. Voltando aos anos 1980, *Annie* foi indicado ao Prêmio de Literatura Gay e ao Prêmio Golden Kite, e ganhou o Prêmio Craberry, conferido pelos jovens associados de uma biblioteca em Acton, Connecticut. Em 2002, foi escolhido como o "vencedor" de 1982 do "Prêmio Retro Mock Printz". Sarah Cornish e Patrick Jones, dois especialistas em literatura adolescente, pediram aos bibliotecários que escolhessem um livro de cada ano entre aqueles publicados de 1979 a 1999 que deveriam ter ganhado o Prêmio Printz, se ele existisse na época. (O Prêmio Michael L. Printz real foi criado no ano 2000; atualmente, é o principal prêmio anual conferido a livros adolescentes.) Tanto o Prêmio Mock Printz quanto o Prêmio Craberry mexem especialmente comigo!

Annie tem sido usado em aulas sobre literatura adolescente e sobre diversidade nas universidades, e recentemente fiquei sabendo que tem sido usado também em uma ou duas aulas do ensino médio. Ao longo dos anos, tem sido mencionado ou destacado em artigos de revistas como *School Library Journal*, *Booklist*, VOYA e *Publishers Weekly*. A BBC fez uma versão radiofônica da história, e um homem no Kansas, Kim Aaronson, adaptou o livro para uma peça, com uma pequena orientação minha. *Annie* também foi traduzido para várias línguas, incluindo chinês!

KTH: Você recebeu cartas de adolescentes quando o livro foi publicado pela primeira vez? Eram cartas principalmente de adolescentes gays e lésbicas? Há muita diferença com relação às questões/reações de adolescentes héteros, gays ou em questionamento?

NG: Recebi muitas cartas quando *Annie* foi publicado pela primeira vez, tanto de adolescentes quanto de adultos, e eu ainda as recebo, embora nos dias de hoje elas geralmente sejam e-mails. A maioria delas é escrita por garotas e mulheres, tanto gays quanto héteros, mas também recebi de alguns garotos e homens, e, de novo, tanto gays quanto heterossexuais. A maior parte das cartas que recebo vem dos Estados Unidos, mas já recebi algumas de outros países. Lésbicas adultas com frequência dizem que gostariam que *Annie* existisse quando elas saíram do armário, ou dizem que leram o livro há muito tempo, quando ainda se questionavam, ou pouco antes de saírem do armário, ou quando haviam acabado de sair do armário, e que o livro as ajudou. Leitores heterossexuais, tanto homens quanto mulheres, disseram que é uma história de amor que toca a todos, gays ou héteros, o que é algo muito bonito e realmente comovente de se dizer.

Fiquei sabendo que *Annie* impediu ao menos uma jovem lésbica de se suicidar, o que fez com que eu me sentisse incrivelmente acanhada. Adolescentes lésbicas ou em questionamento geralmente escrevem dizendo quanto *Annie* as ajudou a se sentirem menos solitárias, a gostarem de si mesmas, a terem esperança; elas dizem que se identificam muito com as personagens; algumas leem o livro com suas namoradas ou dão o livro a elas; umas querem saber se haverá um filme; a maioria delas me agradece por tê-lo escrito. Com frequência, elas me contam de suas vidas e às vezes fazem perguntas. Adoro o contato com meus leitores (embora alguns deles digam que não sou a melhor correspondente do mundo!), e fiz muitos amigos jovens e maravilhosos por meio das cartas e e-mails que me escrevem.

KTH: Você já recebeu mensagens de ódio?

NG: Recebi uma carta de ódio pouco depois da publicação de *Annie*; o autor citou Mateus 18:6 da seguinte forma: "Entretanto, se alguém fizer tropeçar um destes pequeninos que creem em Mim, melhor lhe seria amarrar uma pedra de moinho no pescoço e se afogar nas profundezas do mar". Mantive aquela carta sobre a minha escrivaninha durante semanas, tentando descobrir como responder, mas afinal percebi, como Sandy sabiamente disse, que provavelmente nada do que eu dissesse mudaria a forma de pensar do autor daquela carta, então deixei para lá.

KTH: *Annie* já foi banido alguma vez?

NG: Já, em várias escolas, e foi queimado nos degraus do edifício que abriga o Conselho de Educação de Kansas City! A saga completa — pois a situação se desenrolou ao longo de dois anos — aconteceu onze anos após a publicação de *Annie*. Em 1993, sem que eu soubesse, cópias do livro foram doadas a quarenta e duas escolas de Kansas City e arredores, tanto no estado do Kansas quanto em Missouri. Algumas escolas ficaram com os livros doados, algumas os devolveram, e algumas removeram exemplares que já constavam em suas bibliotecas. Isso levou a acusações de censura, de banimento. Houve muito estardalhaço nos jornais e programas de rádio e, em algum momento, um grupo formado por alunos extremamente corajosos do ensino médio e seus pais, em uma das cidades envolvidas, Olathe, no Kansas, processou seu distrito escolar e seu superintendente sob a acusação de violação dos direitos garantidos pela Primeira e pela Décima Quarta Emenda. Por fim, aconteceu um julgamento, e o juiz decidiu que *Annie* tinha sido "removido inconstitucionalmente" das estantes das bibliotecas daquelas escolas, determinando que fosse recolocado em tais prateleiras.

Foi um período difícil e agitado, que me ensinou muito. Sandy e eu viajamos ao Kansas três vezes nessa época; da terceira vez, testemunhei no julgamento. Bibliotecários e professores, tanto do Kansas quanto de Missouri e de outros lugares, deram seu apoio a *Annie* e atestaram o valor do livro, e, em nossas viagens ao Kansas, Sandy e eu conhecemos pessoas incríveis, principalmente os jovens e os pais que moveram a ação, bem como os bibliotecários locais que estavam arriscando o emprego para lutar contra a remoção do livro das escolas e que testemunharam em juízo nesse sentido.

KTH: Se você escrevesse o livro hoje, ele seria diferente?

NG: Uau! Que pergunta interessante! Se eu escrevesse aquele livro hoje, acho que sua essência — Annie e Liza e a história de amor — continuaria a mesma, mas outros detalhes provavelmente seriam um pouco diferentes. Será que as professoras seriam demitidas, e Liza seria ameaçada de expulsão? Possivelmente, dependendo dos detalhes da escola envolvida, mas acho que é mais provável que incluísse alguns outros obstáculos, como fiz em outros livros. (Histórias de amor sempre precisam ter obstáculos para os amantes superarem, é claro!) Será que Liza se preocuparia tanto com o fato de ser gay? Talvez sim, talvez não. Atualmente, menos jovens se preocupam tanto quanto Liza com relação a isso — mesmo assim, muitos ainda têm o mesmo nível de preocupação. O nível de preocupação de Liza provavelmente dependeria de onde a história se passa. Se o cenário ainda fosse Nova York, Liza provavelmente não se preocuparia tanto por ser gay. Na verdade, ela poderia ser presidente de uma aliança de gays e héteros na Foster Academy — ou tentaria formar uma.

Acho que o que quero dizer é que o livro teria que ser um pouco diferente se eu fosse escrevê-lo hoje — e que o que ainda me impressiona é que o livro continua sendo lido!

KTH: Por que você acha que as pessoas continuam lendo *Annie em minha mente: a descoberta do amor* vinte e cinco anos depois de seu lançamento?

NG: Talvez eu não seja a melhor pessoa para responder a essa pergunta, mas imagino que pode ser porque a maioria das pessoas gosta de histórias de amor, e que, como eu disse, essa é a essência de *Annie*; é sobretudo uma história de amor de verdade. Para mim, é muito gratificante saber que *Annie* continua sendo lido, pois, como você deve imaginar, esse livro foi muito importante para mim, tanto como escritora quanto como pessoa. Sinto que sou uma pessoa de sorte por ter conseguido escrevê-lo, e sou grata a Margaret por ter apoiado o livro e me ajudado a torná-lo o que se tornou. Sou grata à FSG por tê-lo publicado e por tê-lo apoiado durante aqueles dias sombrios no Kansas — e sou mais grata a eles do que consigo expressar por terem publicado esta nova edição maravilhosa da história.

Sobre a autora

Nancy Garden, cujos prêmios incluem o Lambda Book e o Margaret A. Edwards, gostava de ir a escolas e conferências para conversar com alunos, professores, bibliotecários e outras pessoas. Escreveu muitos livros para crianças e jovens adultos, entre eles, o livro ilustrado *Molly's family* (com ilustrações de Sharon Wooding), os romances *Meeting Melanie* e *The year they burned the books*, além de uma coletânea de contos chamada *Hear us out! Lesbian and gay stories of struggle, progress, and hope — 1950 to the present*. A srta. Garden e sua companheira, junto ao seu cão e aos seus gatos, viviam dividindo o seu tempo entre uma cidadezinha de Massachusetts e Mount Desert, no Maine. Nancy Garden faleceu em 23 de junho de 2014, em Carlisle, Massachusetts.

A entrevista com a autora foi preparada por Kathleen T. Horning, diretora da Cooperative Children's Book Center, uma biblioteca da Faculdade de Educação da Universidade de Wisconsin-Madison.